Egyd Gstättner

Herzmanovskys kleiner Bruder

Egyd Gstättner

Herzmanovskys kleiner Bruder

und andere Geschichten
von Künstlern, Müßiggängern
und Abenteurern

Amalthea

Umschlaggestaltung: Wolfgang Heinzel
Umschlagmotiv: Der Bücherwurm (Ausschnitt) von Carl Spitzweg
Herstellung und Satz: VerlagsService Dr. Helmut Neuberger
& Karl Schaumann GmbH, Heimstetten
Gesetzt aus der 11/14 Punkt New Caledonia
Druck und Binden: Wiener Verlag, Himberg bei Wien
Printed in Austria
ISBN 3-85002-431-8

Inhalt

I. Großaufnahmen kleiner Helden

II. Zwischenzeiten

III. Oed und Edelschrott – Abenteuer auf Lesereisen

IV. Stilleben

I. Großaufnahmen kleiner Helden

Please, hold the line!

Anrufbeantworter österreichischer Gegenwartsliteratur

Die Errungenschaften der Technik sind derart aberwitzig, daß mir daneben Aberwitz, Kreativität und Phantasie versagen. So habe ich unlängst eine *message machine* geschenkt bekommen. Mir sind aber nur völlig unpersönliche und banale Anrufbeantwortertexte eingefallen, was gerade in meinem Beruf doch peinlich ist. So bin ich in meiner Ratlosigkeit auf die Idee gekommen, ein wenig bei der Konkurrenz zu spionieren und abzuhören, wie die Kollegen das Problem gelöst haben.

Julian Schutting: Guten Tag. Ich bin gerade dabei, den Flügel meines Fensters immer wieder auf- und zuzuklappen und damit Lichtspiegelungen zu erzeugen. Ich bin daher leider nicht erreichbar. Falls Sie mir eine spannende Nachricht hinterlassen wollen, tun Sie das bitte schonend.

Bernhard C. Bünker: Sers, Oida. I binid daham, oba du konnst ma a kridische Nochricht hintalossn. I ruaf zruck. Sers.

Alois Brandstetter: Grüß Gott! (Sic!). Ich bin derzeit in der Kirche. Wenn Sie mir im Namen des Vaters, des Sohnes oder des Heiligen Geistes eine Nachricht hinterlassen wollen, so sprechen Sie bitte nach dem Amen. Amen.

Raoul Schrott: Schrott Schalamaleickum Schervasch / Bin nischt in Innschbruckck, Wattensch oder Imscht / Bin nicht in Alschier, Ckaschablancka oder schonschtwo / Bin auf dem Otschean / Da schnaltschen Wellen / ckracht die Brandunck / peitschen Schtürme / zischt die Gischt / Drum höre ich Schie leider nischt.

Peter Turrini: Liebe Mörder! Liebe Sünderinnen und Sünder! Hallo Fremder! Ich habe gar keine Angst vor Dir, und Du mußt gar keine Angst vor mir haben, denn ich bin ein Gemisch von Dir und Du bist ein Gemisch von mir. Ich bin so wie Du, also zum Beispiel nicht hier. Aber ich kann dir alles erklären. Sprich nach dem Signalton, wie Dir der Schnabel gewachsen ist.

Franz Innerhofer: Hmm! Hmm! Grrrh! Wrrm! Tüüt. Sowas.

Michael Köhlmeier: Grüziwol, oderr. Das ist ein Anrufbeantwortertext, darin gehandelt wird von einem, der auszog und sich jenun noch nicht zurückgebracht hat, und der ist ohn Zweifel um ein vieles schöner als der Anrufbeantwortertext von einem, der gerufen wird Robert Schneider, welcher, falls er bar Anstand anderenends der Leitung Aufenthalt nimmt, aufgefordert ist, gleich wieder aufzulegen.

Robert Menasse: Please, hold the line! Ein nochmaliger Anruf wird neu gereiht und verlängert daher die Wartezeit. Delirieren Sie bitte nicht. Platz 27 wird sich in Kürze melden. Österreicherklärungs GesmbH, Intellektualitäten, Realitätsstrukturerklärungsmodelle, Phänomenologien, Mythen, Märchenfiguren aller Art; persönlicher Assistent des persönlichen Sekretärs des persönlichen Dr.

Robert Menasse, derzeit großprojektswegen unterwegs in a) Rio de Janeiro, b) Venedig, c) Amsterdam, d) Wien I, Minoritenplatz; Guten Tag! Unsere Büros sind derzeit leider nicht besetzt. Wenn Sie eine Eröffnungsrede bestellen wollen, sprechen Sie bitte nach dem Signalton.
PS 1: Beachten Sie auch unser Sonderangebot der Woche: Sieben Hegelzitate zum Preis von sechs.
PS 2: Herr Haider, schleichen Sie sich Ihnen aus meiner Aura!

Peter Handke: Du Arschloch! Du hast mich angerufen, und ich bin nicht da. Selber schuld, Du Fernfuchtler! Wer immer Du auch sein magst (ausgenommen Sie, lieber Herr Unseld und Du, mein lieber, lieber Slobodan!), Du hast mir gar nichts zu sagen! Geh' ins Wirtshaushinterzimmer und rede mit Deinesgleichen. Merke: Wer gegen mich ist, ist ein Arschloch. Wer für mich ist, ist ein Arschkriecher. Der Rest sind Pfaffen. Wenn Du das nicht verstehst, brauchst Du hier erst gar nicht weiter zuzuhören, also schiebe Dir den Piepston nach dem Piepston in den Arsch!
PS: Für den serbischen Schriftstellerverband: Nein, Schispringen werde ich nicht! Arschlöcher …

Josef Winkler: Guten Tag. Ich bin am Friedhof. Danach werde ich auf einen anderen Friedhof gehen. Wird irgendwo auf der Welt ein Krematorium in Betrieb genommen, flieg ich gleich hin. Wenn Sie was wegen einer Kreuzigung wissen, rufen Sie nächstes Jahr wieder an. Sonst nicht.

Alfred Kolleritsch: Mahlzeit! (*Man hört Gurgeln, Kauen, Schmatzen*) Alle haben mich verlassen, und haben keine Nachricht, nur Enten und Fasane hinterlassen. (*Schmatzt ungerührt weiter*).

Gert Jonke: (zunächst ein Klavierkonzert, dann flüsternd:) Wenn Sie, geehrter Herr oder geehrte Dame oder aufgrund vergangener, gleichwohl aber ins Präsens hereinreichender Vorkommnisse und Wunderkünstlergeisteshaltungen entgegengesetzter Geisteshaltungen weniger oder gar nicht zu ehrender Herr oder Dame, nun abheben, sind Sie die überaus wahnwitzige Akrobatik der Technologie für sich nutzend mit einem funkelnden Schallwellenzauberkasten verbunden, der, bevor er sich in mystifizierender Absicht in eine andere Weltgegenwart begeben hat, von Gert Jonke mit einer sich selbst vorauseilenden und sich aus dem Unbekannten ihrer selbst heraus anstaunenden Sprache mit diesem von Ihnen nun akustisch wahrgenommenen regenwurmwachstumsartigen Endlossatzungetüm de luxe ausgerüstet worden ist, und Sie können anschließend nach Belieben ebenfalls eine milde Sprachgabe in den Klangklingelbeutel werfen. Ich muß Sie aber auffordern, wenn Sie sprechen, jedenfalls leise zu sprechen. Noch leiser! Noch leiser! Nein, immer noch zu laut. Ganz leise! Bemächtigen Sie sich einer an Stille heranreichenden Leisigkeit. Sprechen Sie genau in der Lautstärke, die das menschliche Ohr nicht hören kann.

Werner Kofler: Hier ist der Anrufbeantwortertext vom ähah Blblblblutwiesenwerner. Brrrrnhard! Grrrrnhardt! Ich bin nicht da, weil ich gerade dem Professor Ähah Amann drei schallende Ohrfeigen versetze. Der mag das, wenn ich das ähah mach'. Wenn Sie auch eine wollen, bestellen Sie nach dem Signalton. Oder klagen Sie mich. Sie können mich ruhig klagen. Klagen Sie mich ähah endlich!

Antonio Fian: Ich beteilige mich nicht an solchen Umfragen. Das ist unseriös. Unseriös kann ich nicht leiden. Literaturkabarett, peinlich! Heller! Also ohne mich!

André Heller: Ich bin … ver…schwunden …

Alexander Widner (1): Widner! Du kannst mich, er kann mich, sie kann mich, ihr könnt mich, Sie können mich alle nicht erreichen. Basta.

Alexander Widner (2): Hier ist der Anrufbeantworter des Klagenfurter Kulturstadtrats, Kulturamt. Ich tachiniere gerade. (Ich, der Anrufbeantworter, nicht der Boß. Der Boß ist super! Also ganz echt! Hähä!). Die nächste freie Leitung ist für Sie reserviert. Kann aber dauern. Hinterlassen Sie uns, was Sie wollen, aber eines sag' ich Ihnen gleich: Budget haben wir keines.

Gernot Wolfgruber: Guten Tag. Ich bin in der Versenkung verschwunden und daher nicht erreichbar. Was wollen Sie denn? Man kann ja nicht jedes Jahr ein neues Buch machen. Oder jedes Jahrzehnt. Wo gibt's denn sowas. Die Diana Kempf zieht sich ja auch zurück. Und die Jelinek. Hat nicht einmal einen Anrufbeantworter. Aus Wien zieht sich die Jelinek nach Hamburg zurück, aus Hamburg nach Wien. Von einem Theater versenkt sie sich ins andere und erzählt allen pausenlos, daß sie von niemandem etwas wissen will, weil sie keinen mehr aushält. Überhaupt wird sie jetzt demnächst aufhören, sagt sie. Versinkt, versinkt, versinkt. Und ist noch immer nicht versunken. Ich mach' das gleich richtig. Auf Nimmerwiederhören.

Reinhard P. Gruber: (Man hört das Ploppen und anschließende Zischgeräusch, wenn eine Bierflasche geöffnet wird) Gausthaus zum Grourber vulgo Schülcher hicks, Griaß Goud! Schreibm tamma hicksgamma. Oun jougendliche Zniarchtlstairer darf kein hicks Grourberix ausgehickst rülps klick tütütüt.

Marie Thérèse Kerschbaumer: Guten Tag, Herr Ministerialrat. Ich habe mir gleich gedacht, daß Sie es sind. Der Herr Bundeskanzler hat ja keine Zeit mehr für die Kunst, seit er Kunstkanzler ist. Sie können mir leider keine Nachricht nach dem Signalton hinterlassen. Ich lasse gar keinen Signalton tönen, weil ich die ganze Kassette für ein Märchen brauche. Ja, ich möchte Ihnen ein Märchen erzählen. Ein Märchen von einem steuerpflichtigen Stipendium. Ein Stipendium, das ich nicht bekommen habe. Doch, das gibt's. Es war einmal ein armes, trauriges Stipendium, das einem überwiesen wurde, der ohnehin publiziert. Was soll ich denn bei dem?, dachte das arme, traurige Stipendium, ich möchte viel lieber zur Marie Thérèse Kerschbaumer. Das Stipendium begann bitterlich zu weinen und tütütüt.

Josef Haslinger (Man hört den Soundtrack von Bonanza, durchmischt mit Peitschenknallen, dem Getrampel einer Büffelherde, Cowboylustjauchzern, dem Lachen von J. R. Ewing, dann Haslingers Stimme. Er rappt): Howdie, friends, neighbours and Franz Shoe. This is Joe speaking. I've just gone to the west. Keine Bange, was Scharang kann, kann ich schon lange. John-Wayne-Stipendium. Horrorthrillerworkshop. Im nächsten Roman lasse ich ganz Österreich explodieren. Wird sehr psychologisch. Austria missing in action. Für *Fischer* tut man alles. Rückflug über Dover. Tschau, Servus, off and over.

Gerhard Roth: Roth! Gerhard Roth! Ja, genau der. Einziger würdiger, sinnvoller, rechtmäßiger, einschichtiger Nachfolger von T. B. *(Man hört das Summen von Bienen)*. Einziger lebender Großdichter, der Nazis schon fünfzig Kilometer gegen den Wind erschnuppert. Sagen Sie nichts! Hinterlassen Sie nichts! Dafür bin ich da. Außerdem ist die Wirklichkeit so schlimm, daß sie nur von mir beschrieben werden kann. Und von Ivica Osim. *(Das Bienensummen wird lauter)*. Ach! Einmal so philosophisch sein wie Ivica Osim! So dunkel! So schwermütig! So slawisch seelisch! Ach! Einmal Trainer von Sturm Graz sein. Eine Reise ins Innere von Sturm Graz. Aber nein, nach Schwarzenegger benennen sie das neue Stadion, diese Heckennazis! Warum nicht gleich nach Wolfgang Bauer oder Werner Schwab! *(Roths Stimme geht im dröhnenden Bienensummen unter)*.

Ernst Jandl: Ich sein Anrufenenantwortenenmaschinenen. Nix dadasein jetzen Jandelen an Muschelen. Vielleicht Mayröckerle sein. Vielleicht Friederickelen sein. Vielleicht Wendelen Schmidtelen Dengelen sein. Vielleicht einfach Doktorle sein. Nix wissen nix ich Blechtrottelen modernenen. Wollen sprechen, sprechen nach düüd. Aber nix plemplem Plappernen machenen!

Thomas Bernhards Adabeis

Eine Erinnerung

Folge 1
Prof. Rudolf Brändle, Kapellmeister: Als ich T.B. kennenlernte, war er erst achtzehn, während ich schon siebenundzwanzig war, das ist ein großer Unterschied. Er war damals ein magerer Kaufmannslehrling, aber das schlanke Bürscherl hatte eine profunde Baßstimme. Am liebsten ging er in die Dorfkirche von St.Veit und sang Sarastroarien. Seine Stimme war zwar naturbelassen, aber von klarer Diktion. Er wollte damals allen Ernstes Sänger werden. Ich wollte damals allen Ernstes Kapellmeister werden.

Folge 2
Ingrid Bühlau, Mozarteumskollegin: In seiner Jugend hatte T.B. eine innere Schüchternheit, die er zeitlebens nicht abgelegt hat. Wir haben in Hamburg zusammen schwermütige, kraftvolle Lieder im Bauernmilieu gespielt mit stetig wachsender Besessenheit. Dann hat uns meine Mutter zum Essen geholt. Als T.B. immer berühmter wurde, habe ich ihn in Ohlsdorf besucht, und wir haben wunderschöne Reisen gemacht. Aber da war die Jugend schon vorbei.

Folge 3
Ulrike O'Donnel (lebt mit ihrem Mann Gabriel in Hochkreuth): Bei uns hat T.B. die Extremsituation kennengelernt, die ist, wenn man auf dem Berg ist. Wenn mehr Leute waren, war er eher scheu. Wenn eine kleinere Gruppe war,

ist er aus sich herausgegangen. Das ist interessant gewesen. Wen er aufs Korn genommen hat, der ist ganz schön drangekommen. Das war eine Extremsituation, ganz schön eine. Aber man hat ihn ja gekannt, wie er war.
Gabriel O'Donnel: Ja, hähä, schon.

Folge 4
Lieselotte Üxküll, Brüsseler Quartiergeberin: T.B. hat aus dem Stand heraus erzählen können. Einmal hat er ein Buch gelesen, und da haben wir ihn gebeten, daraus vorzulesen. Er hat daraus vorgelesen, und nach ein paar Minuten haben wir bemerkt, daß er gar nicht aus dem Buch vorgelesen, sondern einfach irgend etwas dahererzählt hat, aber ganz flüssig. Da haben wir gewußt, es ist ein Wunder geschehen.

Ein kurzes Zwischenspiel:
T. B.: Von Küste zu Küste – wenn man das wüßte!
(Krista Fleischmann in stillem Gebet versunken)

Folge 5
Gerda Maleta (schreibt ein Buch über T.B. und wurde beim Alma-Mahler-Ähnlichkeitswettbewerb 25.): Alle meine Freunde umarmen mich, ich umarme alle meine Freunde, außer T. B., weil T. B. nicht immer in der Stimmung war, umarmt zu werden. Wenn T. B. etwas geschrieben hat, hat er immer ein böses Gesicht gemacht, das hat geheißen: Sprich mich nicht an. Da habe ich ihn nicht angesprochen. Bevor T. B. angefangen hat, etwas zu schreiben, ist er immer zu einem kleinen Friseur gegangen – er mochte keine großen Friseure – und hat sich fast kahl schneiden lassen mit der Begründung, daß er sich jetzt vollkommen in seinen Denkkerker zurückzieht und absolut niemanden sehen will,

auch mich nicht. Stell' dir vor, ich müßte mir während des Schreibens plötzlich die Haare schneiden lassen, sagte er einmal, nicht auszudenken. Dann hat er sich eine Woche, zwei Wochen wie ein Igel eingeigelt und geschrieben. Nach zwei Wochen ist T. B. wieder aus seinem Denkkerker herausgekommen, hat ganz lange Haare gehabt, aber er war völlig entigelt. Ich habe ihn umarmt, und er hat gesagt: Siehst du, wie gut, daß ich beim Friseur gewesen bin!

Folge 6
Gerda Maleta (schreibt ein Buch über T. B.): Ein Schriftsteller schöpft immer aus seiner Umgebung (siehe dazu auch: Gerda Maleta schreibt ein Buch über T. B.; Anm. d. Autors), woher denn sonst! Die *Jagdgesellschaft* spielt fast hier – nur mit anderen Auswirkungen. Wir haben keine Borkenkäfer. Das muß der Phantasie freigelassen sein! Also noch einmal: Wir haben wirklich keine Borkenkäfer hier. Ich hab' noch keinen gesehen, auch nicht auswirkungsweise. Anderenfalls hätte T. B. die gastfreundliche Atmosphäre im Hause Maleta auch nicht so geschätzt. Aber ein Schriftsteller muß aus seinem Material machen dürfen, was er will (Siehe dazu auch: Gerda Maleta schreibt ein Buch über T. B.).

Ein kurzes Zwischenspiel:
T.B.: Wenn ich Sie anschaue, ist das Liebe ...; und wenn ich wegschaue, ist das wieder Liebe ...
(Krista Fleischmann weiß nicht, wo sie hinschauen soll, läuft hinter der Kamera blutrot an und erhöht das Bettempo).

Folge 7
Alfred Morth, Wirt: T.B. ist so dagesessen und hat sich die Leute angeschaut, die Gegend angeschaut, alles ange-

schaut. Fünfmal hat er sich umgedreht, bevor er hinausgegangen ist, manchmal sechsmal. Er hat alles irgendwo registriert, im Kopf. Er hat immer zu denen gezählt, die, was sie registrieren, im Kopf registrieren.
Anna Brandl, Wirtin: Er war ein ganz bescheidener Mensch, alles hat er gegessen, was grad da war, und wir haben ihn halt sehr verehrt. Eine Woche vor seinem Tod hat er noch einen Surbraten gegessen, mit einem Knödel dazu, gell, und dann hat er zur Mizzi, der Kellnerin, gesagt: Mei, war der wieder gut.
Mizzi (schluchzt verhalten, schluckt Tränen und Nasensekret hinunter)
Alfred Morth, Wirt: T. B. hat den Todessurbraten registriert, im Kopf.

Folge 8
Bei der Familie Altenburg (direkte Nachkommen Kaiser Franz Josephs) lernte T. B. die Probleme einer kinderreichen Familie kennen. Neugierig verfolgte er Schwangerschaften und Geburten. Bei jeder Schwangerschaft fragte er sich, was wohl daraus würde. Jedes Mal ist ein Kind daraus geworden. Bei jeder Geburt fragte er sich, was wohl daraus würde. Es ist jedes Mal ein direkter Nachkomme Kaiser Franz Josephs daraus geworden.
Christa Altenburg: Er hat bei uns die Familie gesehen. Das Wachsen der Familie hat ihn schon sehr beeindruckt.

Ein kleines Zwischenspiel
T.B.: Der Luchs und sein Luxus …! Der Mauerluchs und sein Mauerluxus …!
(Krista Fleischmann in stillem Gebet versunken)

Folge 9
Ein holländischer Fernsehfilmer (schleicht seit Tagen um den Vierkanthof in Obernathal herum): Herr Bernhard, haben Sie sich jetzt für das Leben entschieden?
B.: Weiß ich nicht.
Holländer: Schreiben Sie jetzt ein neues Stück ?
B.: Vielleicht.
Holländer: Warum leben Sie so zurückgezogen?
B.: Ich leb' gar nicht zurückgezogen.
Holländer: Das Problem ist, daß ich überhaupt keine Fragen habe.
B.: Die Schwierigkeit ist, daß ich überhaupt keine Antworten habe.

Folge 10
Krista Fleischmann (dreht Filme über T. B., über sämtliche Hinterbliebene, die sich interviewen lassen, über sämtliche Gummistiefel, die in der Garderobe aufgeschlichtet sind, und baut damit ein Wochenendhaus in Niederösterreich) faßt zusammen:
1) Der unveröffentlichte literarische Nachlaß bezeugt T. B.'s Formenwillen. *(Aha-Erlebnis 1)*
2) T. B. sagt: Wichtig ist nicht, was ich schreibe, sondern wie ich es schreibe (= nicht der Inhalt ist das Entscheidende, sondern die Form!) (*Aha-Erlebnis 2, gleichzeitig Nona-Erlebnis 29)*
3) T. B. sagt: Alles, was ich zu sagen habe, steht in meinen Büchern. *Aber das wollen wir noch sehen.*
Morgen: Auf vielfachen Wunsch wiederholen wir die Folgen *Gerda Maleta* und *Gerda Maleta, Teil 2*. (Gerda Maleta hat ein Buch über T. B. geschrieben. Es heißt *Wie ich Thomas Bernhard umarmt habe*).

Aus Herzmanovskys Tagebüchern

4. 10.
Endlich! Der Nebel im Kopf lichtet sich. Idee für einen neuen Roman. Titel: *Ich bin ein langweiliger Mensch und keiner kommt mich besuchen.* Weiter bin ich noch nicht. Aber das werde ich den Journalisten jetzt immer sagen, wenn sie mich nach meinen nächsten Projekten fragen. Was vorläufig zu tun ist: Recherchieren, Materialien sammeln. Den Verleger begeistern. Den Vertrieb begeistern.

7. 10.
Habe heute im Wirtshaus ein Mädchen kennengelernt. Daß mir noch sowas passiert in meinem Alter! Das Mädchen ist bei der Tür hereingekommen und hat sofort mein gesamtes Gehirn in einen Schlagertext verwandelt. Habe mich sehr bemüht, ihr meine heruntergekommene Gesamtgesundheit zu verbergen. Nicht geräuspert, nicht gehustet, nicht gerotzt, nicht ausgespuckt. Sie arbeitet in der Buchhandlung und heißt Mercedes. Würde gerne einsteigen.

15. 10.
Von Fritz ist wieder ein Band mit Skizzen und Fragmenten erschienen. Titel: *Im Garten der Erkenntnis.* Ein ganz schlechter Titel, letztklassig. Wie maßlos Fritz überschätzt wird! Im Nachwort wird Fritz *Meister der sublimen Bagatelle* genannt. Da habe ich sofort wieder Kopfschmerzen bekommen.

16. 10.
Idee für Romantitel: *Otto Normalverbrauchers Glück und Ende*. Erst einmal einwirken lassen.

24. 10.
Ein Herr Doktor Mumelter von der Stadtbibliothek Meran hat angerufen und will mich für eine Dichterlesung im Frühjahr verpflichten. Er hat ausdrücklich das Wort *Dichterlesung* verwendet, nicht einfach bloß Lesung. Na also. Aber wie der geleiert hat, nicht anzuhören. Angeblich leiern alle Südtiroler. Und alle heißen Mumelter. Das Leiern kommt wohl von Oswald von Wolkenstein. Fritz meint, hinter der Südtiroler Artikulationslahmarschigkeit und dem gutturalen Geleier verbirgt sich aber allzu oft padanisches Dynamit. Fritz hat mir aber auch viel von den landschaftlichen Schönheiten Südtirols erzählt. Werde brieflich prinzipiell zusagen. Außerdem eine Gelegenheit, nach so vielen Jahren Fritz wiederzusehen. Hatte neben Kopfschmerzen auch wieder Rachenschmerzen, Atemnot, Schwindelanfälle.

27. 10.
Fritz meint, Meran sei ischlerischer als Ischl. Chronisches Kaiserwetter. Außerdem die Zedern, die Aurakien, die duftumwobenen Hochgebirge, die weißen Riesen. Meran ist gut gegen Tuberkulose, die Tuberkulose aber freilich nicht gut für Meran. Viele Meraner stecken sich an der von der mondänen Kurgesellschaft mitgebrachten TBC an und sterben jämmerlich. Des einen Freud, des andern Leid. Aber Fritzens saurem Nierndl geht es gut in Meran.

2. 11.
Wollte am Friedhof Mercedes treffen. Vor dem Friedhof war aber solches Gedränge, daß ich gar nicht hineingegan-

gen bin. Statt dessen zum Autofriedhof spaziert. Womöglich wird eine sublime Bagatelle daraus entstehen. Schluckbeschwerden. Nebenhöhlenweh.

5. 11.
Nicht umhingekommen, höflichkeitshalber eine Vernissage zu besuchen. (Habe dem Buben der Galeristin letztes Jahr die Beistrichregeln beigebracht): Wiederum fürchterliches Gedränge. Es war aber auch diesmal eine Art Allerheiligenverrichtung. Der Maler ist tot, und der Eröffnungsredner sagt, der Maler hat zu Lebzeiten intensiv daran gearbeitet, alles Biographische aus seinen Bildern herauszumalen. Das Publikum war schon zu Lebzeiten ganz gebannt und hat dem Maler zugerufen: *Toll! Superidee, alles Biographische aus deinen Bildern herauszumalen! Darauf haben wir lange gewartet!* So sind die kohlrabenschwarzen Bremsspuren des Malers entstanden, die jetzt an den Galeriewänden hängen. Autofriedhof. Die Galeristin ruft ins Gedränge: *Bitte passen Sie mit den Kaviarbrötchen auf! Ich hoffe, es haben alle etwas zu trinken!* Der Bub der Galeristin ist übrigens trotzdem durchgefallen.

7. 11.
Idee für einen Lyrikband. Titel: *Dicke Hausfrau in den Wechseljahren im November*. Gar kein Procedere. Sowas schreibt sich ganz von allein.

8. 11.
Denke unentwegt an Mercedes, allerdings nichts Besonderes. Das, was man eben so denkt. Fühle mich um zehn Jahre jünger, war vor zehn Jahren allerdings auch miserabel beisammen.

9. 11.
Karte von Fritz. Er freut sich auf ein Wiedersehen. Wir können, schreibt er, das linke Ufer der Passer entlang auf der Sommerpromenade, am rechten Ufer die Winterpromenade bei der Wandelhalle zurückflanieren, die Kurgesellschaft beim Lustwandeln und Herumsitzen beobachten, vielleicht einem Platzkonzert beiwohnen, vielleicht einen Ausflug auf das Vigiljoch oder ins Etschtal oder nach Tarockanien unternehmen, das Puccinitheater besichtigen, auf alle Fälle Vernatsch trinken und schönen durchwachsenen Speck und Vintschgerlaibchen kauen. Ich kann ohne weiteres bei ihm auf Schloß Rametz übernachten. Außerdem schöne Grüße von Tante Berta.
Gebrummel im Oberbauch. Atemnot. Keine Ahnung von Vintschgerlaibchen. Will und kann nicht Karten spielen.

10. 11.
Komme mit dem *Langweiligen Menschen* nicht so richtig weiter. Bin nervös. Habe immer das Gefühl, daß etwas Großes vor der Tür steht. Dafür Idee für einen Roman. Titel: *Bei der nächsten Frau wird alles anders.* Verleger begeistern. Vertrieb begeistern. Um den Buchhändler herumscharwenzeln. Auch dann und wann ein Gesichtsbad bei Lesungen anderer Leute nehmen.

14. 11.
Am Anrufbeantworter eine Nachricht von einem *Wiener Ideenbüro.* Ein Widerspruch in sich. Soviel ich verstanden habe, geht es um einen workshop für *creative writing* bei einer Winterakademie. Wo soll da jetzt die Idee sein? Die können mich! Werd' ich irgendwelche Tante Bertas im Jänner in Hinterstoder zwischen Nebelschwaden und Eiszapfen zum Texten animieren! Als ob es nicht schon genug

Leute geben würde, die schlecht und überflüssig schreiben und sich weiß-Gott-was darauf einbilden. Soll jeder glücklich und zufrieden und dem Schicksal dankbar sein, wenn er nicht kreativ ist. Wenn schon, dann lieber töpfern oder batiken. Om! Oder Ungarisch nach der Naturmethode. Literaturworkshops sind Schwachsinn, vor allem im Winter. Fritz denkt genauso. Nachricht unbeantwortet gelöscht. Die *Dicke Hausfrau in den Wechseljahren im November* macht sich.

15. 11.
In Meran ist ein Mord passiert, steht in der Zeitung. Genaueres weiß man noch nicht. Morde kommen natürlich überall vor.

22. 11.
Der Verleger meint, die Geschichte mit *Otto Normalverbraucher* erinnere ihn zu sehr an Grillparzer. Kinderzimmergrillparzer, hat er gesagt. Soll meinen eigenen Stil finden. Absage. Ohrenschmerzen.

25. 11.
Idee für ein Drama. Titel: *Wirkl. Hofrat Ost.Prof.Mag. DDr. Faust.* Sowas sollte jeder anständige Dichter im Programm haben.

27. 11.
Mercedes erzählt, Fritz verkauft sich ganz ausgezeichnet. Die Leute reißen sich um den *Garten der Erkenntnis*. Ein *Zischbuch*, sagt sie, ein richtiges Zischbuch. Starke Kopfschmerzen, Rachenschmerzen, Schluckbeschwerden, Atemnot, Schwindelanfälle, Gallenweh! Glaube aber nicht, daß Mercedes mich absichtlich quälen wollte. Zugegeben,

sie ist ein oberflächlicher Mensch. Aber was für eine Oberfläche!

28. 11.
Terminvorschlag aus Meran: 26. März. Läßt sich machen. Hatte am 26. März noch nichts vor. Ort der Lesung wird das Café Palmengarten direkt an der Promenade sein. Im Meranerhof ist ein Einzelzimmer für mich reserviert.

29. 11.
Habe der Journalistin in den Notizblock diktiert, daß ich Nihilist bin und praktisch unentwegt im Keller Tischtennis gegen die Wand spiele. Während des Tischtennisspielens spiele ich immer Mozarts Requiem, und immer gewinnt die Wand. Eigentlich dichte ich auch nur, um mich vom Tischtennisspielen und für das Tischtennisspielen zu erholen. Ein spezifisches Konzentrationsprinzip. Habe meinen eigenen Stil beim Tischtennisspielen. Bin wesentlich stärker als Fritz, auch besser als Tante Berta. Habe der Journalistin gegenüber das Marathonextremtischtennisspielen als den Sinn des Lebens bezeichnet. Das soll mir erst einer nachmachen. Übermorgen soll das Interview in der Zeitung stehen. Etwas Großes steht vor der Tür. Da werden die Leute schauen. Es wird der Tag kommen, an dem man nicht mich als Bruder von Fritz, sondern Fritz als Bruder von mir bezeichnet. Einstweilen Halsschmerzen.
Idee für eine sublime Bagatelle. Titel: *Stilleben mit Tischtennistisch.*

1. 12.
Der Meranerhof, meint Fritz, sei ein vorzügliches, altehrwürdiges Hotel ganz nach meinem Geschmack. Da haben schon Zweig, Kafka, Schnitzler, Dietmar Grieser übernach-

tet, und alle haben sich an der Rezeption im Goldenen Gästebuch mit einem goldenen Aphorismus verewigt, Dietmar Grieser außerdem mit einer eigenen Autogrammkarte mit Portraitphoto. Die Zimmer mit allem Komfort wie Badewanne und Fernsehgerät – man kennt ja die Inhalte der italienischen Sender nach Mitternacht – dazu ein barockisierender Luster, ein barockisierender Schreibtisch und barockisierendes Hotelbriefpapier. In der Schreibtischlade liegt der dreisprachige Führer *Südtirol im Jahreskreis* mit dem Vermerk *Bitte nicht mitnehmen!*, im Nachtkästchen ein *Neues Testament*, ebenfalls dreisprachig, aber ohne weiteren Vermerk. Im Kleiderkasten hängt ein Kärtchen, auf dem die Direktion ihre Gäste höflichst ersucht, im Hotelzimmer aus Sicherheitsgründen bitte nicht zu bügeln. Diesbezüglich, schreibt Fritz, macht er sich bei mir aber von Haus aus gar keine Gedanken. Er weiß, daß ich weiß, was sich gehört.
Weiteres Procedere: Einen Aphorismus für das goldene Gästebuch überlegen. Barocklyrik studieren. Autogrammkarten mit Portraitphoto anfertigen lassen.

2. 12.
Nachricht vom Verleger. *Bei der nächsten Frau wird alles anders* scheint ihm doch eher in die Leiste *Negative Emanzipationsliteratur* zu gehören. Paßt nicht ins Verlagsprogramm. Absage. Schimpfwort.
In Meran ist noch ein Mord geschehen. Mache mir Sorgen um Fritz. Diesmal ein ganzseitiger Bericht in der Zeitung. Man kennt weder den Mörder noch das Motiv, nur die Opfer, Angehörigen, Gerüchte und Mutmaßungen. Vermutlich mußte deswegen aus Platzgründen auch mein Interview entfallen. Macht nichts, ich bin zeitlos. Dann eben morgen.

3. 12.
Das Interview ist wieder nicht erschienen. Habe in der Zeitungsredaktion angerufen. Die Journalistin hat sich aber verleugnen lassen. Schluckbeschwerden.
Noch eine Nachricht vom Wiener Ideenbüro wegen des creative writing- workshops. Die Winterakademie findet auf Teneriffa statt, im Jänner Durchschnittstemperaturen von + 25° C. Im Grunde kann es ja nicht schaden, wenn man seine literarischen Erfahrungen weitergibt. Procedere: Noch einmal über das Angebot nachdenken, dann schleunigst zusagen.
Heute abend beinahe mit Mercedes ins Bett gegangen. Sie wollte dann aber doch noch nicht. Sie sagt, sie muß zuerst mit ihrem Freund Schluß machen. Momentan geht das aber nicht, weil er in Budapest ist. Sublim. Sie ist so süß!

4. 12.
Das Interview ist wieder nicht erschienen. Dafür hat aber eine Frau Doktor – ihren Namen habe ich nicht verstanden – vom *Das Blaue Who is Who. Verlag für Prominentenenzyklopädien AG* angerufen: Ich bin *Who*, ich bin aufgenommen, was, wie die Frau Doktor sagt, eine große Ehre ist, weil man sich diese Aufnahme nicht erkaufen kann. Fein. Wenn ich mit Bild vertreten sein will, kostet das aber vierhundert Schilling. Ich will nicht mit Bild vertreten sein. Wenn ich gleich ein Exemplar bestelle, kann ich es zum Subskriptionspreis bestellen. Ich bestelle kein Exemplar zum Subskriptionspreis: Meine Biographie kann ich auswendig, und die anderen Prominenten interessieren mich nicht. Ich bin undankbar. Ich glaube, man wird mich im letzten Moment aus der Prominentenenzyklopädie wieder hinauswerfen. Aber so bin ich.
Nachmittags in der Redaktion angerufen und diesmal die

Journalistin erwischt. Habe sie gefragt, was sie glaubt, wer ich bin, und ich habe ihr dann gleich von mir aus gesagt, daß ich *Who* und in *Who is Who* bin, und wenn ich gewollt hätte, sogar mit Bild. Habe gesagt, ich bin keiner, der Interviews gibt, damit sie dann nicht erscheinen.

6. 12.
Faust fallenlassen. *Heiße Magister, heiße Doktor gar*, das ist im Grund ein altes altösterreichisches Thema. Aber im übrigen ist Faust unösterreichisch. Faust ist deutsch. Überhaupt: Deutsch ist unösterreichisch, österreichisch undeutsch. Deutschland ist Unösterreich, Österreich Undeutschland. Aufheben für den nächsten Aphorismenband!
Jetzt, wo die Deutschen im großen und ganzen aufgehört haben, ihre Kinder *Lothar* zu nennen und wieder massenhaft Kuscheldeutsche durch Uerdingen flanieren, werden sie erst recht gespenstisch.
Idee für ein Alternativprojekt: Den ganzen Faust I. und II. Teil mit Kasperlfiguren auf einer Puppenbühne spielen. Hätte einen sublimen Herabwürdigungseffekt und wäre nebenbei vergleichsweise eine enorm kostengünstige Produktion. Procedere: Das Krokodil in Mephistopheles umbauen, Theaterverlag motivieren, Intendanten interessieren, hartnäckig sein. Am meisten Geld ist aber in Deutschland.
Wegen der Kopfschmerzen, Rachenschmerzen, Schluckbeschwerden, Atemnot zum Homöopathen gegangen. Der Homöopath hat gefragt, ob ich auf Behindertenparkplätzen parken würde. Werde nicht mehr zum Homöopathen gehen. Seit heute nachmittag auch Würgereiz.
Wieder zwei Morde in Meran. Bitte Fritz brieflich um nähere Informationen.

7. 12.
Idee für einen Roman mit dem Titel *Ackermanns Gespräche mit der Finanz.* Procedere: Schreiben. Am Christkindlmarkt für Mercedes einen Plüschteddybären gekauft. Soll eine Weihnachtsüberraschung werden. Beim Photographen wegen der Autogrammkarten mit Portraitphoto gewesen. Sind für mich aber unerschwinglich. Also weiterhin Aphorismen ohne Bild. Würgereiz.

9. 12.
In der Zeitung steht, das hiesige Landestheater plant die Aufführung eines Stückes von Fritz. Titel: *Abduhenendas mißratene Töchter.* Im Grund unaussprechbar. Da ist das Scheitern vorprogrammiert. Völlig schwachsinniger Plot, übelste Boulevard-Fantasy. Fritz ist drauf und dran, sich sein bißchen Karriere vollends zu ruinieren.
Komme meinerseits jetzt doch recht gut mit dem *Langweiligen Menschen* voran. Besserung der Ohrenschmerzen. Mercedes hat mir abends gesagt, daß sie mich irgendwie liebhat. Ein großartiger Tag. Tandaradei.

10. 12.
Bei den Tischtennis-Stadtmeisterschaften in der Vorqualifikation ausgeschieden. Mein Gegner hat Horst Huber geheißen, ist aber Mitinhaber eines Chinesischen Restaurants und hat von daher einen signifikanten sinologischen Vorteil gehabt. Es war von der Turnierleitung nicht erlaubt, das Requiem zu spielen, und Huber hat nur auf meine Fehler gewartet.

11. 12.
Mein Interview ist in der Zeitung erschienen! Die Journalistin hat aber alles falsch wiedergegeben. Sie hat weder

etwas von meinem Nihilismus, noch etwas von meiner Tischtennismanie erwähnt, geschweige denn vom metaphysischen Sinnhintergrund dieser Tischtennismanie oder von der musikalischen Begleitung durch das Mozartsche Requiem. *Dies irae, backhand cross.* Statt dessen hat sie geschrieben, daß ich darunter leide, überall im Schatten meines berühmten Bruders zu stehen. Bin sofort zum Anwalt gelaufen. Der Anwalt meint, eine Klage sei eher aussichtslos. Arge Kopfschmerzen, Alpdruck, Sodbrennen.

13. *12.*
Fritz arbeitet an einem Mittelding zwischen Ritterstück und Puppenkomödie, das von zwei Tiroler Drachen namens Blasius Pfurzschnöller und Ingenuin Pflusterwimmer handelt. Mache mir Sorgen um Fritz.

14. *12.*
Idee: Etwas über Meran schreiben, was ich dann nach Meran mitbringen und den Meranern im Original vorlesen kann. Weiteres Procedere: Nachdenken was.
War abends mit Mercedes verabredet. Wollte einmal richtig mein Herz ausschütten. Sie hat mich aber versetzt. Seit Tagen nichts von ihr gehört. Wohin mit meinen Innereien? Es ist vorbei mit dem Tandaradei. Procedere: Alles Biographische aus meinen Texten heraustexten. Radikale Vertotung des Privatlebens.

15. 12.
Idee für einen Roman. Titel: *Radikale Vertotung des Privatlebens.* Untertitel eventuell *Wohin mit meinen Innereien?* Procedere: In der Szene annoncieren. Literaturkritiker begeistern.

16. 12.

Der Theaterverlag schickt mir eine Empfangsbestätigung bezüglich der Faustsache und bittet gleichzeitig um Geduld. Dessen ungeachtet lädt er mich zu einem *Festival ungarischer Gegenwartsdramatik* nächstes Jahr nach Budapest ein. Obwohl ich eigentlich kein ungarischer Gegenwartsdramatiker bin, sage ich prinzipiell zu. Was nicht ist, kann ja noch werden.

17. 12.

Weihnachtskarte von Fritz. Er freut sich schon auf meine Lesung und will zuhören kommen. Grüße auch von Tante Berta. Ob auch sie zur Lesung kommt, hängt von der TBC ab. Tante Berta ist eigentlich gar keine richtige Tante.
Im Kaffeehaus den Zahnarzt getroffen. Der Zahnarzt hat mir wieder geraten, einen Bestseller zu schreiben. Am besten eine opulente Liebesgeschichte an exotischen Schauplätzen, am günstigsten gleich mit Venedigerwähnungsgarantie am Umschlag, eventuell ein skandalöses Dreiecks-, Vierecks-, Fünfecksverhältnis vor dem Hintergrund verbrecherischer Geschäftspraktiken multilateraler Wirtschaftskonzerne, Freimaurertum und abgefeimter Machenschaften und politischer Intrigen, garniert mit Genmanipulation, globaler Bedrohung, Menschenrechtsverletzung, Ökoschocker, Mondphasenhellseherei, Geheimdienst, Spionage und Völkermord. In Meran ist übrigens wieder ein Mord geschehen. Sollte den Zahnarzt meiden. Zum Glück trage ich schon lückenlos Prothesen.

18. 12.

In Würdigung des jüngsten Meraner Mordes zögere ich meine offizielle Zusage zur Dichterlesung in Meran weiterhin hinaus. Immerhin ist der Mörder nach wie vor auf frei-

em Fuß. Und wenn der Mörder nun nie gefaßt wird? Hätte man mich nicht an einen ruhigeren Ort einladen können? Oder wenn es in Wirklichkeit gar keinen Mörder gibt? Wenn alle vermeintlichen Morde zum Beispiel Selbstmorde gewesen sind? Zweifellos eine schöne Idee, die Geschichte eines Städtchens zu schreiben, in dem sämtliche Bewohner nach und nach offenbar grundlos Selbstmord begehen, bis am Ende das Städtchen komplett ausgestorben ist; aber wahrscheinlich auch kein Bestseller.
Habe die Romanidee *Ackermanns Gespräche mit der Finanz* fürs erste wieder fallen lassen. Zu unsublim. Kann überhaupt nicht mehr schlucken. Klebriges Sekret betoniert mir den Hals zu. Ich leide.

20. 12.
Dichter Schneefall, klirrende Kälte. Der Wetterbericht sagt, keine Aussicht auf Besserung vor April. Aber Südtirol ist klimabegünstigt.
Habe heute Mercedes in der Buchhandlung getroffen. Sie hat sich für letztens mit einer Darmgrippe mit anschließendem Taschenbuchseminar in Travemünde entschuldigt. Romanidee *Radikale Vertotung des Privatlebens* vorerst wieder zurückgestellt. Wie gerne hätte ich mit Mercedes den Heiligen Abend verbracht! Sie ist aber leider nicht da, sondern wird nach Budapest fahren, um Weihnachten mit ihrem Freund zu feiern und bei der Gelegenheit mit ihm Schluß zu machen. Also habe ich ihr den Teddybären schon heute gegeben. Eine Zeit der Hoffnung ist angebrochen! Und sie hatte auch ein Päckchen für mich! Ein Weihnachtsgeschenk von Mercedes, ganz für mich allein, aus dem Nichts heraus! Tandaradei, Tandaradei! Ich habe sie ja so lieb! Aufmachen darf ich das Päckchen aber erst am Heiligen Abend, hat sie gesagt.

Ich habe ihr übrigens auch von meiner Begegnung mit dem Zahnarzt erzählt und bei der Gelegenheit gestanden, daß ich eine Zahnprothese trage. Mercedes hat gesagt, wir können trotzdem Freunde bleiben.

21. 12.
Die Premiere von *Abduhenendas mißratene Töchter* ist ein großer Erfolg gewesen und ganz hervorragend besprochen worden. Ich habe auch nichts anderes erwartet von der Literaturkritikermafia. Vielleicht wollen sie Fritz auch ganz einfach wegloben. Es sind noch sechs weitere Vorstellungen angesetzt, und ich werde ganz bestimmt nicht hingehen. Atemnot, Luftmangel, kalte Füße. Mundwinkelweh.

22. 12.
Habe zwecks Terminvereinbarung für Teneriffa beim *Wiener Ideenbüro* angerufen, nachdem sich die Wiener von sich aus nicht mehr gemeldet haben. Es gab aber unter dieser Nummer keine Auskunft mehr. Auch die Auskunft hat keine Auskunft geben können. Eine mysteriöse Angelegenheit. Ohrenschmerzen.

24. 12.
Mercedes hat mir zu Weihnachten ein *Trivial Pursuit*-Spiel geschenkt. Das ist ein Bildungs- und Wissensquiz, bestehend aus einer Unmenge von Kärtchen, kategorisiert in die Wissensgebiete *Schlagzeilen, Showbusiness, Weltgeschehen, Klatsch & Tratsch* und *Sport*. Auf jedem der insgesamt tausendfünfhundert Kärtchen steht auf der Vorderseite eine *hochaktuelle Frage* mit drei Antwortvorschlägen, auf der Rückseite die richtige Lösung. Die Frage einer Karte aus der Kategorie *Klatsch & Tratsch* lautet: Wie heißt die Hauptfigur im Stück *Abduhenendas mißratene Töchter* von

Fritz Ritter von Herzmanovsky-Orlando? Darunter die Vorschläge a) Abduhenenda, b) Ein siamesischer Zwilling, c) Das Wiener Kind Annerl. Die richtige Lösung auf der Rückseite lautet: Ein siamesischer Zwilling. Mir ist schlecht. Übelkeit, Magenkrämpfe, womöglich Fischvergiftung.

28. 12.
Habe heute den Kulturstadtrat auf der Straße gesehen, der Kulturstadtrat hat mich auf der Straße gesehen. Das war alles. Mercedes ist noch immer nicht aus Budapest zurück.

29. 12.
Anruf aus der *Who is Who*-Redaktion. Die Frau Doktor bittet mich vielmals um Verzeihung für die Verwechslung, die ihr sehr peinlich ist. Selbstverständlich sei nicht ich, Franz von Herzmanovsky-Orlando, sondern Fritz von Herzmanovsky-Orlando in die Prominentenenzyklopädie aufgenommen worden. Sie hat wirklich ganz ungeniert das Wort *selbstverständlich* verwendet. Habe wieder einmal Weitblick bewiesen, indem ich kein Subskriptionsexemplar bestellt habe. Regelmäßige Erstickungsanfälle, dramatisch verklebtes Gaumensegel.

30. 12.
In einem Couvert Karte von Mercedes aus Budapest. Herzliche Grüße aus der Andrassy-ut. Hätte noch persönlicher sein können. Dank des Absenders kenne ich jetzt ihren vollen Namen: Mercedes Ritter. Bei der Hochzeit bin ich für den Doppelnamen.

1. 1.
Meine Vorsätze für das neue Jahr: 1) Berühmt werden. 2) Gesund werden. 3) Mit Mercedes schlafen. 4) Den *Lang-*

weiligen Menschen vollenden. 5) Einen Verleger finden. 6) Einen Intendanten finden. 7) Etwas über Meran schreiben. 8) Weniger rauchen. 9) Mein Tischtennis maximieren. 10) Fritz vergessen. 11) Nach Meran fahren. 12) Berühmt werden.

2. 1.
Neujahrsgrüße von Fritz. Er ist Mitglied eines Vergnügungskomitees für den Osterfestzug auf der Passerpromenade in Meran geworden. Mache mir Sorgen um Fritz. Er meint übrigens, daß es nicht gut sei, während des Tischtennisspielens gegen die Kellerwand immer Mozarts Requiem zu spielen. Empfiehlt mir statt dessen die *Moldau* von Smetana. Von Tante Berta ebenfalls schöne Grüße.

5. 1.
Mercedes ist aus Budapest zurück. Sie sagt, sie hat mit ihrem Freund Schluß gemacht, er hat das aber nicht akzeptiert. Sie wird es nächstens wieder probieren. Nur noch eine Frage der Zeit.

6. 1.
In unserer Stadtzeitung ist gestern gestanden, ich hätte ein Frauenproblem. Bin natürlich sehr stolz gewesen.
Mit dem Gedanken gespielt, Mercedes nach Meran mitzunehmen. Meran im Frühling kommt einer Romanze sicher entgegen. Die Zedern, der Palmengarten, die Winterpromenade, die Sommerpromenade, das Ischlerische, die Kurgesellschaft, die Osterprozession, Vernatschtrinken, schön durchwachsenen Speck und Vintschgerlaibchen kauen. Mitteilung an den Meranerhof, anstelle des Einzelzimmers ein Doppelzimmer zu reservieren.

10. 1.
Es ist mir gelungen, einen Auszug des Anfangskapitels des *Langweiligen Menschen* in der kleinen, aber feinen Literaturzeitschrift *Zillertaler Ziffernblatt* zu veröffentlichen. Triumph! Das Jahr beginnt hervorragend.

11. 1.
Mord in Meran. Könnte irgend etwas mit der Autonomie zu tun haben. Was genau, weiß ich nicht. Geht es so weiter, erledigt sich die Autonomie ganz von allein. Rachenkatarrh.
Die Post besteht wieder nur aus einem einzigen Brief. Er kommt von einer Frau Leichter aus Pollingberg. Keine Ahnung, wo das liegt. Frau Leichter schreibt, sie hat den Anfang des *Langweiligen Menschen* gelesen, und sie dankt mir, daß es mich gibt. Bitte. Keine Ursache. Dann erzählt sie mir ihr ganzes Leben. Dieses Leben dauert schon ziemlich lang, nämlich 73 Jahre. Und es ist sehr langweilig. Nie sind die weiblichen Fans, die mir schreiben, jünger als siebzig. Es hapert also nach wie vor mit der Liebesgeschichte und dem Bestseller. Tante-Berta-Syndrom.
Idee für ein Journal intime. Titel: *Der Teufel ist in Not und frißt Fliegen.*

14. 1.
Mercedes hat mir zum Geburtstag Fritzens *Garten der Erkenntnis* mitgebracht. Sie meint das aber bestimmt nicht so. Ein Bändchen – 32 Seiten! – steif gebunden! Fritz ist im Grund stinkfaul, aber er verkauft das als Stilrichtung. K.u.K.-Literatur i.R. Schimpfwort.

20. 1.
Idee: Den nächsten Roman unter dem Pseudonym *Peter Panik* publizieren. Verleger finden! Vertrieb begeistern! Procedere: Engmaschig prüfen!

24. 1.
Der Theaterverlag schickt mir die Faustsache zurück und sagt ab, mit der wirklich dämlichen Ausrede, ich hätte Heinrich Faust mit Hans Wurst verwechselt. Hans Wurst *ist* der österreichische Faust. Mystiker sind beide, beide Solipsisten. Idee für Untertitel: *Wursts Gretchenfrage*.

29. 1.
Von der Idee, Mercedes mit nach Meran zu nehmen, wieder abgekommen. Was, wenn Fritz an Mercedes Gefallen findet und sie umgarnt? Wenn er, wie es seine Art ist, so halbseiden altösterreichisch um Mercedes herumscharwenzelt, ihr Wonnevolles bezüglich des grünen Barockteiches des Schlößchens Xaverinenlust ins Öhrlein flüstert, von ihrem Öhrlein gar nicht mehr abläßt und … – schon die bloße Vorstellung ist mir unerträglich. Mitteilung an den Meranerhof mit der Bitte, anstelle des Doppelzimmers nun doch ein Einzelzimmer zu reservieren.

5. 2.
Schon wieder ein Mord in Meran, und noch immer keine Spur vom Täter. In der Zeitung steht, es könnte was Politisches sein, aber ich mache mir trotzdem allmählich Sorgen. Gar so groß ist Meran ja auch wieder nicht, und bis ich nach Meran komme, gibt es Meran vielleicht überhaupt nicht mehr. Sollten jedenfalls nicht gar so viele Leute zur Lesung kommen, liegt das nicht an mir. Die beste aller Ausreden,

nicht zu meiner Lesung zu kommen, ist die, einem Mordanschlag zum Opfer gefallen zu sein.

6. 2.
Habe viel zu tun: Geschirr spülen, Wäsche waschen, Staubsaugen, Bügeln, Müll trennen, Frauenvolksbegehren unterschreiben. Meine Solidaritätskundgebung beim Frauenvolksbegehren hat aber keiner Frau nachweislich imponiert, nicht einer einzigen Tochter aus Elysium. Kein Tandaradei, nicht einmal in Spurenelementen. Frustrierte Aufwendung. Mit Feminismus kann man offensichtlich keine Frauen mehr herumkriegen. Sollte diabolischer werden. Halsschmerzen, Würgereiz, Prothesenweh. Beim nächsten Frauenvolksbegehren wird alles anders.

9. 2.
Notiz am Rande: Motivsuche. Der Meraner Massenmörder hat es darauf angelegt, meine Lesung zu verhindern, meinen Durchbruch. Er wird so lange wüten, bis ich entnervt aufgebe und absage. Möglicherweise ein neidischer Kleindichter aus der Umgebung. Solche Typen sind zu allem fähig. Mit dem Gedanken gespielt, der Meraner Polizei meinen Verdacht zu melden. Was noch zu tun ist: die Meraner Stadtpolizei anrufen. Polizeischutz für meine Lesung anfordern.

13. 2.
Mit Mercedes im Kaffeehaus. Habe ein Gedicht für sie geschrieben, das davon handelt, wie weiß und glatt ihre Hände sind. Aber nicht gewagt, es ihr vorzutragen. Verfalle lyrisch immer gleich ins Reimen, und in meinen Gedichten regnet es ständig. Auch bei Fritz diesbezüglich nichts Brauchbares gefunden, nur Blasius Pfurzschnöller. Statt dessen etwas

von Ringelnatz ausgeborgt. Mitteilung an den Meranerhof, anstelle des Einzelzimmers doch ein Doppelzimmer zu reservieren.
Mercedes war wunderbar um die Augen geschminkt. Vielleicht trifft das Wort *sphinxartig* zu. Aber seit ich sie treffe, hat sie immer nur schwarze Baumwollhosen an, und ich habe noch nicht ein klitzekleines Stückchen Beinfleisch von ihr zu sehen bekommen, als ob sie gar keines hätte, oder als hätte sie es in Budapest verwahrt. Das Unerfüllte ist es, das mich rasend macht. Das will mir schier das Herz verbrennen. Vielleicht verbirgt sie bärtige Waden, dann wäre ich schlagartig von ihrem Zauber erlöst. Mit dem literarischen Markt ist es genauso. Jedesmal, wenn ich sie sehe, muß ich mich betrinken. Möchte eigentlich schon lang mit Mercedes brechen, habe aber bisher noch nichts zustande gebracht, was konkret gebrochen werden könnte. Bewundernswert, wie asexuell sie rund ums Jahr kommt.

19. 2.
Mord in Meran. Brief von Fritz. Wird jetzt für eine Zeitlang nach Bozen verreisen. Ich soll mir aber keine Gedanken machen. Natürlich mache ich mir Gedanken. Bindehautentzündung links, zuzüglich zum somatischen Status quo ante.

20. 2.
Hab' Mercedes nun doch gefragt, ob sie mich nach Meran begleitet. Sie kann aber nicht, weil sie zu der Zeit wieder nach Budapest fährt, um mit ihrem Freund Schluß zu machen. Mitteilung an den Meranerhof, anstelle des Doppelzimmers nun doch ein Einzelzimmer zu reservieren. Habe mir vorgenommen, wenn ich zum Festival ungarischer Gegenwartsdramatik komme, persönlich und von mir aus mit ihrem Freund Schluß zu machen.

21. 2.
Mord in Bozen. Bin fassungslos.

22. 2.
Idee für einen Merankrimi. Während die Ortspolizei im Dunkeln tappt, hat der Erzähler seinen Bruder, einen aus Nierengründen in Meran lebenden Dichter im Verdacht, für die mysteriöse Mordserie verantwortlich zu sein. Motiv: Dauernd in der Zeitung stehen wollen. Und außerdem dem Bruder Publikum stehlen. Nach langer, akribischer Beweissuche gelingt es dem Helden, den Dichterbruder als Mörder zu überführen. Während des öffentlichen Vortrags des Erzählers kommt es zur spektakulären Verhaftung. Der Erzähler wird Meraner Ehrenbürger und steht in allen großen Zeitungen. Werde zugunsten des Merankrimis vorerst die Arbeit am *Langweiligen Menschen* zurückstellen.

25. 2.
Streitigkeiten mit dem Vermieter bezüglich des Mietrückstands. Eine Bagatelle, im Angesicht der Ewigkeit. Habe dem Vermieter erklärt, daß ich nach Meran fahre. Hat mich gefragt, wann genau ich übersiedle.

8. 3.
In nur einer Woche den kompletten Merankrimi geschrieben. Wie aus einem Guß. Habe gearbeitet wie ein Besessener und bin jetzt sehr erleichtert und zufrieden. Mehr als bloß eine sublime Bagatelle. Der Merankrimi hat alle Bestselleringredienzien, und ein phänomenaler Erfolg muß sich zwangsläufig einstellen. Er ist sehr spannend, und ich habe nebenbei eine dramatische Nierentransplantation (als Spenderin Tante Berta) und auch Mercedes erotisch hineinverwurstet: Liebesszene mit Umarmung und Zungenkuß

auf der Sommerpromenade vor dem Elisabethdenkmal. Mercedes trägt einen Rock, der die Knie nicht berührt, und bis zur kleinsten Zehe ist alles noch femininer als ein Frauenvolksbegehren. Im Finale nach der Lösung des Falls mit spektakulärer Verhaftung auch Traumhochzeit. Natürlich viel Vernatsch. Nebenbei hervorragend zu verfilmen. Denke vor allem an Klaus Jürgen Wussow als Nierenspezialisten, an Mercedes Echerer als Mercedes sowie an Ben Kingsley als ich. Meran wird verblüfft sein. Werde gleich zum Zahnarzt gehen.

10. 3.
Noch zwei Wochen bis Meran. Fange allmählich mit dem Kofferpacken an. Mir fällt kein Aphorismus für das Goldene Gästebuch des Meranerhofs ein. Werde einfach den von Dietmar Grieser abschreiben. Gästebücher sind ohnehin keine Bestseller.

11. 3.
Der Zahnarzt ist krank.
Bisher hat Mercedes es bei unseren harmlosen Tête-à-têtes immer vermieden, mich beim Namen zu nennen. Heute aber hat sie mich zum ersten Mal direkt und unverblümt *Franz* genannt, einmal sogar *Franzl, als ob wir schon seit Jahren ... Tandaradeihochzwei.* Allmählich entsteht eine Nähe und Vertrautheit und Intimität. Es geht voran! Sie ist so süß!

18. 3.
Fritz ist mit dem Hörspielpreis der Kriegsblinden ausgezeichnet worden. Wie ich ihn kenne, hält er das wahrscheinlich für eine Auszeichnung. Pfurzschnöller! Soll sich nicht zu früh freuen.

22. 3.
Mercedes ist nach Budapest abgereist. Sobald wir zurück sind, werde ich die Sache intensivieren. Fühle mich sehr jung. Frühlingserwachen!

23. 3.
Noch drei Tage. Der psychische Druck vor einer Lesung ist natürlich enorm. Die literarisch-kriminologische Doppelbelastung. Und dann gleich Meran. Die Meraner wissen ja nicht, was da an Enthüllungen auf sie zukommt. Aber wer einmal in Meran gewesen ist, der kommt überall hin.

24. 3.
Der Mörder von Meran ist gefaßt, steht in Riesenlettern auf der Titelseite der Zeitung, nebenbei auch gleich erschossen und entsorgt. Nicht Fritz, sondern ein psychisch Kranker, schon seit Jahren in psychiatrischer Behandlung. Plötzliche Bestsellerzerplatzung. Phantomzahnschmerzen. Pflusterwimmer! Pfurzschnöller! Fühle mich sehr alt. Der Meraner Bürgermeister und der Tourismusreferent atmen auf, auch die Stadtbibliothek, das Puccinitheater, der Meranerhof, die Kurverwaltung und die Kurgesellschaft, die Platzkonzertkapellmeister, die Turberkuloseärzte, das Vergnügungskomitee für den Osterfestzug auf der Passerpromenade und die Vintschgerlaibchenbäcker atmen auf. Jetzt kann endlich wieder Ruhe einkehren. Alle atmen auf. Nur mir bleibt die Luft weg.
Karte von Fritz. Er wird mich am Bahnhof abholen und freut sich schon sehr. Außerdem ganz liebe Grüße von Tante Berta. Würgereiz, Erstickungsanfälle, Kopfschmerzen, Halsschmerzen, Gallenkolik. Weiß jetzt nicht, was ich in Meran vorlesen soll. Werde absagen.

II. Zwischenzeiten

Fitness for Europe, naja

Politisch bin ich – mit Altmeister Grünmandl gesprochen – vielleicht ein Trottel: Bei sämtlichen Volksbefragungen, Abstimmungen, Urnengängen, Wahlen meines Lebens bin ich auf kommunaler, regionaler, nationaler, internationaler Ebene ausnahmslos bei den Wahlverlierern und denen gewesen, die sich dem politischen Willen der Mehrheit beugen mußten. Urnengänge erzeugen bei mir automatisch Abbruchstimmung. Immerhin hält beugen fit und regt den Kreislauf an. Und zu den Favoriten, den Siegern und den Mächtigen zu halten wäre ordinär. Manchmal habe ich es mit meinem exotischen Kreuzchen auf Erdrutschniederlage und Debakel förmlich angelegt, das ist mein gutes Recht als Demokrat. Ganz besonders überfordert mich offen gesagt die europäische Europapolitik. Damals, 1994, habe ich, weil links und rechts alle so enorm auf historisches Verantwortungsbewußtsein gemacht haben und so viele ebenso gute wie seriöse Argumente sowohl für als auch gegen den Beitritt Österreichs zur Europäischen Union gebracht haben, sowohl *ja* als auch *nein* angekreuzt. Ich nehme an, mein Votum war bei aller Weisheit und Weitsicht ungültig, aber auf komplizierte Fragen gebe ich eben komplizierte Antworten. Das ist mein gutes Recht als Demokrat.

Was mir im Zusammenhang mit der Europäischen Union jetzt prinzipiell auffällt, ist, daß alle Länder unbedingt hineinwollen, und wenn sie endlich drinnen sind, sind sie sofort maßlos enttäuscht und finden es drinnen ganz furchtbar.

Was mir auffällt, ist, daß die Mitgliedsländer einander eigentlich nicht leiden können. Manchmal, wenn ich im Eurospar nebenan einen Sack Eurokartoffeln kaufe, gehe ich noch ins integrierte Eurostüberl, und wenn gerade Eurostüberlkirchtag ist, schaue ich den Eurospartypen auf's Maul: Ich will nicht politischer als die Politiker und nicht demoskopischer als die Demoskopen werden, aber soviel kann ich sagen, daß im Eurostüberl der eingeschlagene Pro-Europakurs und die Euroskepsis wild miteinander ringen. Immer wieder heißt es da programmatisch: Europa ja – aber ohne die arroganten Briten. Europa ja – aber ohne die chauvinistischen Franzosen und die großköpfigen Deutschen. Europa ja – aber ohne die verlotterten Italiener und die nichtstuenden Portugiesen und die faulenzenden Griechen und die frigiden Finnen! Europa ja, aber ohne den ganzen Völkerramsch des Ostens. Man darf die Osterweiterung nicht übertreiben, heißt es am Eurostüberlkirchtag, bloß weil dort kein gescheiter Ozean als Grenze vorhanden ist, und theoretisch könnt' man bis nach Wladiwostock expandieren. Da wird sich die Bauwirtschaft noch so eine Art Suezkanal einfallen lassen müssen. Gerade Osteuropa ist ja angeblich leider überhaupt nicht durchtrainiert, heißt es. Der ganze Osten ist ein Fall für die Special Olympics, *special*, die Euphemismen haben wir schon intus. Und weil wir schon dabei sind: Europa ja – aber ohne die selbstherrlich grantigen Wiener! Europa ja – aber ohne die verschlagenen Vorarlberger und verstockten Tiroler! Europa ja – aber ohne die dickschädeligen Salzburger und Oberösterreicher und ohne die nichtssagenden Niederösterreicher. Europa ja – aber ohne die dramatisch vertrottelten Steirer und Burgenländer!

1994 haben die Beitrittsbefürworter so getan, als wär' Europa eine grazile Königstochter, die es tierisch mit den Göttern treibt. Keine fünf Jahre später ist Europa aber eine etwas unförmig gewordene Lady in den Wechseljahren, die sich kübelweise Schminke ins Gesicht patzt und da und dort an Parkinson, Alzheimer und Maul- und Klauenseuchenpanik laboriert. Vier Jahre nach dem Beitritt sind die ranghöchsten Beitrittsbefürworter und auch der österreichische *Mister Europe* himself geschlossen in Pension gegangen – oder geschickt worden. 1994 haben sie den Beitritt mit einem Persilschein ins Elysium gleichgesetzt und einer eventuellen staatlichen Eigenbrötlermehrheit widrigenfalls drastische Steuererhöhungen und Sparpakete angedroht. Naja. Keine vier Jahre später ist die Rede davon, daß Europa jetzt dringend fitzubekommen wäre: Circletraining, fatburning, body-working, stretching, und da dürfte unsereins wohl doch ein wenig überfordert sein. Ein Kommissarwandertag nach Kaprun und ein Kommissarwasserschispringen in Pörtschach könnten zu wenig sein. Österreich ist ja nicht der Physiotherapeut des ganzen Kontinents. Am österreichischen Wesen wird Europa nicht genesen.

Was mir prinzipiell auffällt, ist, daß überall zufriedene Politiker unzufriedene Völker regieren, daß die geradezu hochzufriedenen Politiker aber ganz selbstverständlich davon ausgehen, daß sich die tiefe Unzufriedenheit der Bevölkerung ganz einfach mittels irgendwelcher Werbekampagnen und Slogans in den Medien und auf den Plakatwänden völlig problemlos, leicht und locker beseitigen läßt. Sag' den Armen, daß sie eigentlich reich sind, und sie *sind* reich. Sag' den Kranken, daß sie gesund sind, und sie *sind* gesund. Sag' den Dummen, daß sie klug sind, und sie bleiben dumm. Politisch bin ich vielleicht ein Trottel, aber mir fällt auf, daß sich in letzter Zeit bei jedem Länderspiel der leibhaftige Herr Bundeskanzler und der leibhaftige Herr Vizekanzler in der Halbzeitpause in die Kamera drängen und fachkundige Interviews zum Spielgeschehen geben. Immer kann es sich bei diesen Auftritten ja nicht um Verwechslungen handeln, und ich warte jetzt eigentlich nur noch darauf, daß der leibhaftige Anton Pfeffer seine Regierungserklärung abgibt.

Politisch bin ich vielleicht ein Trottel, aber soviel weiß ich mit Sicherheit: Allen Interviews und Bundeskanzlerfachsimpeleien zum Trotz hat sich Österreich in seiner gesamten Geschichte noch nie für eine Europameisterschaft qualifizieren können. Österreich war stets schon in der Vorausscheidung bei den Verlierern. Sogar die Türkei war schon bei einer Europameisterschaft. Bei Weltmeisterschaften war Österreich schon gelegentlich, wenn auch mit mäßigem Erfolg, aber bei keiner einzigen Europameisterschaft.

Apropos Europa: In der Europäischen Union, erklären die Kommissare und der Ratspräsident, werden wichtige Fragen *vorangetrieben*. Damit ist das Wort *beantworten* elegant umwunden. Oft hört man auch das Wort *Subsidiarität*. Dazu fällt mir ein, daß es vom lateinischen *subsidium* kommt, das *Hilfe* bedeutet (so schlau bin ich in Wirklichkeit!), und zum Wort *Hilfe* fällt mir als erstes der Satz ein: *Dir werde ich schon helfen!* Ein Satz für Kommissare. Zum Kommissar fällt mir ein, daß, wo ein Kommissar ist, auch der Kriminalfall nicht weit sein kann. Das bringt mich zum Wort *Hilfssheriff* und weiter zu den Worten *Hilfsausdruck* und *Hilfsarbeiter*. Hilfe hat also etwas mit mangelnder Qualifikation zu tun. Dazu paßt auch recht gut meine zweite Assoziation zum Wort Hilfe, nämlich die Studie des Gesellschaftsanalytikers Wolfgang Schmidbauer mit dem Titel *Die hilflosen Helfer* und der These, daß im Altruismus oft mehr Egoismus steckt als sonst was. Viele Helfer helfen sich, indem sie helfen, selbst viel mehr als denen, denen sie helfen. Viele Retter machen ihre Opfer erst zu Opfern, damit sie sie anschließend retten können, und wenn sie die Opfer fertiggerettet haben, sind sie den Opfern richtig böse, daß sie keine Opfer mehr sind. Zum Wort *Sondergipfel* fällt mir als erstes ein, daß es die Metastase einer Metapher und von Natur aus ebenso wenig vorgesehen ist wie eine *ehemalige Himmelsrichtung*; zweitens, daß bei einem Sondergipfel in Pörtschach am Wörthersee eine Sondergipfelschiffsprozession für Kommissare vorgesehen ist; ein halsbrecherisches Unterfangen eigentlich. Hoffentlich geht da nichts schief.

Apropos Gipfel: Die Schweiz war schon bei einer Europameisterschaft, Österreich nicht. Auch Griechenland war schon dabei, Österreich nicht. Bulgarien, Österreich nicht. Rumänien, Österreich nicht. Portugal, Österreich nicht. Leider kommen nämlich seit Jahrzehnten immer gerade die Nationen, gegen die Österreich anzutreten hat, ausgerechnet vor dem Spiel gegen Österreich in Form, laufen während des Spiels gegen Österreich zur Höchstform auf und verschwinden nach dem Spiel gegen Österreich wieder in der Versenkung. Belgien war sogar schon im Finale einer Europameisterschaft, Belgien, dieser langweilige Zwergenstaat, unfaßbar! Erst im Finale eine unglückliche Niederlage gegen Deutschland. Niederlagen gegen Deutschland sind immer unglücklich, nicht eine einzige glückliche Niederlage gegen Deutschland. Naja, lassen wir das. In der laufenden Europameisterschaftsqualifikation muß Österreich ausgerechnet gegen Israel antreten, das gerade erst den Eurovisions-Song-Contest gewonnen hat: Eine schier unlösbare Aufgabe.

Politisch bin ich vielleicht ein Trottel, aber privat kenne ich mich auch nicht aus. Wenn ich eingangs schon so kokett von meinen Niederlagen und Debakeln gesprochen habe, hätte ich auch ganz anders beginnen und von meiner Pörtschacher Mitschülerin Renate erzählen können, die vor allem am Schulball in ihrem langen blauen Abendkleid mit den dezenten goldenen Sternen und dem dezenten Schlitz an der Seite so elegant und grazil und verführerisch wie die Prinzessin Tausendschön ausgesehen hat. Ich war sechzehn und so verliebt und so fit, daß ich sie einmal sogar mit dem Fahrrad bei ihr zu Hause in Pörtschach besucht habe – hin und retour immerhin eine Strecke von dreißig Kilometern. Ihre Eltern waren nicht daheim, und ich wollte eigentlich mit ihr ins Bett, aber Renate war gerade dabei, dem damaligen Bundespräsidenten Kirchschläger einen Brief zu schreiben und ihn im Namen aller jungen Menschen um ein Zeichen moralischer Erneuerung zu bitten. Mir war das gar nicht recht. Den halben Nachmittag habe ich dazu verwendet, Renate zu erklären, daß es völlig absurd, sinnlos und aussichtslos ist, wenn eine Mittelschülerin aus Pörtschach dem Bundespräsidenten einen Brief bezüglich moralischer Erneuerung schreibt. Die zweite Hälfte des Nachmittags verwendete Renate dazu, mir zu erklären, daß es völlig absurd, sinnlos und aussichtslos ist, wenn ein verschwitzter Mittelschüler mit Fahrrad mit ihr ins Bett will. Quod licet Iovi …; in solchen Fällen, wenn wieder einmal eine ungeniert Eintritt verlangt in die Galerie meiner Unerreichten, ist es tröstlich, wenn man eine bedeutende Fußballmannschaft hat, die einen den privaten Schmerz vergessen läßt und die eigene Erfolglosigkeit kaschiert. Die Lage der Nation und Sportnation war damals aber auch nicht gar so erbaulich, glaub' ich, eine schiefe Ebene, ein Gefälle. Detto die des Kontinents. Naja, die Lage der Nation, das sind immer so Themen, wenn gerade keine die Schenkel spreizt.

Unlängst habe ich Renate nach zwanzig Jahren beim Kartoffelkaufen im Eurospar wiedergetroffen. Sie ist aber nur auf Heimaturlaub hiergewesen: Die kleine Renate lebt seit Jahren in Brüssel, ist Leiterin des Kärntner EU-Verbindungsbüros in der Avenue de Corthenberg und vertritt die Kärntner Interessen in Europa: Hauptsächlich Tourismus, Olympische Spiele, solche Sachen. Jetzt ist sie gerade mit der Organisation der erwähnten Pörtschacher Sondergipfelschiffsprozession für Kommissare beschäftigt. Thematisch geht's diesmal übrigens um *Bürgernähe*, und die idyllische Halbinsel, auf der die europäischen Regierungschefs tagen, ist hermetisch abgeriegelt, damit die Bürger der Bürgernähe nicht im Weg stehen. Das ist doch der Gipfel! Aber die Pörtschacher freuen sich. Bettenauslastung. Betten. So waren wir schnell wieder bei unseren Lieblingsthemen Sinnlosigkeit und Aussichtslosigkeit. Non licet bovi. Die Welt ist klein, Europa groß, wir sind meiner Schätzung nach beide bereits in der zweiten Halbzeit unseres Lebens, unsere damaligen Ideale haben wir in der ersten Hälfte zurückgelassen, ich meines jedenfalls.

Einmal ehrlich: Prinzipiell bin ich natürlich für den Europäischen Einigungsprozeß, schon um den größenwahnsinnigen Zollbeamten und Grenzpolizisten eines auszuwischen und um all die sinnlosen Kriege zu verunmöglichen. Schweden gegen Portugal. Frankreich gegen Finnland. England gegen San Marino. Österreich gegen Athos: All die sinnlosen Greueltaten! Aber à la longue hören dann freilich auch die homöopathischen Schlachten des kleinen Mannes auf, und man kann doch nicht sein ganzes Leben strategisch der Regionalliga widmen. Wenn sich einmal alle fünf Kontinente und die beiden Pole lückenlos geeint haben werden, kann man nicht einmal mehr ein reguläres Viertelfinale spielen, und das wäre doch eher unwirtschaftlich.

Prinzipiell bin ich dem Humanismus und dem Pazifismus verpflichtet: Sehe ich irgendwo am Wegesrand einen sanften Flügel oder einen Götterfunken liegen, hebe ich ihn auf, nehme ihn mit nach Hause und pflege ihn gesund. Ich bin für die Brüderschaft aller Menschen und gegen die Gewaltverbrechen innerhalb der Familie. Aber leider ist eben gerade die Familie besonders gewaltverbrechensfreudig, und auch das Wort *fraternité* hat viel Blut fließen lassen. Wenn es weniger Brüder gäbe, gäbe es auch weniger Mörder. Und gerade die Prestigeerfolge gegen Athos waren doch immer ganz brauchbar für das Selbstvertrauen in der Vorbereitungsphase für höhere Aufgaben. Vielleicht sollte man ja wirklich auch gegen Nationalismus in Nationalmannschaften sein, und wenn der Vorstopper von Kamerun unbedingt *Drachengschwandtner* heißen muß, soll er halt. Uns ist doch in unserer gesamten Geschichte immer alles wurst gewesen. Aber zwischendurch haben wir im Lauf der Geschichte gerade nach den Athostriumphen doch immer wieder sagen können: Wir sind wieder wer. Wortkundlich darf ich dazu anmerken, daß *Regionalist* mondäner klingt als *Provinzler*, und wer Deutschlandsberg nicht ehrt, ist Deutschland nicht wert. Überhaupt: Das Wir, das bis hinauf nach Uppsala und hinunter bis nach Piräus reicht, ist schon eine ziemlich wacklige Angelegenheit. Viele von uns finden sich in diesem Wir nicht mehr wieder und nicht zurecht, in diesem leichenblassen, saftlosen Wir ohne Zigarettenschmuggelgelegenheit. Wer sind wir denn jetzt eigentlich noch? *Wir sind Europa!* Ah, so!

Politisch bin ich vielleicht ein Trottel, aber was da passiert sein muß, stelle ich mir ungefähr so vor: Links war Amerika, rechts Rußland. Rußland war links, Amerika rechts. Da ist Europa in seiner Sandwichsituation eines Tages mulmig geworden. Europa hat Angst bekommen, wollte sich einen, und daher deklamierte es: Hochleistungseuropäer aller Länder, vereinigt euch! Wirtschaftskonzerne, Industriebosse, Militärs, Macher, Mächtige und Gewinner aller Länder, vereinigt euch! Die Hochleistungseuropäer, Mächtigen und Gewinner aller Länder dachten: Großartige Idee, wunderbar! Machtzunahme, Marktanteile, Wettbewerb, Gewinnmaximierung! Offensivdrang! Lust! Und wie ein brünstiger Stier packten sie Europa an den Lenden und machten sich an dem blauen Kleid mit den goldenen Sternen und dem Schlitz zu schaffen. Europa wandte sich um und sagte mit zitternder Stimme: Ich hab' das aber noch nie gemacht! Wird es wehtun? Und der Stier grunzte: Nur anfangs, nur in der Übergangsphase! Europa beugt sich nach vor und stöhnt der Vollständigkeit halber auch noch: Arbeitslose, Aussichtslose, Ausrangierte, Desperate, Sieche, Moribunde, Bettler, Obdachlose, Outcasts, Underdogs, Wegrationalisierte, Paralysierte, Unbrauchbare, Machtlose und Verlierer aller Länder, vereinigt euch! Und die Machtlosen und Verlierer aller Länder, all die Breitensportler, denen beim ersten Atemzug die Luft wegbleibt, dachten: Scheiß drauf! Aber sie dachten es in einem solchen Sprachenkauderwelsch und so leise, daß niemand sie hörte, und Europa hatte sich auch bereits gebeugt.

Vom vielen Beugen kann man im Rahmen der Fitneß und des Kalorienverlusts allerdings auch Bänderzerrungen, Gelenksergüsse, Schleimbeutelentzündungen, Meniskusschäden bekommen: Da drohen Europa Bettruhe, Gips und Muskelschwund, die im Extremfall zurück zu Übergewicht, Herzverfettung, Gefäßverengung, Lungenentzündung, Nierenversagen und zum Exitus führen könnten. *Exitus*, auch so ein höfliches Wort. *Special*. Und dann? Europa bestatten? Aber wo? Europa würde vermutlich eine Lücke hinterlassen, die nicht so leicht zu schließen ist.

Damit es nicht so weit kommt, wurden also in allen Ländern Parlamentarier bestimmt. Die setzten sich zusammen und beratschlagten, wie Europa wirklich sinnvoll zu einen und fitzubekommen sei: Als erstes brauchen wir eine gemeinsame Außengrenze, einheitliche Reisepässe, ein einheitliches Heer, eine einheitliche Flagge, eine einheitliche Währung und auf allen Autobahnen einheitliche weiße Mittelstreifen. Gut. Fangen wir einmal mit den Mittelstreifen an. Und wir brauchen vor allem eine europäische Hauptstadt, sagt einer. Ja, richtig! Was wäre mit Berlin? Um Himmels willen, nein, das geht nicht. Zu historisch! Zu belastet! Oder Stockholm? Zu nördlich! Lissabon? Zu westlich! Athen? Zu südlich! Wien? Zu mittel! Dann eben London, Rom, Paris! Nein, nein, so geht das nicht. Auch die USA haben nicht New York, Los Angeles oder San Francisco genommen. Wir brauchen eine ganz öde, ganz ausdruckslose, ganz nichtssagende, ganz langweilige Hauptstadt! Nehmen wird doch Brüssel, ruft einer, und sofort sind alle einverstanden. Ja, Brüssel, rufen alle, Brüssel ist super, das Bubenlulustädtchen, jubeln sie und schlagen sich vor Lachen auf die Schenkel. Und einen Präsidenten bräuchten wir auch noch. Da nehmen wir am besten so einen Rudolf-von-Habsburg-Typen. Klein muß er sein, unbedeutend, mausgrau, knochentrocken, Brillenträger, und Jacques muß er heißen. Da finden wir schon wen. Und wie nennen wir die neue Währung? Was, *Euro*? Nicht sehr einfallsreich. Die Deutschen haben ja auch keine *Deutschis* gehabt, die Russen keine *Russis*, die Japaner keine *Japsis*, die Amerikaner keine *Amis*. Aber die Franzosen haben ihren Franzi! Na, dann. Man muß eben Kompromisse schließen können. Die Europäer nennen ihr Geld nach sich selbst. *Euro non olet*. Ach übrigens, und die Groschen? *Euro Cent*. Hat das nicht schon irgendwer? Was wäre mit einer Sprache? Was denn? Belgisch? Belgisch gibt's ja gar nicht. Nein, nein, eine Sprache können wir Europa nicht zumuten. Die müßte Europa ja lernen. Gut, und Probleme brauchen wir: Massenarbeitslosigkeit, Massenarmut, Transitverkehr ...; schön, schön, das lassen wir einmal anstehen. Da machen wir auf Bürokratie und Werbekampagne. Sagen wir statt *Problem* ganz einfach *Herausforderung*, statt *Mißwirtschaft* ganz einfach *Neuanpassungsbedarf*, statt *Arbeitslosigkeit* ganz einfach *Chance*, statt *Massenarmut* ganz einfach *soziale Endmoräne*. Irgenwann einmal wird man die ursprünglichen Begriffe vergessen haben. Und wenn uns einmal überhaupt nichts einfällt, was wir sagen könnten, wenn wir nichts zu sagen haben, sagen wir, anstatt nichts zu sagen, *Fitness*. Hauptsache, wir schreiben Geschichte. So, und zum Abschluß machen wir noch alle zusammen einen Altstadtspaziergang, ein Gruppenphoto und singen alle zusammen einmal *Song of Joy*.

Tschechien und die Slowakei sind sogar Europameister geworden unter dem Namen Tschechoslowakei gegen Deutschland ohne Ostdeutschland. Österreich war nicht dabei. Natürlich ist auch Deutschland mit Ostdeutschland später gegen Tschechien ohne Slowakei Europameister geworden. Österreich war nicht dabei. Sogar Holland ist Europameister geworden, dieses unter dem Meeresspiegel verborgene Käse-, Tulpen- und Schlittschuhläuferländchen, hauptsächlich dank der Legionäre aus Surinam. Dänemark war schon Europameister. Dänemark!!! Österreich war noch nie dabei. Was mir sonst noch auffällt, ist, daß meine Eurosparkartoffeln deutsche Kartoffeln sind, die von Deutschland zum Waschen nach Italien geführt und in gewaschenem Zustand von Italien zurück nach Deutschland transportiert werden. Nicht nur dadurch ist die Schadstoffemission bei den Mautstellen so arg, daß die dunkelblaue europäische Fahne, die dort hängt, mittlerweile ganz schwarz geworden ist. Nicht nur dadurch ist der Durchzugsverkehr auf den von Norden nach Süden verlaufenden österreichischen Autobahnen so stark, daß die weißen Mittelstreifen Europas schnell abgefahren sind und darunter hochnotpeinlich die guten alten kaisergelben Autobahnmittelstreifen aus dem ehemaligen Österreich wieder zum Vorschein kommen. Naja.

Und damit der Präsident nichts wert ist, brauchen wir übrigens auch eine Präsidentschaft: Die lassen wir halbjährlich rotieren, damit sie ohne Folgen bleibt und die Fluggesellschaften eine Freude haben. Auch Österreich ist schon an die Reihe gekommen – *tu felix Austria!* – und die Mehrheit der Österreicher ist der Meinungsforschungsmeinung, daß Österreich diese heikle Aufgabe bestens gemeistert hat. Es haben ja alle die Plakate gelesen. In *Lukullus*, der Kundenzeitung des österreichischen Fleischerhandwerks, meint ein Fleischhacker aus Untersiebenbrunn in einem Leserbrief sogar, Österreich habe die einmalige Chance der EU-Präsidentschaft genützt, sich in würdiger Form als enormes Kulturland zu präsentieren. Wollen wir es hoffen! Noch eindrucksvoller wäre die Kulturnationspräsentation ausgefallen, hätten alle österreichischen Künstler in ihre Kunstwerke Halbzeitpausen eingebaut, in denen dann der Bundeskanzler hätte Platz nehmen können. Immerhin haben die EU-Kommissare in der Hofburg lukullische Schinkenfleckerln gemampft. Naja.

Angestachelt durch die Präsidentschaft bewirbt sich Österreich nun endlich auch um die Austragung einer wirklichen Europameisterschaft. Denn das Veranstalterland ist automatisch qualifiziert und darf ohne jeden Fitneßtest und Leistungsnachweis an der Europameisterschaft teilnehmen, womit also wieder ein automatischer Meilenstein in der Geschichte unseres meilensteinreichen Landes gesetzt wäre. Europa wird nach Wien kommen. Europa wird nach Innsbruck kommen. Europa wird nach St. Pölten kommen, dem Brüssel Niederösterreichs. AEI*EU*U, eventuell zu jodeln. Da sich das Veranstalterland erfahrungsgemäß immer steigert, könnte Österreich dann durchaus sogar Europameister werden, unter der Voraussetzung natürlich, daß Österreich bis dahin überhaupt noch existiert. Denn schon gibt es Madigmacher und Skeptiker, die meinen, daß dann im großen und ganzen nur noch ein einziges Turnierspiel möglich sein wird: Europa gegen Schweiz. Das wird aber langweilig werden.

Mein Villacher Exil

Am siebzehnten Jänner 1979 war ich mitten in der Pubertät, wußte aber nicht, was ich dort anfangen sollte und war sehr unzufrieden in dieser Niederung und Niedergestimmtheit meines Lebens, und mit meinem heutigen Wissensstand und Fremdwortschatz fürchte ich, mir rückwirkend eine zyklothyme exogene Depression diagnostizieren zu müssen. Ich wäre ganz sicher ein dringender Fall für die Lichttherapie gewesen. Ich war, glaube ich, sehr häßlich, fettleibig und aufgedunsen, las dementsprechend viel Sartre, Kant und Hesse, verstand aber weder Sartre noch Kant noch Hesse. Das Mädchen, das ich haben wollte, hatte einen anderen, und zwar nur deswegen, damit ich sie nicht haben konnte. Das Mädchen, das mich haben wollte und daher auch sofort hatte, hatte mich auch wieder verlassen, weil ich andauernd bloß von mir sogenannte *psychologische Experimente* mit ihr anstellte, die aber allesamt danebengingen. Zum Beispiel habe ich einmal ohne jede Ankündigung und Erklärung eine Woche lang in ihrer Anwesenheit kein Wort gesprochen und wartete, was passieren würde. Es passierte nichts.

Ich war bereits einmal in der Schule durchgefallen und hatte trotzdem noch immer weder Lust auf französische noch auf lateinische Konjunktivkonstruktionen, weder auf skalares noch auf vektorielles Produkt, weder auf den Prager Fenstersturz noch auf den Generations- und Wirtswechsel beim Leberegel, weder auf Natriumhydrogenphosphat noch auf die Ermordung von Sir Thomas More, the great humanist, *in details*, weder auf den Habeas Corpus Act noch auf Franz Grillparzers König Ottokar. Bei den Professoren hatte ich mich auf Jahre hinaus unbeliebt gemacht, weil ich in einem Schülerzeitungsartikel anschaulichere Unterrichtsmethoden verlangt und als praktikables Beispiel den Prager Fenstersturz gegeben habe. Im übrigen hatte ich keine Lust, mir von allen anzuhören, daß mich niemand fragt, ob ich Lust habe. Ich hatte nicht die geringste Ahnung, was ich werden sollte, und meine umfassende Lustlosigkeit war im Elternhaus eingesperrt, im Gymnasium, in der Stadt, im Land, im Uhrzeigersinn. Außerdem schneite es seit drei Tagen auf Klagenfurt. Es war fürchterlich kalt, und der Schnee, den ich noch vor ein paar Jahren als Kind gerne gemocht hatte, wurde, sobald er den Boden berührte, sofort schwarz und schmutzig und zersetzte mir zusätzlich das Gemüt.

Also holte ich den schweren Koffer des Vaters vom Dachboden, packte ein paar Pullover, Papier und meine Reiseschreibmaschine hinein, stahl mich unbemerkt aus dem Elternhaus davon, marschierte durch das Schneetreiben zum Bahnhof, setzte mich in den Zug und fuhr nach Villach. Da ich aber niemandem sagte, daß und wohin ich fuhr – nicht einmal dem vertrautesten Jugendfreund, der übrigens mit dem Mädchen zusammen war, mit dem ich zusammen sein wollte – wußte auch niemand, was mit mir los war, daß und wohin ich gefahren war, und ich hätte aus Sicht meiner verstörten Daheimgebliebenen genausogut in Pescara oder Palermo sein können, in München, Mühlhausen oder Madrid, in Antwerpen oder Ankara, in Jakarta, Jaunde oder Canberra. Also, zugegeben, in Canberra hätte ich als siebzehnjähriger mittelloser Mittelschüler kaum sein können. Aber in Graz, das ja von Klagenfurt aus gesehen auf dem Weg nach Canberra liegt, hätte ich durchaus sein können. In

Innsbruck hätte ich sein können, in Ried im Innkreis, in Eisenstadt, in Schärding, in Lustenau hätte ich durchaus sein können. Ich hätte den Werther oder Törleß oder Tjaz oder Felix Krull, den Schüler Gerber, die Kinder vom Bahnhof Zoo oder Moritz Stiefel aus Wedekinds *Frühlings Erwachen* nachahmen können. Ich hätte mich umgebracht haben können. Ich hätte das Opfer eines Drogenhändlers, einer Sekte, eines Gewaltverbrechens, eines Lustmords, einer Entführung geworden sein können, auch wenn man gemäß der damaligen Selbsteinschätzung meines damaligen Selbstwerts kein besonders hohes Lösegeld für mich hätte verlangen können. Und Sex mit mir und meinen Experimenten wäre auch kein Spaß gewesen. Auf Villach wird niemand kommen, dachte ich, ausgerechnet auf die Nachbarstadt, und ich dachte, in Villach werde ich in aller Ruhe über mich selbst nachdenken, in Villach werde ich bezüglich meiner Existenz ins klare kommen. In Villach muß und wird es mir gelingen, meine Lebenskrise, meine umfassende Unlust und meine Pubertät zu überwinden. In Villach, dachte ich, kann ich mein Abenteuer überschaubar halten, und wenn ein Notfall eintritt oder mir plötzlich einfällt, was aus mir werden soll, bin ich in einer knappen Stunde wieder daheim.

Als ich aus dem Zug stieg, schneite es leider auch in Villach. Der Bahnhof war genauso häßlich und düster, der Schnee genauso schmutzig und schwarz wie daheim. Es war genauso kalt, und es bot sich mir in Villach vorderhand keine Aussicht auf Lustgewinn. Ich kam von der bitterkalten Ossiacherzeile in die bitterkalte Peraustraße, in die bitterkalte Tirolerstraße, in die bitterkalte Völkendorferstraße, Gritschacherstraße, Tafernerstraße, Pogöriacherstraße, Karl-Wurmb-Straße, und so ging ich mit meinem schweren Koffer stundenlang durch das heftigste Villacher Schneegestöber, bis ich mich bei Anbruch der Dämmerung völlig durchnäßt, durchgefroren und erschöpft in eine in der Peripherie gelegene Frühstückspension einmietete, die einer Fleischerei angeschlossen war, weshalb es dort zum Frühstück immer Fleisch gab. Ich habe in der Fleischerei nie einen Fleischer, sondern stets nur die Fleischerin gesehen, die gleichzeitig Pensionsrezeptionistin und wahrscheinlich Inhaberin des Doppelbetriebs war. Heute kann ich nicht mehr sagen, wie es zugegangen ist, daß sie keinen Ausweis von mir verlangt und sich auch nicht nach meinem Alter erkundigt hat. Ich habe sicher nicht älter ausgesehen, als ich war. Die Zimmerschlüssel hingen neben den Schweinen, das Zimmer war schlicht, aber trocken und billig. Die Zentralheizung funktionierte, roch aber signifikant nach Blutwurst.

Da ich in meinem Villacher Exil weder ein Mädchen, das ich mochte, noch ein Mädchen, das mich mochte, noch sonst ein Mädchen, noch sonst einen Menschen kannte, kaufte ich mir knapp vor Geschäftsschluß in einer Trafik ein Exemplar von *Neue Revue*. Da ich in Villach kein anderes Gasthaus kannte und fand, ging ich in den *Wienerwald* am Hauptplatz, der in allen Details an den Klagenfurter *Wienerwald* am Heuplatz erinnerte, und aß das mir aus Klagenfurt bekannte halbe Grillhuhn mit den mir aus Klagenfurt bekannten Pommes frites. Trotzdem fühlte ich mich verstoßen. Am Heimweg setzte ich mich in ein Kaffeehaus in der Nähe des verschneiten Linder Fußballstadions, blätterte die *Neue Revue* durch, blieb bei der Rubrik *Zärtliche Bilder junger Liebe* hängen, beobachtete aus dem Augenwinkel heraus junge Villacherinnen, die mit jungen Villachern schmusten und eine Jugendfußballmannschaft, die mit dicken Leinensporttaschen vom Hallentraining gekommen war, Bier trank, untereinander ordinäre Witze erzählte, von denen ich mir keinen einzigen gemerkt habe, auf Klagenfurt schimpfte und das Winterende abwartete. Als ich das Kaffeehaus mit meinem Exemplar von *Neue Revue* verließ und wieder in den Schneefall kam, hatte ich das Gefühl, daß mich alle Villacher blöd anschauten.

In Villach folgte auf den 17. Jänner der 18. Jänner, was mich sehr deprimierte und eine der Daseinsselbstverständlichkeiten ist, an die ich mich bis an meinen Lebensschluß nicht werde gewöhnen können. Nach dem Fleischfrühstück ging ich wieder auf mein Zimmer, setzte mich an das Fenstertischchen, schaute ins noch immer unvermindert anhaltende Schneegestöber und in die auf der gegenüberliegenden Straßenseite stehende graue Gemeindebautenfront hinein, aus der graue Hausfrauen mit grauen Putztüchern herausschauten, dachte über meine existentielle Situation nach, kam zu keinem Ergebnis, rauchte eine Zigarette, packte die Reiseschreibmaschine aus, spannte Papier ein und schrieb meinen ersten Roman. Der Roman wurde dreißig Seiten lang, was sicherlich mit Abstand das beste ist, was man von diesem Roman behaupten kann. Ich war, was Thema und Handlung betrifft, nicht besonders einfallsreich und erfinderisch und nahm als Hauptperson einen mittellosen Mittelschüler, der sich durch französischen *Subjonctiv* und lateinischen *Ablabs*, durch skalares und vektorielles Produkt terrorisiert fühlt, der sich allein, verloren, ungeliebt, häßlich, überfordert und nutzlos fühlt, der sich selbst sehr leid tut und dem oft zum Weinen ist. Das Wort *Einsamkeit* bringt ihn zum Weinen, das Wort *Dämmerung* bringt ihn zum Weinen, das Wort *Wienerwald* bringt ihn zum Weinen, vor allem die *Zärtlichen Bilder junger Liebe* bringen ihn zum Weinen. Der Roman, eine Art negative *Neue Revue*, erzählt in einer Art Banalbarock unter Beifügung zahlloser Nebelmetaphern und Kältemetaphern, wie dieser mittellose Mittelschüler eines Tages mutterseelenallein mit dem Zug in die Nachbarstadt verschwindet (ich schrieb damals immer nur *Nachbarstadt*, aber nannte die Nachbarstadt nie beim Namen, was ich mir selbst damals als ganz großartigen Kryptizismus auslegte), und verwendete auf jeder einzelnen der dreißig Seiten mindestens einmal das Wort *mutterseelenallein*, sodaß der Roman nicht nur deutlich von Sartre und Hesse beeinflußt gewesen, sondern daß alles in allem der mit Abstand schlechteste Roman daraus entstanden ist, den ich jemals geschrieben habe, wahrscheinlich überhaupt einer der miserabelsten Romane, den jemals irgendwer geschrieben hat. Ein – sehr diskreter und höflicher – Lektor hat ihn mir mit dem Kommentar zurückgeschickt, er persönlich sei der Auffassung, daß es sich bei diesem Manuskript schon von der Struktur her weniger um einen Roman als um eine Erzählung handelt. Damit hat er sicher recht gehabt. Daß Erzählungen leider nicht ins auf Jahre vorausgeplante Verlagsprogramm passen, hat der Lektor bedauert. Auch damit hat er sicherlich recht gehabt. Für mich aber war es, als ich am 20. Jänner in Villach meinen Roman tränennaß und völlig erschöpft beendete, ein ganz großes Erlebnis, denn ich hatte erstmals in meinem Leben etwas geschaffen, was nur ich schaffen konnte, niemand anderer. Ich hatte etwas Einzigartiges geschaffen, etwas, das es vorher auf der Welt noch nicht gegeben hat: Nämlich genau diesen Roman. Den Generationswechsel beim Leberegel kann jeder auswendig lernen.

Später hat ein sehr renommierter einheimischer Schriftsteller mein Manuskript in die Hände bekommen, und er hat dazu vermerkt: *An Bedenken fehlt es nicht, doch Entmutigen wäre mehr als schlimm!* Dieser Satz hat mich sehr stolz gemacht, und ich habe mit einem Mal gewußt, was ich werden will: Werde, was du bist, habe ich mir gesagt. Mitt-

lerweile habe ich selbst schon zweimal Manuskripte mittelloser Mittelschüler zugesandt bekommen, und da ich nach wie vor eher nostalgisch veranlagt, eher faul und eher einfallslos bin, habe ich die Beurteilung völlig unverändert übernommen und weitergeleitet: *An Bedenken fehlt es nicht, aber Entmutigen wäre mehr als schlimm!*
Es traf sich, daß mir am 20. Jänner 1979 unmittelbar nach Fertigstellung meines Romans das letzte Geld ausging. Also packte ich meine Habseligkeiten, die Reiseschreibmaschine, das Originalmanuskript und die *Neue Revue* in den Koffer, marschierte durch das Schneegestöber bei fürchterlicher Kälte zum Villacher Bahnhof, schaute noch einmal zum Dobratsch hinauf, entdeckte dort aber nichts Bemerkenswertes, stieg in den Zug und kam in der Dämmerung im Klagenfurter Schneegestöber an. Meine Eltern atmeten auf, zogen die Vermißtenanzeige zurück, hörten auf, Beruhigungspillen zu schlucken, mit den Krankenhäusern zu telephonieren und waren sehr froh, daß ich weder einem Drogenhändler noch einer Sekte, weder einer Entführung noch einem Gewaltverbrechen zum Opfer gefallen war, daß ich mich nicht umgebracht hatte und auch nicht nach Canberra gegangen war. Ich ging in die Konditorei Liebhart in der Klagenfurter Siebenhügelstraße und sah, wie junge Klagenfurterinnen mit jungen Klagenfurtern schmusten, wie eine Jugendfußballmannschaft vom Hallentraining kam, Bier trank, untereinander ordinäre Witze erzählte, von denen ich mir keinen einzigen gemerkt habe, auf die Villacher schimpfte und auf das Winterende wartete. In der Fehlstundenentschuldigung für die Zeit vom 17. bis 20. Jänner stand: *Verkühlung*. Das war übrigens auch der Titel meines Romans. Meine nächste Biologieprüfung, mein nächster Chemietest, meine nächste Französischschularbeit und meine nächste Lateinschularbeit wurden einheitlich mit

Nicht genügend beurteilt. Mein bester Freund hatte das Mädchen, das ich haben wollte, verlassen und war jetzt mit dem Mädchen zusammen, das mich haben wollte und dann aber wieder verlassen hatte. Aber immerhin hatte es zu schneien aufgehört.

1989 und was daraus wurde

Das Jahr 1989 nannte sich selbst, noch bevor es ganz vorbei war, in seinen Jahresrückblicken sehr selbstbewußt *Wendejahr* oder *Revolutionsjahr* und kam sich ungemein historisch und geschichtsschreiberisch vor. Tatsächlich gab es Unruhen, Volksaufstände, Massenkundgebungen und Demonstrationen, wie man sie aus irgendwelchen Teilen der Welt immer geliefert bekommt, wenn man bloß verkabelt und vernetzt ist: Einen unblutigen Volksaufstand in der DDR diesmal, einen unblutigen in der ČSSR, einen nicht mehr ganz so unblutigen in Rumänien (da fand ein weihnachtlicher Tyrannenmord statt, der dem Papst am Christtag die Show beim Segnen stahl), und gegen Süden hin wurde es dann immer blutiger, heißblütiger und unübersichtlicher: Der heiße Kleinkrieg beendete den Kalten Krieg. Aber ein über die Norm politischen Wirrwarrs Hinausgehendes wollte oder konnte ich damals zunächst nicht ausmachen. Ich habe die Vorgänge so nebenbei im Fernsehen zwischen Soap-operas und Fußballqualifikationsländerspielen mitbekommen, und ich habe sie auch ungefähr so gewertet. Wo *Wende* draufsteht, ist keine Wende drin, habe ich gedacht. Wo *Revolution* draufsteht, ist keine Revolution drin. 1789 werden die französischen Bürger ja auch nicht gesagt haben: *So, Leute, wir veranstalten jetzt die Französische Revolution!* Sie haben einfach die Bastille gestürmt, ganz ohne Programmheft.

Ich habe zum Beispiel der Deutschen Demokratischen Republik schon damals nie abgenommen, daß sie demokra-

tisch war. Man hat sich doch bloß die Kugelstoßerinnen anschauen müssen. Zwischen den Olympischen Spielen wurden die sicher als Dampfwalzen für den Straßenbau verwendet. Ich habe das erste Vierteljahrhundert meines Lebens zuviel Westwerbefernsehen konsumiert, um der Verpackungskunst also nicht ganz automatisch zu mißtrauen und nicht zu wissen, daß gerade die Medien und die Politik *die* Wirklichkeitsverpackungskünstler schlechthin sind und ihr Verpackungsmaterial die Sprache ist. Nota bene: Ihre vergewaltigte oder zu Fertigbauteilen zerborstene Sprache packt zu, anstatt auszupacken, verhüllt, anstatt zu enthüllen, verschweigt, anstatt zu benennen, umschreibt, anstatt zu beschreiben. Etwas Altes geht zu Ende, ohne daß es durch etwas Neues ersetzt wird, dachte ich: Es kann keine Wende geben am Ende der Geschichte. In Leipzig und in Ostberlin, Karl-Marx-Stadt und in Magdeburg ist das Volk durch die Straßen gezogen und hat gerufen: *Wir sind das Volk!* Und ich habe mir gedacht: *Nona! Wer denn sonst?* Aber seine Führer haben, als sie das Volk *Wir sind das Volk!* rufen gehört haben, gesagt: *Ach, ihr seid das! Warum habt ihr das nicht gleich gesagt? Na, dann werden wir aber schleunigst zurücktreten, den Staat auflösen und nach Chile flüchten! Tschüß, war nett!*
Bis 1989 hat es zwei politische *Himmelsrichtungen* gegeben. Ein *Himmel* war aber nirgendwo. Heute ist eine der beiden Himmelsrichtungen eine ehemalige, was für eine Himmelsrichtung sicherlich kein kleines Sprachkunststück ist. Ich erinnere mich, daß dieser ehemalige Osten dem Westen damals Dekadenz vorgeworfen hat, um von seiner eigenen kargen Kolchosenwirtschaft und den grundpeinlichen Werktätigenparadiesinternatsurlauben am heruntergekommenen Schwarzen Meer abzulenken. Auch die verdienten Helden des Volkes, also hauptsächlich Kugelstoße-

rinnen und Eishockeyspieler, die einmal bei einer Weltmeisterschaft außerhalb der Warschauer-Pakt-Staaten, in Stockholm, Zürich, Frankfurt oder gar Wien teilgenommen und nicht dortgeblieben, sondern zu den Arbeitern & Bauern zurückgekehrt sind, bestätigten den Daheimgebliebenen: *Sodom & Gomorrha!* Plötzlich, 1989, nach der Niederlage im politischen Zusammenbruchswettrennen, war auf der ganzen Welt niemand mehr da, der uns – »uns« – Dekadenz unterstellt hätte, ausgerechnet am Anfang des Fin de siècle! Heute ist praktisch der ganze Warschauer Pakt in der Pornoindustrie untergebracht. Die Genitale des Ostens werden von High-tech-Kameras des Westens gestochen scharf ins Bild gesetzt. Entweder sind da von Budapest bis Dnjepropetrowsk Dekadenzdefizite zu beheben, oder es herrscht der nackte Existenzkampf. Wortwörtlich. Statt der Drohgebärden und dem albernen wechselseitigen Bezichtigungsspiel der Blöcke, wie wir daheim es bis heute auch von den batteriebetriebenen Parteidackeln bei Talkshows kennen, war vom Zerfall der Nachkriegsordnung die Rede: Ein Paradigmenwechsel im Projekt der Wirklichkeitsverpackung mittels Sprache, auch wenn *Zerfall* schon realistischer klang als *Wende, Zusammenbruch* realistischer als *Revolution*. *Zerfall* hat etwas von Cioran, Bernhard, Améry. Ich bin ein Kind dieser Nachkriegsordnung und Nachkriegszeit, aber da kein Krieg in meinem Leben war, war für mich die Nachkriegszeit auch keine Nachkriegszeit. Ich war bloß genötigt, mit einem unpassenden Wort aufzuwachsen, mit einem Wort, das mich nicht als Maßstab akzeptierte. Mich und meine ganze Generation nicht. Wir alle sind noch immer im Kalender unserer Großväter eingetragen. Da es jedenfalls keine Nachkriegszeit gab, war auch ihr Ende schwer zu akzeptieren. Mir ist im *Kalten Krieg* nie wirklich kalt gewesen, erst jetzt, Durchblutungsstörungen,

Sozialabbau. Ich hatte nie wirklich Angst, daß die Amerikaner über die Russen oder die Russen über die Amerikaner herfallen könnten, die Amerikaner und die Russen ausgerechnet über Österreich oder über die ganze Welt. Nicht, daß ich protzen will: Aber ich habe recht gehabt! Ich hatte nie wirklich Angst, daß jemand auf den planetarischen Vernichtungsknopf drücken könnte. Meine Ängste waren selbstgenügsamer und hausbacken: Ich hatte wirklich Angst, daß ich gymnasial & universitär scheitern könnte; daß ich einmal arbeitslos werden könnte; daß ich – noch schlimmer – einmal werde arbeiten müssen, ein Werktätiger ohne Werk in der Werktätigenhölle! Daß ich mysteriös erkranke, früh & geheimnisvoll sterbe, keine Frau bekomme oder eine Frau, aber keine Erektion & keinen Orgasmus bekomme; daß mir meine Lieben wegsterben und mich in meiner Lebensunfähigkeit sitzen lassen könnten: Solche privaten Panikattacken. Und ich hatte ein wenig Angst, daß Österreich im November 89 in Wien bei Nacht & Nebel gegen die DDR verlieren und dadurch in der Qualifikation für die Fußballweltmeisterschaft 1990 in Italien ausscheiden könnte. Selbst diese Angst war unbegründet. Die DDR hat freundlicherweise elf Kugelstoßerinnen nach Wien geschickt. Die DDR hatte damals ganz andere Sorgen. Daher habe ich auch nicht ernsthaft aufgeatmet, als es im Fernsehen hieß, daß wir – »wir« – jetzt endlich alle aufatmen können. Ich habe das mediale Wendegeplärr ebenso stupid gefunden wie das gleichzeitig losgehende Plädoyer der großdeutschen Literaturgroßkritik für den großen politischen Wenderoman, für den *Überböll* sozusagen.

Die Berliner Mauer war für mich so selbstverständlich wie der Eiffelturm, das Kolosseum, die Akropolis und Big Ben. Und wie und warum sollte sie jemals fallen? Ab heute, 0 Uhr, ist die Geschichte aufgearbeitet, die Vergangenheit bewältigt, die Kriegsschuld getilgt, die Wiedergutmachung fertiggestellt. Ab heute, 0 Uhr, sind alle Opfer und deren Nachkommen versöhnt und befriedigt. Ab heute, 0 Uhr, betrachten Sie bitte alles Geschehene als gegenstandslos: Schwer denkbar! Als neutraler Österreicher habe ich fast dreißig Jahre lang in irgendeinem politischen Zusammenhang das Wort *immerwährend* gehört, und ich habe mich so daran gewöhnt, daß ich fast zehn Jahre gebraucht habe, bis mir heute auffällt, daß ich das Wort *immerwährend* jetzt seit fast zehn Jahren nicht mehr höre. Es ist fast so wie mit dem Wort *demokratisch*.

Als die ersten Staaten dann schließlich ganz ohne Krieg, sondern einfach wegen ihres finanziellen Engpasses zusperrten, war ich doch verblüfft, wie wenig ein Staat letztlich ist, so säbelrasselnd, gewaltig und allmächtig er sich auch gibt: Wie ungegenständlich! Wie gegenstandslos! Wie lächerlich! Ein Staat wird ausgeknipst wie eine Schreibtischlampe. Seine Städte und Dörfer aber bleiben auch ohne Beleuchtung, das Land, die Landschaft, die Sprache, die Menschen, das Volk und seine Seele, falls es sowas gibt. Ich hatte die Staaten nicht als die Kriegsfolgen, als Traumata, durch einen gewaltigen Schock verursacht, erfahren, die sie waren, nicht als Medikamente, die wirken oder nicht wirken, nach dem Ablaufdatum aber jedenfalls entsorgt werden müssen. Was ich nicht wissen konnte, war, daß sich aus einem Schock gezeugte Staaten nur so lange halten können, bis sich der Schock verflüchtigt hat. Der Schock, also der Krieg, war der der Väter, nicht unserer, und unheilbar, nur *kaltzustellen*. Bis 1989 war die Kriegsgeneration – aus natürlichen Gründen – eine Minderheit geworden, und damit war auch der Schock mehrheitlich gestorben, unter der Erde und in Geschichte verwandelt. Geschichte ist das, was man selber nicht erlebt hat. Seine eigene Geschichte kann man nicht selber schreiben, das obliegt den Nachfahren. Was man selber schreibt, ist sein Schock. Gute Indizien, daß etwas verblaßt und unwiderruflich zu Ende geht, sind Ausstellungen, die organisiert, Denkmäler und Mahnmäler, die errichtet, Be- und Gedenkjahre, die ausgerufen werden.

Heute, ein Jahrzehnt später, bin ich schon eher willens, 1989 als Wendejahr, vor allem als Wendejahr des Geschichteschreibens zu sehen. Ende Mai 1989 hatte ich mein Germanistikstudium abgeschlossen und sponsiert. Eine wesentliche Rolle in diesem Studium spielten die Trümmerliteratur, die Nachkriegsliteratur, die (damalige) Gegenwartsliteratur. Vor allen möglichen literarischen Begriffen und Genrebezeichnungen lauerte wie ein Losungswort das Praefix *Anti*, vom Antitheater bis zur Antiheimatliteratur, vom Antiroman bis zur Antiphrase und der Antiklimax. Statt der Helden, die sich im Leben bewährten und Unmögliches möglich machten, traten Antihelden auf, die scheiterten und für die alles Mögliche unmöglich blieb. Nach Dachau e.a. war 99% der *Vordachauliteratur* völlig unmöglich geworden, immerwährend! Und das hieß als Programm: Nur ja kein Pathos, nur ja nichts Traditionelles! Keine Geschichten! Nichts Phantastisches! Nichts Erfundenes! Und nur ja kein Urvertrauen in die Sprache, in diese geschändete, vergewaltigte, zerbombte, gleichzeitig ermordete und mörderische deutsche Sprache! Skepsis und Sprachzertrümmerung waren angesagt, weniger, um neue Sprachen durchzusetzen (neue Sprachen gab es zuhauf, aber außer ihren Schöpfern hat sie kaum wer gesprochen), als um sicherzustellen, mit einer kaputten Sprache keine funktionierenden Geschichten mehr anrichten zu können, keine Chimäre und keinen Schaden. Ernst Jandl war der Großmeister, er war der Jand, aber es gab viele Jandln neben und vor allem unter ihm. Das Experimentelle war das Sensationelle, zunächst aus moralischen Gründen, dann aber einfach, weil es das Experimentelle war, und es hat summa summarum mehr Dissertationen bewirkt als sonstwas. Wer aber gesagt hat, daß Experimente noch nicht ihr eigener Erfolg sind und mitunter auch in die Hose gehen können, war dadurch schon als rückständiger alter Trottel abgestempelt, der einfach nichts verstanden hat. Nicht nur Peter Handke definierte sich als *Geschichtenzerstörer*, auch konservative und bürgerliche Dichter verzichteten auf Handlung, Geschichte und Fiktion. In der *Kleinen Menschenkunde* von Alois Brandstetter, 1987 erschienen, heißt es noch: »Im Augenblick erlebt alles Fiktionale und Illusionäre wieder einmal eine Krise ...«. Und er nennt darauf den programmatischen Titel eines Buches von Michael Scharang, *Schluß mit dem Erzählen und andere Erzählungen*.

Am 12. Feber 1989 stand ich nach einem studentischen Zechgelage, das bis in die frühen Morgenstunden gedauert hatte, wie gewöhnlich gegen 12 Uhr mittags auf, um noch vor dem Mittagessen frühstücken zu können, aß – degenerierter Endmensch, als der ich mich verstand – mein viel zu weiches Ei mit dem Suppenlöffel, patzte einiges auf den Morgenmantel und las in der Tageszeitung von Gerüchten bezüglich einer »schweren Erkrankung Thomas Bernhards«. Draußen schien etwas Fremdes mit Namen Sonne, und da Thomas Bernhard seit Jahrzehnten schwer krank war und seine schwere Krankheit jährlich drei, vier großartige Werke garantierte, nahm ich die Zeitungsnotiz noch nicht als gar so dramatische Wende und setzte meine Ernüchterung und Aufklarung mit ein paar Zigaretten fort. Tatsächlich hat Thomas Bernhard diese Sonne des 12. Feber 1989 nicht mehr gesehen. Tatsächlich war Thomas Bernhard bereits seit einigen Stunden tot. Sein Leichnam wurde wahrscheinlich gerade in aller Verschwiegenheit von Gmunden nach Wien chauffiert, um in Grinzing unter Ausschluß der Öffentlichkeit bestattet zu werden. Thomas Bernhard, der Großmeister des Pessimismus, hat in seinem Werk viel Fundamentales, viele Dogmen hinterlassen, und ein zentrales literaturtechnisches Diktum war das: *Sehe ich hinter dem Hügel eine Handlung auftauchen, schieße ich sie sofort ab!* Nach ihrer Veröffentlichung im Anschluß an das Begräbnis verbreitete sich die Todesnachricht wie ein Lauffeuer. In einem ersten Radionachruf sprach der Redakteur in Ö1 die fiktive Grabsteininschrift *Thomas Nicolaus Bernhard, 1931 bis immer.* Ja, das war Pathos. 1989 war *immerwährend* noch immerwährend. Ich bin noch nie nach Grinzing gefahren, um nachzusehen, aber ich nehme an, daß dort, falls überhaupt etwas steht, statt *immer* doch *1989* steht. Wir Studenten und jungen Dichter reagierten auf die unwiderrufliche Auslöschung und Unsterblichkeit unseres fürchterlichen Freunds wirklich erschüttert und wie in die Magengrube getroffen mit einem neuerlichen, ernsten und schwerwiegenden Zechgelage.

Daß dieser 12. Feber 1989 einen Wendepunkt in der ganzen deutschen Gegenwartsliteratur markierte, ahnten wir schon am 12. Feber 1989 dumpf – vielleicht ähnlich wie seinerzeit Thomas Bernhard selbst, der sehr erregt gewesen sein soll, als er vom Tod Heimito von Doderers erfuhr, weil er, Bernhard – richtig – meinte, nun müßte und könnte erst eine neue literarische Zeitrechnung, eine neue Epoche anbrechen, seine nämlich. Aber daß das noch am 12. Feber 1989 literarisch Indiskutable, das abgrundtief Verpönte, daß das ungenierte Erzählen und naive Erfinden unseren monumentalen Geschichtenzerstörern und Handlungsabschießern zum Trotz, das *artige* Erzählen, in dem es von Abenteuern, Legenden, Engelsfiguren, Wundern wimmelt, als wäre sprachästhetisch und weltgeschichtlich nichts gewesen und alle Katastrophen, alle Opfer, alle Verwüstungsorgien ergebnislos, daß dieses ärgerliche Erzählen, das damals nur etwas für kulturlose, versoffene Amerikaner auf kulturlosen Bestenlisten war, innerhalb eines Jahrzehnts eine derart opulente Renaissance erleben könnte, wie sie sie erlebt hat, konnten wir uns in unseren fürchterlichsten literarischen Alpträumen nicht ausmalen. Bestsellerlisten gab es freilich auch schon vor 89, aber nicht darin enthalten zu sein, war eine Frage der Ehre, der Qualität und der Psychohygiene. Das Lesepublikum hatte das moralische literarische Antiprogramm offenbar ebenso hingenommen wie die DDR-Bürger die DDR und ihre Herzeigekugelstoßerinnen. Aber daß beim Konsumenten kein wirkliches Verständnis wuchs und schon gar keine Bewußtseinswandlung geschah, sondern sich bloß ein immer gewaltigeres Bedürfnis nach Geschichten aufstaute, das dann nach der Wende wild hervorbrechen konnte, ahnten wir nicht und glaubten wir auch nicht. Still und heimlich muß das Lesepublikum schon seit Jahrzehnten um die Buchhandlungen herumgeschlichen sein und mit zunehmender Verbitterung gemurmelt haben: *Wir sind das Volk! Wir sind die Leser!*

Fachkundige Kritik und kaufkräftige Leserschaft sind selten einer Meinung. Daß sich die Zeiten ändern, ist eine Binsenweisheit. Aber daß einer, der noch 1989 staatlicher Literaturzensor in der UdSSR war (und den russischen Autoren nicht nur alles Politische, sondern sicherheitshalber alles Erotische aus den Romanen strich), 1999 Chef einer privaten russischen Stripteaseschule ist, sprengt den Weisheitsgehalt von Binsenweisheiten. Die Zeiten ändern sich, aber daß eine Fernsehprogrammzeitschrift 1999 Franz Kafka allen Ernstes als *Versicherungsmann und Gruselautor* annonciert und ihm zwei von drei möglichen Punkten in der Kategorie *Anspruch* verleiht, zwei in der Kategorie *Spannung*, hingegen null Punkte bei *Humor* und auch null Punkte bei *Erotik*, wäre noch 1989 ein schlechter Witz gewesen. Die Zeiten ändern sich, aber daß die österreichische Gegenwartsliteratur 1989 schon 1999 zur Hälfte aus germanistischen Karteileichen bestehen könnte, daß sich so viele der Öffentlichkeit maßgebliche Dichter binnen eines einzigen Jahrzehnts von der Seite der Kritik oder der Seite des Eigensinns auf die Seite des Publikums schlagen, Dienstleistungsdichter werden oder Erzählungen zum Beispiel mit den Worten beginnen könnten, daß *zwei Tote schwarz im Jänner Brasiliens liegen*, hätten wir nie und nimmer für möglich gehalten. Wären sie nicht ohnehin schon schwarz gewesen, wir hätten sie im Jänner Brasiliens liegen lassen, bis sie schwarz geworden wären. Justamentromantizistische Romane wie Robert Schneiders *Schlafes Bruder* oder *Die Luftgängerin*, Josef Haslingers *Opernball*, Actionthrillers Bruder, die Neuerzählung der Odyssee und der griechischen Heldensagen von Michael Köhlmeier, ein märchenerzählender Robert Menasse oder eine Neuerzählung der Bibel von Ferdinand Schmatz wären jenseits aller Qualitätsfragen, die zu erörtern ich mir hier verkneife, rein programmatisch am 12. Feber 1989 als ernstzunehmende literarische Großereignisse ebenso absurd, albern und undenkbar gewesen wie Fußballänderspiele zwischen Slowenien und Kroatien, Tschechien gegen Slowakei, Rußland gegen Weißrußland, Lettland gegen Litauen. *Schwachsinn.* Zehn Jahre lang herrschte – vor allem in den ersten Febertagen – absolute Bernhardverehrung in Medien und Expertenkreisen, – Brandstetter machte zum Beispiel den Vorschlag, Österreich in *Bernhardsland* umzubenennen – auch Anbiederung und Memoirenmist, gegen die Bernhard sich wohl fuchsteufelswild gewehrt hätte. Jedenfalls gab es zehn Jahre lang nicht die geringste Widerrede. Dann war das Bernhardsche Gloria in excelsis ausgereizt, den Medien wurde fad, und sie erwarteten sich von den Nörglern nun höhere Auflagen als von den Rühmern. Und zu Bernhards 10. Todestag kam Werner Schneyder oder Gerhard Roth (der noch seinerzeit einen pathetischen Nachruf sondergleichen gesprochen hatte) spät, aber doch zu dem verblüffenden Ergebnis, daß Bernhard eigentlich kein besonders guter Autor war. Und fad, über weite Strecken. Werner Schneyder wußte, daß Bernhard in fünfzehn Jahren völlig bedeutungslos sein wird. Und wer, wenn nicht der bedeutende Werner Schneyder, wäre berufen, das zu wissen! Ach, es ist immer das gleiche mit dem *immer*.

Seit 1989 häuften sich die *Jahrhundertromane* epidemisch. Heute erscheinen *Jahrhundertromane* beinahe im Wochentakt. Romane, die keine Jahrhundertromane sein wollen, sondern einfach Romane, sind die Ausnahme. Und umso hysterischer die Jahrhundertromane Jahrhundertromane sein wollen, desto weniger haben sie mit dem Jahrhundert zu tun, in dem sie erscheinen, desto weniger interessieren sie die Lebensumstände dieses Jahrhunderts. Seit die Trivialliteratur eine Fusion mit der Avantgarde eingegangen ist, kommt der Begriff *Trivialliteratur* so gut wie nicht mehr vor. An literaturphilosophischem Impetus und theoretischem Background ist außer Marktanteilsfetischismus zwischen Top und Flop oft nicht mehr viel auszumachen, und nach dem Grund seines Schreibens befragt, müßte ein großer Dichter heute sagen: *Weil ich mir einen Ferrari kaufen will.* Zu diesem Szenario paßt auch das Schnellsiederezensententum in den Hochglanzmagazinen und Fernsehquartette, die sich so lange *literarisch* nennen, so lange sich ihre Umwelt das gefallen läßt. Vorderhand läßt sie mit

Genuß. *Wissen Sie, warum dieses Buch so schlecht ist?* fragt der polnische Literaturpapst seine drei Kardinäle.*Weil die Autorin so blöd ist!* Und ein Millionenpublikum kniet nieder, faltet die Hände und sagt dem Herrn Dank für die geheimnisvolle Offenbarung.

Apropos Geschichtsschreibung: Wie es immer – auch – literarische Epochen gegeben hat, die im nachhinein Klassik, Romantik, Biedermaier, Vormärz, Naturalismus, Realismus, Expressionismus, Dada, Trümmerliteratur, Sozialistischer Realismus, Dekonstruktivismus oder wie auch immer genannt wurden, wird zeitferner Literaturwissenschaft – falls es die dann im engeren Sinn noch gibt – nichts anderes übrigbleiben, als für die Zeit nach 1989 den *Poetischen Kapitalismus* als literarischen Epochenbegriff einzuführen. Die öffentliche Hand leidet ja immer dramatischer an Gicht. Auch der Dichter wird sich zukünftig am freien Markt orientieren und gerade als Gewissen der Nation Sponsoren aus der Privatwirtschaft rekrutieren müssen. Und vielleicht werden 2009 heute noch völlig undenkbare Autoren wie Barbara Komm&Kauf Frischmuth oder Josef Wash & Go Haslinger die Szene beherrschen, H CA. Artmann, Reinhard P.untigamer Gruber, Gerhard Wüstenrot Roth, Ich heiße Felix und ich liebe Felix Mitterer, Robert Diana&Menthol Menasse, Alexander Tofix Widner, Elfriede Du-darfst Jelinek. Schon freut sich das Volk auf den Jahrhundertwälzer *In einer stillen Nacht ging ich aus meinem Griffner-Fertighaus*. Und einmal ehrlich: Was wär' der Schindel ohne Max? Heute noch ein schlechter Witz, aber schlechte Witze sind nicht immerwährend Witze. Die Zeiten ändern sich.

Es darf also bis auf weiteres wieder frisch von der Leber und vom Herz weg erzählt werden, sei es nach Großmutterart, sei es mit dem Pathos des Pubertierenden. Die Verpackungskunst hat sich der Kunst bemächtigt. Hemmungslos darf man erzählen wie ein Grimmelshausen nach übergangener Gehirnerschütterung, und man kann es ruhig mit einer vergewaltigten oder zu Fertigbauteilen zerborstenen Sprache tun, solang' es keinen stört, denn die Toten sind tot und die Geschichte ist Geschichte. Wem heute beim Erfinden einer Handlung übel wird, der muß seinen Krankenstand verlängern, sofern ein bürgerlicher Brotberuf ihm das ermöglicht. Erst der nächste Schock ist der, der uns gehört. Erst der Kalender unserer Enkel handelt von uns.

Prinzipiell darf die Literaturkritik wohl auch weiterhin nach eigenem Ermessen nörgeln, besserwissen, naserümpfen, aber bei einem *programmierten* Jahrhundertroman, also bei einer programmierten Geldverdienmaschine, muß sie es schon wegen der eigenen Konkurrenz nachweislich doppelseitig tun. *Schlafes Bruder*, also der Ferrari von Robert Schneider, ist von fünfundzwanzig Westverlagen abgelehnt worden, bevor ausgerechnet der kleine und literarisch nicht gerade prominent besetzte Reclam-Verlag in Leipzig zugeschlagen, den Motor gezündet und das Manuskript, den Buchhandlungsboliden angenommen hat zum Zeichen, daß der Krieg und die Nachkriegszeit und die Nachkriegsliteratur vorbei sind, zum Zeichen, daß das zwanzigste Jahrhundert schon demnächst niemals stattgefunden haben wird.

Auf der Fahrt zu einer Lesung nach Wien habe ich im Zugjournal ein Interview gelesen, in dem Schneider nach seinem Erfolgsgeheimnis befragt geantwortet hat: *Küssen Sie Ihre Buchhändlerin!* Ich selbst habe, reserviert und ungeschickt, wie ich bin, einen Buchhändler, und da existieren immerwährende erotische Barrieren. Immerwährend immerwährend! Robert Schneider und seine Buchhändlerin aber, *sie bebten unverständlich, ihr Herzklopfen übertönte ihre Gedanken, sie fielen ineinander wie die Wolken des Himmels, türmten ihre Körper auf, rissen sich fort und vergingen am Horizont der Lust.*

2000 und was daraus wird

Ich bin im Jahr 1962 auf die Welt gekommen, 38 Jahre vor dem Jahrtausendwechsel, und ich rechnete mir von klein auf seriöse Chancen aus, das ominöse Jahr 2000 live mitzuerleben: Eine Gnade, eine Gunst oder mindestens ein Privileg des Schicksals, das Milliarden und Abermilliarden von Menschen auf diesem Planeten nicht widerfahren ist, Millionen von großen Persönlichkeiten nicht. Dem zum *Mann des Jahrtausends* gewählten Johannes von Gutenberg (Gratulation und alles Gute!) nicht, Franz von Assisi, Luther, Goethe nicht, Columbus, Newton, Shakespeare nicht, Scott und Amundsen und Amerigo Vespucci nicht, Kaiser Franz Joseph, Freud und Einstein nicht, Legionen von Gymnasialschulbüchern nicht, selbst meine über die Weltgeschichte verstreuten Mitarbeiter des Weltgeistes, meine Helden der Verweigerung, diese Giganten von Gorgias über Schopenhauer bis Cioran nicht. Und viele scheitern leider auch jetzt noch knapp vor Redaktionsschluß jäh.
Dieses Jahr 2000 war also mein großes Ziel als Entdecker und Eroberer und Erforscher: Es übte eine magische Faszination auf mich Kind aus und stellte eine Art Chiffre für die Zukunft des Menschengeschlechts schlechthin, mehr noch: für die Erlösung des Menschengeschlechts von allem Übel dar: Als Kind – so gegen Ende der sechziger Jahre – stellte ich mir vor, daß im Jahr 2000 überall auf der Welt und in jeder Stadt sämtliche öffentliche wie private Gebäude aus blitzendem Chrom bestehen würden, aus Aluminium, Stahl, buntem Spiegelglas und Neonröhren zur Unterstrei-

chung ihrer geometrischen Figuren. Alle verfallenen oder alten Backsteinhäuser, von denen Verputz bröckelt, würden inzwischen verschwunden sein, überhaupt sämtliche architektonische wie botanische Verfallserscheinungen, sämtlicher Unrat und Schmutz, alles Ungeometrische und Unaerodynamische. Öffentliche Gebäude, wie wir sie kennen und benützen müssen, würde es dann allerdings kaum noch welche geben, dachte ich: Keine Krankenhäuser – weil es ja auch keine Kranken mehr geben wird, sämtliche Krankheiten besiegt und von vornherein im Keim erstickt sein werden. Keine Altersheime, weil es ja auch keine Alten, Siechen und Gebrechlichen, sondern nur noch ambulante Frischzellenpatienten geben wird. Keine Arbeitsämter, weil es weder Arbeitslosigkeit noch Arbeit geben wird: Was man gern tut, wird dann nicht mehr Arbeit heißen. Was man nicht gern tut, wird von Maschinen erledigt werden. Man wird nichts mehr tun, um Geld zu verdienen, weil es entweder kein Geld mehr geben wird, oder weil alle von vornherein immer so viel Geld haben werden, wie sie brauchen. Keine Banken also, aber auch keine Armenhäuser und Obdachlosenasyle, weil Armut abgeschafft und die soziale Frage von Politikern, die hochqualifizierte und altruistisch veranlagte Volksvertreter sein werden, zufriedenstellend beantwortet sein wird. Keine Kasernen, weil es ja auch keine Wehrpflicht, keine Soldaten, keine Militärs, keine Kriege mehr geben wird. Kriege würden im Jahr 2000 als Konfliktlösungsmodelle rund um den Erdball dermaßen verpönt sein wie etwa heute Menschenfresserei als Ernährungsmöglichkeit. Im Grund alles nur eine Frage der Zivilisation, der Tradition, der guten Manieren und der globalen Übereinkunft. Wenn zwei uneins sind, werden sie Schach spielen. Nicht einmal Kirchen wird es geben, weil Gott es nicht mehr notwendig haben wird, sich aus all

dem irdischen Ungemach heraus anbeten zu lassen. Impfstationen, Jungbrunnen, Himmelbetten, Kulturhäuser und ein weltweiter Vergnügungspark: Das wird die Zukunft sein.
Die Straßen des Jahres 2000 – dachte ich – würden samt und sonders aus strahlend weißem Asphalt, die Autos pfeilschnell, aber völlig ungefährlich und mit einer Art antimagnetischer Einrichtung ausgestattet sein, die jeglichen Auffahrunfall oder Frontalzusammenprall von vornherein verunmöglichen wird. Allerdings wird die Durchschnittsbevölkerung dann trotzdem den Einfamilienflüsterhubschrauber bevorzugen. Im Winter des Jahres 2000 würde es gemäß meiner Phantasie nicht mehr eiskalt und frostig, im Sommer nicht mehr brütend heiß, drückend und schwül sein dank einer gigantischen Open-air-Klimaanlage. Die Nächte werden – jedenfalls in den Städten – nicht mehr finster sein dank der gigantischen Kunstfixsternflutlichtanlage, die man als Non-stop-Lichttherapie ins Himmelsgewölb schießen wird, ebenso Luftgüteoptimierungsgeräte, Entnebelungsanlagen, Himmelverblauungsmaschinen, Verfrühlingungsmaschinen. Schließlich würde es auch keine vermoosten, schummrigen, gespenstischen Friedhöfe und Gräber voller Toter, sondern direkte farbenprächtige Himmelfahrtskanäle geben, was ja auch wirklich viel praktischer ist. Summa summarum müßte von solchen Dauertriumphen der Ethik, Ästhetik, Politik, Philosophie, Medizin, Architektur und Kultur auch die menschliche Weltseele enorm profitieren bis zur Verglückseligung der kleinen, zwischenmenschlichen Privatbeziehungen. Sieben Milliarden Menschen würden tagsüber sieben Milliarden große Künstler sein, des nachts sieben Milliarden große Liebhaber. Jeder würde seinen Nächsten lieben, in Gedanken, Worten und Werken, fallweise mit Kondom und Diaphrag-

ma. Die erste Mondlandung 1969 und die Erfindung des Farbfernsehens, das zweite Vatikanische Konzil, die Blumenrevolution in Portugal, Woodstock und die Gratisschulbücher in Österreich signalisierten mir, daß ich mit meinen kindlichen Visionen durchaus richtig liegen mußte. Und als Zeithorizont dachte ich mir immer: Wenn das Paradies zu verwirklichen ist, dann bis zum Jahr 2000.
Heute, wo ich diese Notizen schreibe, steht am Kalender: 18. Jänner 1999. Mein sogenannter *Gesundheitszustand* ist zwar recht desolat, aber ich lebe tatsächlich noch immer. Es bleiben nur noch elf Monate und dreizehn Tage bis zum großen Ereignis, aber wenn ich so bei Nebel, Frost und Finsternis an der großen Millenniumsuhr vorbei unter dem schweren, schwarzen Himmel durch die Vorstadtsiedlung schlendere und mir ihr schäbiges, poröses Gemäuer anschaue, das sich seit meiner Kindheit nicht wesentlich verändert hat, hinter dem sich noch immer dieselben kleinen Regierungsbeamten und Fabriksarbeiter verschanzen, deren kleine Schritte keine großen Schritte für die Menschheit sind, dann zweifle ich ernsthaft, ob sich die Umsetzung meiner Phantasien zu Bausubstanz, futuristischer Ortsbildverträglichkeit und Erhöhung des Menschen noch rechtzeitig ausgehen wird. Also, ehrlich gestanden, eher nicht. Seit gut einer Woche ist sogar die große Millenniumsuhr kaputt. Aber bis dem Magistrat das auffällt … Bislang schauen eigentlich nur die Autobahntankstellen in der Abenddämmerung halbwegs so aus, wie ich mir die ganze Welt vorgestellt habe. Und außer Styling und Design ist auch da nichts wirklich Paradiesisches zu finden. Schon der Tankwart ist überfordert, wenn ich ihm mit dem Begriff der *Schönen Seele* komme. Bislang hat man ja nicht einmal gegen welkes Laub und Hochnebel etwas Gescheites erfunden, gegen Depressionen und Sinusitis. Und gegen das Militär kann man bis an

den heutigen Tag nur Felix Krull empfehlen. Immer dieselben alten Hausmittel.

Das Jahr 2000 hat in den letzten dreißig Jahren viel von seinem Mythos eingebüßt, und im Gegensatz zu meiner einstigen Visionsidylle wage ich für den Jahrtausendwechsel jetzt schon Frost und Finsternis und kahle Bäume zu prophezeien, Substandardwohnungen, Abbruchhäuser, Schlaglöcher, Gastritis, Gichtanfälle, Gallenkoliken, Zahnschmerzen, magere Pensionen. Glatteis, Blechschäden, Führerscheinabnahmen, mangelhafte Schneeräumung, mangelhafte Müllabfuhr, Stromausfälle, verschreckte Haustiere, Stockbesoffene, Mord, Totschlag und Gewalt im engsten Familienkreis. Nichts Besonderes also. Das Jahr 2000 wird geradezu vulgär beginnen. Außer den Winter wage ich weiters vorherzusagen, daß alles sehr schnell gehen und absolut nichts zwischen den Jahrtausenden lagern wird: Kaum wird man aus dem alten Jahrtausend heraußen sein, ist man auch schon im nächsten Jahrtausend drin, als wäre da gar nichts dabei. Nett wären gerade für kontemplative Existenzen freilich zwei, drei Tage Zeitlosigkeit, eine Art zeitliches Niemandsland, damit man einerseits in aller Ruhe nachbetrachten, analysieren und bilanzieren, sich andererseits ordentlich auf die prognostizierten Herausforderungen und Highlights des neuen Millenniums vorbereiten kann. Aber es deutet vorderhand nichts auf ein solches *Time out* hin. Die Millenniumsuhr wird wieder abgebaut werden, kaputt oder repariert, und ihr weiteres Schicksal ist mehr als ungewiß.

Nicht, daß gar kein *Count down* stattgefunden hätte. Nicht, daß sich die Welt gar nicht verändert hätte, seit ich klein war. Nicht, daß mir die Welt gar nicht fremd geworden wäre, das schon. Der Mensch ist vom Mond wieder heruntergekommen, das Gratisschulbuch ist wieder abgeschafft,

die Lage in Portugal ist trist, die im Vatikan auch. Dafür ist der Erdball mittlerweile mit Computern vernetzt, und wenn sich die technologische Entwicklung weiterhin in dem rasanten Tempo der letzten Jahre von mir entfernt, werde ich persönlich nolens volens bald ein Fall für das Naturhistorische Museum werden, *homo erectus manualis vulgaris*, sekundärer Digitalanalphabet, seiner Zeit um Lebenszeit zurück, infolge Anpassungsunfähigkeit zum Aussterben verurteilt, ausgestopfter Urmensch des zwanzigsten Jahrhunderts gleich neben dem Tyrannosaurus Rex. Wer zu spät kommt, den bestraft die Geschichtslosigkeit der Informationsgesellschaft: Wer jetzt keine *Homepage* hat, baut sich keine mehr. Wer jetzt ohne *E-mail* ist, wird es lange bleiben, wird wachen, lesen, lange Tiraden schreiben und zwischen den Mausklickern unruhig hin- und herwandeln, während es die Chatter in den Chatrooms treiben.
Wer sein virtuelles Segel setzt und im Internet surft, kann längst schon die Angebote sondieren, wie und wo man am spektakulärsten den Jahrtausendwechsel verbringt: in Neuseeland, in der Oper von Sydney, vor der thailändischen Küste, auf Madagaskar; beim Elton-John-Konzert vor den Pyramiden, bei Rod Steward oder Tina Turner in Las Vegas; In der Präsidentensuite des New Yorker *Four Seasons*-Hotels oder auf Mitternachtssafari im *Ritz-Carlton*; auf dem Eiffelturm, auf Kreuzfahrt, in der Antarktis, in der Concorde, eventuell beim Champagnerbuffet im Spaceshuttle. Wer Elton John nicht mag, schaut halt nur auf die Pyramiden. Auf jeden Fall schnell buchen, bevor alles ausverkauft ist. Kostet auf keinen Fall mehr als zwei Jahresgehälter eines Fließbandarbeiters. Im Grund kann man es natürlich auch zu Hause im Wohnzimmer machen. Die Sicht ist nicht gar so besonders, aber im großen und ganzen bekommt man alles Notwendige mit. Im übrigen verbringt man einen Jahr-

tausendwechsel prinzipiell, wie man einen gewöhnlichen Jahrhundertwechsel verbringt. Einen Jahrhundertwechsel verbringt man, wie man einen Jahreswechsel verbringt. Es ist ganz einfach, man muß nicht einmal die Uhren vorstellen. Ich für meinen Teil habe mir vorgenommen, zum Jahrtausendwechsel in den Keller zu gehen und Tischtennis zu spielen. Oder aufs Klo. Etwas in der Art jedenfalls. Und ganz sicher kein Donauwalzer.

Neben Computersystemen, Datenhighway oder Internet zählen auch Cyberspace und virtual realities noch zu den Hochleistungserrungenschaften dieses verebbenden Jahrtausends. Nur habe ich leider den Eindruck, daß die Hightech-Fetischisten gerade deswegen in die virtual reality desertieren, weil die *real reality* – wie schon Schopenhauer gesagt hat – nicht auszuhalten ist, nicht zu renovieren, schon gar nicht zu optimieren. Und wenn man aufmerksam die Gebrauchsanweisung studiert, wird man merken, daß auch die virtual realities rein inhaltlich, substantiell und essentiell nicht viel sensationell Neues und Gutes zu bieten haben, sondern eigentlich nur den Müll, der uns auch händisch und mechanisch andauernd gelingt.

Die revolutionären Diagnoseapparaturen der technischen Medizin oder die Telechirurgie haben schließlich ebenfalls nicht dazu geführt, daß es weniger Krankheiten und weniger Kranke gibt, nicht einmal dazu, daß man präziser leidet und digitaler stirbt. Im Gegenteil gibt es mehr Kranke, seit es mehr Diagnosen gibt. Die Medizinmaschinen taugen eigentlich nur als heimtückische Angsteinjager und drohen permanent mit allen möglichen heimtückischen Eventualitäten und Körperkatastrophen. Ja, die Lebenserwartung ist gestiegen, aber Lebens*erwartung* bedeutet bloß Lebens*jahre. Erwarten* darf man davon nicht mehr viel, nur eine Zahl, die nichts zählt. Und zwischen Alter und Tod muß man heute fallweise noch die Geriatrie erledigen. Die letzten Jahre ihres Lebens bestehen viele Menschen überhaupt nur noch aus Leverkusen. Und mit Hilfe der Medienmaschinerie wird neben allen anderen Katastrophen auch jede eventuelle Körperkatastrophe sofort rund um den Erdball transportiert. In jede Apokalypse kann man sich problemlos einklicken. Wer nicht in Panik ist, ist nicht normal, nur die Katastrophengebiete bleiben von dieser Katastrophe vorderhand verschont. Die haben ihre eigenen. Die gnadenlosen Maschinen haben dazu geführt, daß der Mensch es mittlerweile als den Sinn seines Daseins zur Kenntnis genommen hat, den Maschinen Sinn zu stiften. Die Maschinen sind nicht mehr zu unserer Unterhaltung und zu unserem Wohl da, sondern wir zur Unterhaltung und zum Wohl der Maschinen. Denn was wäre der schönste computertomographische Tunnel ohne irgendeinen sterblichen Fließbandorganismus, den man zur Sterblichkeitsbestätigung hineinschieben und umsurren lassen könnte. Ein Fall für die Couch, zweifelsohne. Psychotherapie für computertomographische Tunnel ist eine der wenigen Marktlücken, die noch klafft. Das habe ich seinerzeit aber nicht gemeint mit dem Himmelfahrtskanal. Daß Computer von einem Virus befallen werden können, ist das Erfreulichste, was ich in den letzten Jahren aus der Welt der Spitzentechnologie gehört habe. Ich würde ihnen auch Zahnschmerzen und Lungenkrebs gönnen. Ich würde sie gnadenlos zugrunde gehen lassen.

Wenn ich heute durch die Stadt schlendere, bemerke ich natürlich auch, daß sie vor Menschen überquillt – Stadt heißt ja mit einem zeitgenössischen Wort *Ballungsraum* – und seit meiner Kindheit hat sich die Weltmenschheit beinahe verdoppelt. Aber sieben Milliarden große Künstler, sieben Milliarden große Liebhaber sind das nicht. Die Menschen unterhalten sich auch zusammengeballt nicht miteinander, jedenfalls nicht von Angesicht zu Angesicht. Sie haben nicht einmal die Zeit, einander wahrzunehmen. Die Menschen sprechen aber nicht deswegen nicht mehr miteinander, weil sie dahintergekommen wären, daß es – als Gipfel und triste ultima ratio des Erkenntnispessimismus – gar nichts zu sagen gibt und keine Botschaft mehr von Bedeutung ist, sondern weil jeder Mensch scheinbar mit sich selber spricht, tatsächlich aber mit einem Mobiltelephon: Sie rennen einzeln durch die Straßen, an echten Menschen vorbei, zwischen echten Menschen hindurch, gestikulieren, schneiden Gesichter, lachen, schimpfen, sondern lautstark belangloses Gequassel ab, und wäre da nicht das kleine schwarze Ding, das die Einzelwesen zwischen Mund und Ohr halten, sie sähen wirklich allesamt aus wie hochprozentige Autisten, wie entlaufene Insassen aus der Irrenanstalt. Früher haben sich drei Menschen im Kaffeehaus an einen Tisch gesetzt, um sich miteinander zu unterhalten, und sei es auch bloß Small talk gewesen. Heute setzen sich drei Menschen an einen Tisch, es klingelt dreimal, und die drei unterhalten sich – mit drei Abwesenden. Beim Small talk bleibt es freilich. Sage keiner, daß eine solche Kommunikationskultur à la longue nicht zu zwischenmenschlicher Verwahrlosung und seelischer Verelendung führen muß! Es ist ein Kennzeichen vieler Erfindungen, daß sie häufig das Gegenteil dessen bewirken, was sie beabsichtigt haben. So werden auch die Informationsrevolution, die Kontakttechnologie, Erreichbarkeitsexplosion und permanente potentielle Omnipraesenz die Langeweile und die Einsamkeit, die sie ausrotten wollten, in einer neuen Dimension metastasieren lassen. Ich lebe jetzt bald vierzig Jahre lang in einer Stadt mit neunzigtausend Einwohnern, und von diesen neunzigtausend kenne ich neunundachtzigtausendachthundert nicht nur persönlich nicht, sondern nicht einmal dem Namen oder dem Gesicht nach. Genauso gut könnte ich in Kinshasa oder am Nordpol leben. Und besonders unterhaltsam sind die restlichen zweihundert auch nicht. Was soll man schon mit Ballungsraumlebewesen reden? Blöd, daß Sie da sind! Ich hätte Sie gerne angerufen! Apropos Klingeln: Damit man im weltweiten, unaufhörlichen Durcheinandergeklingel noch weiß, wer wann wo tatsächlich gemeint ist, muß jeder Mensch, der eine eigene Nummer hat, freilich auch ein eigenes Geläut haben, auf das er hört wie der Pawlowsche Hund. Und da bekommt dann auch die Kultur wieder ihre Chance: Ich kenne durchaus unmusikalische Menschen, die auf Mozarts *Kleine Nachtmusik* hören, auf Beethovens *Neunte*, auf Mahlers *Sechste*, auf ein paar Takte von Johann Sebastian Bachs *Brandenburgischen Konzerten*. Wieder andere haben *Candle in the wind* als personal signation eingespeichert, *No satisfaction, Yesterday, Laß uns schmutzig Liebe machen, Du mußt ein Schwein sein* und *Let it be*. Einer aber muß immer »Hallo« sagen, wenn *Spiel mir das Lied vom Tod* erklingt.

Fremd ist mir die Welt also schon vor der Jahrtausendwende geworden, aber außen schäbig und innen hohl ist sie mir geblieben. Mein kleinkindlicher Jahrtausendwechselfanatismus verendet knapp vor dem Ziel jäh und jämmerlich. Umso näher das neue Jahrtausend rückt, desto weniger Lust habe ich, hineinzusteigen, und ich glaube mittlerweile auch nicht mehr, daß die, die es nicht mehr erleben, deswegen zu bedauern sind. Ihr werdet nichts versäumt haben, tote Freunde! Die Gräber des alten Jahrtausends werden die Gräber des neuen Jahrtausends sein. Die Schluchten des neuen Jahrtausends werden die Schluchten des alten Jahrtausends gewesen sein, die Gebirge des neuen Jahrtausends die Gebirge des alten Jahrtausends. Der Mensch des neuen

Jahrtausends wird der Mensch des alten Jahrtausends gewesen sein. In tausend Jahren wird man wieder einen zum *Mann des Jahrtausends* wählen. Ich werde wieder durch den Rost fallen. Und zwar endgültig, für alle Zeiten.

Unser Bundespräsident hat in seiner letzten routinemäßigen Neujahrsansprache im Fernsehen in Farbe Farbe bekannt und gemeint, man sollte die Zukunft nicht den Pessimisten überlassen. Ich habe mich direkt angesprochen gefühlt. Ich war natürlich sehr betroffen, daß mich mein Bundespräsident derartig herabwürdigt und mir die Existenz abschneiden will, und ich nehme an, daß er auch keinen Wert mehr darauf legt, daß ich in Zukunft meine Einkommenssteuer bezahle. Immerhin habe ich sie ja ausschließlich mit meiner Fin-de-siècle-Stimmung und Dekadenzliteratur erwirtschaftet. Seine Rede am Neujahrstag 2000 werde ich vorsätzlich boykottieren. Als Ex-Optimist weiß ich, wohin Optimismus und Hauruckhalluzinationen führen. Ich weiß, daß das neue Jahrtausend nicht mit einem neuen Tag der Menschheit beginnen wird, nicht einmal hell, warm und schön. Nicht bei null, nur bei null Uhr. Wie seit Menschengedenken an jedem Tag wird man auch am 1. Jänner 2000 die Zukunft nolens volens auf später verschieben müssen. Ich weiß, daß mein Lamento demnächst im ohrenbetäubenden Lärm des Heers der Optimisten und Zahlenzauberfetischisten und der Jahrtausendwechselvergnügungsindustrie untergehen wird, und ich will auch gar kein apokalyptisches Szenario entwerfen und das dritte Jahrtausend jetzt schon in Bausch und Bogen verteufeln. Denn für eine Gesamtbeurteilung ist es noch zu früh. Aber eines weiß ich jetzt schon mit großer Sicherheit: Im Jahr 2001 wird es weltweit einen ziemlichen Durchhänger geben. Und spätestens dann wird auch der Bundespräsident nicht mehr an unsereins vorbeikönnen.

III. Oed und Edelschrott – Abenteuer auf Lesereisen

1. *Quoten*

Bekanntlich kommen zu den Lesungen der ganz bedeutenden Dichter immer ganz wenig Leute. Publikum – noch dazu zählbares, sichtbares, greifbares Publikum zu haben, ist für den wahren Meister, der von vornherein der Zeitlosigkeit zugedacht und dessen irdische Existenz bloß eine Übergangslösung ist, stets ein wenig peinlich, weil die Leute, die zur Lesung kommen, normalsterblich wie sie sind, automatisch ungeniert annehmen, daß das Superseelensalbungsvolle, das sie zu hören bekommen werden, nicht zu hoch, hermetisch, konzeptionell und jenseits ihrer Wahrnehmungsmöglichkeiten ist, daß ihre eigene bloße Anwesenheit und unverhohlene Schaulust nicht unweigerlich einer Verunheiligung gleichkommt, obwohl sie doch untertags Angestellte, Tageszeitungsabonnenten, zwischenmenschlichkeitslüstern, bauchdirigiert oder auf Kur oder in Pension sind und als Traumberuf *Bundesbeamter* angeben.

Der wahre Meister aber hat aus der Sprache eine Sprache geholt, die in der Sprache der Menschen nicht enthalten ist. So gibt es keine Verständigungsmöglichkeit. Der wahre Hohepriester des *geistigen Prozesses eines Ich* wird es daher nicht unterlassen, allfällige Spurenelemente von Publikum sofort aufs wüsteste zu beschimpfen und zu verunglimpfen, mindestens aber zu mißachten, geringzuschätzen und zu ignorieren und allein mit seinem stechenden Blick einen tiefen Graben zwischen sich und den Irdischen zu ziehen. Nach diesem ersten Blick wird er seine Nase die ganze Lesung lang nicht mehr aus dem Buch herausnehmen, das Buch wie einen Schutzschild vors Gesicht halten, um nur ja niemanden sehen zu müssen, und er wird entweder so leise lesen, daß niemand ihn versteht, oder so schnell, daß niemand mitkommt.

Wenn man aber guter Dinge mit seinem neuen Buch unterm Arm ans Pult tritt und plötzlich verdattert feststellen muß, daß der ganze Saal mit Publikum vollgepfercht ist, daß sich noch Bundesbeamte an die Wände pressen und am Gang drängen, die dafür womöglich noch Eintrittsgeld bezahlt haben, muß man nachdenklich werden und sich fragen, wo da der Fehler liegt und was da karrieretechnisch schiefgelaufen ist. Im Grund ist man damit auf Jahre hinaus erledigt, und die Kritiker, Literaturwissenschaftler und einflußreichen Szeneexperten werden sich für einen solchen populistischen Affront gehörig zu revanchieren wissen. Von Verunglimpfung und Mißachtung bis Geringschätzung und Ignoranz muß man mit allem rechnen. Wenn einmal der ganze Saal voll ist, haben Beteuerungen, es handle sich dabei um ein Mißverständnis, ebenso wenig Sinn wie Grabungsarbeiten oder alttestamentarische Hausmeisteranfälle: Dann kommen beim nächsten Mal nur noch mehr Masochisten. Vielleicht wird man auch mit einem Berufssympathler verwechselt. Ganz sicher wird man nicht für einen seriösen Großschriftsteller mit Ohrenleiden und Weltfremdheit gehalten. Jedenfalls sollte man dann keinen Text vortragen, der mit dem Satz beginnt: *Bekanntlich kommen zu den Lesungen der ganz bedeutenden Dichter immer ganz wenig Leute.*

Ich kann mich noch gut erinnern, daß ich in den Anfangsjahren meiner Laufbahn, zumindest was die Publikumsauslastung meiner Lesungen betroffen hat, auf einem sehr verheißungsvollen negativen Weg gewesen bin. Zu meinem allerersten öffentlichen Auftritt im damaligen Klagenfurter Universitätsclub – ich war knapp über zwanzig und las einen Text über den geistigen Prozeß eines Ich in meinem Alter sowie über Ohrenleiden – kamen mein Vater, meine Mutter und meine damalige Freundin. Rückwirkend betrachtet hätte man als Veranstaltungsort also durchaus unser Wohnzimmer wählen können. Mein Vater ist gleich beim ersten Text eingeschlafen, obwohl er selbst eine der Hauptfiguren darin war. Meine Mutter sagte, in Wirklichkeit sei das alles anders gewesen. Meine Freundin hat mich kurz darauf verlassen und sich mit einem Eishockeyspieler liiert. Ich durfte mir also tatsächlich noch wie ein junger Kafka vorkommen. Es hat alles sein Gutes: Umso weniger Leute kommen, desto weniger Leute wissen, wie wenige Leute gekommen sind. Nur schade, daß auch kein Wissenschaftler anwesend war, der meine Familie mit der sprichwörtlichen kleinen qualifizierten Minderheit verwechseln – und mir im übrigen die gähnende Leere als schicke Quarantäne hätte gutschreiben und mit einem Stipendium hätte quittieren können. Ich stamme aus einer Zeit, in der man literarisch eigentlich nur als uneheliches Fließbandarbeiterkind, Bauernopfer oder Tanzenberggequälter wirklich eine Chance auf Marktanteile hatte.

Keine hundert Lesungen später oder fünfzehn Jahre nach diesem ersten postpubertären Privatissimum warteten im Wiener Tabakmuseum über dreihundert mir völlig unbekannte und mit mir weder verwandte noch verschwägerte Personen und eine Fernsehkamera des Österreichischen Rundfunks auf den Vortrag aus meinem neu erschienenen Buch *Alles Irre unterwegs*. Die Fernsehkamera, ohnehin eine profane Maschine sondergleichen, wurde nicht von der Kulturredaktion, sondern von der Seitenblickeredaktion ausgeschickt, was für mich eine arge Demütigung war. Ich habe mich beim Flashinterview auch sehr bemüht, dem Rahmen gerecht zu werden und ausschließlich Blödsinn zu reden. Gelesen habe aus meinem neuen Buch allerdings nicht ich selbst, sondern der Burgschauspieler Robert Meyer, und es könnte sein, habe ich mir mitten im Publikum versteckt gedacht, daß der eine oder andere der dreihundert mysteriösen Fremden nicht meinetwegen, sondern wegen Robert Meyer gekommen ist, und daß sie auch gekommen wären, hätte Meyer aus einer Gebrauchsanweisung für Faxgeräte vorgetragen. Umgekehrt könnte man die Besucherzahl freilich auch so interpretieren, daß Wien eineinhalb Millionen Einwohner hat und 1 499 700 unentschuldigt nicht erschienen sind.

Robert Meyer las aus meinem Essay über das Rauchen, wo der manisch-panisch paffende Icherzähler nicht nur seine Weltangst und Daseinsverdrossenheit, sondern auch seinen Luftmangel, seine chronischen Atemnotattacken, sein operationsimmun verkrümmtes Nasenseptum, seine beklemmenden Rachenbeschwerden und das hartgesottene Halsnasenohrenarztachselzucken bespricht, sozusagen den körperlichen Prozeß eines Ich, der so oder so ins Verderben führt und führen muß. Eben deswegen hätte ich an diesem Tag auch gar nicht persönlich lesen können. Im Gegenteil war diesmal ich selbst der obligate Störenfried im Publikum, der andauernd krächzen und röcheln und husten mußte. Ich bin mehrmals angezischt worden. Meyer dagegen hat man eifrig applaudiert. Nach dem Vortrag erwischte eine Dame aus dem Publikum Robert Meyer mit seiner Entspannungszigarette vor dem Tabakmuseum (im Tabakmuseum selbst herrscht eigenartigerweise Rauchverbot), sie gratulierte ihm überschwenglich zu dem Text und sagte ihm: Ich habe mir gleich gedacht, daß Sie autobiographisch schreiben!

2. *Der ganz normale Fernsehstudiogast*

Ein Wort noch zu den Seitenblickekameras. Ich sehe eher wenig fern, und es kann passieren, daß ich zu Sendungen eingeladen werde, die ich gar nicht kenne. Oft kommen da urplötzlich Sachzwänge auf einen zu: Manchen kann man sich widersetzen, manchen nicht. Maske und Nasenpudern habe ich verweigert mit der Notlüge, ich würde davon Hautausschläge bekommen, und wenn man mich schon partout in einer Sendung haben will, muß man eben riskieren, daß ein, zwei Seher abschalten, weil ihnen meine Nase zu sehr glitzert.

Nachdem er aber selber maskiert und gepudert worden war, erklärte mir ein Sonnyboy von Moderator, seine Sendung sei freilich kein literarisches Spezialmagazin, sondern sie heiße *Menschen und Schicksale*. Er habe gewöhnlich immer ganz normale Menschen zu Gast. Das waren dann der Reihenfolge nach erstens eine siebzigjährige Dame mit Strohhut, die vor laufender Kamera überschwenglich davon erzählte, wie sie als Jugendliche mit dem Rad nach Paris gefahren ist, dort Adolf Hitler gesehen hat, Adolf Hitler auf die Wange geküßt, Adolf Hitler die Hand geschüttelt und diese ihre Hand dann ein halbes Jahr lang nicht mehr gewaschen hat. Noch heute trägt sie dieselbe Hand am Arm. Dazu hat das Publikum der Local Heroes Talk Show frenetisch applaudiert, und auch der Moderator ist nicht auf die Idee gekommen, sein Dauerstrahlen auch nur einen Moment lang auszusetzen; zweitens eine achtzigjährige Dame, die seit Jahrzehnten einen Mordfall im Mölltal aus dem siebzehnten Jahrhundert recherchiert und zum verblüffenden Ergebnis gekommen ist, daß der Mord gar kein Mord gewesen sein kann, weil das Mölltal so schön ist, daß dort unmöglich Mörder leben können. Jetzt sucht sie dafür einen Verleger; schließlich eine achtundachtzigjährige Hochgebirgsbäuerin, die sich aber wie eine Sechzigjährige fühlt, gerne schifährt oder Hochgebirgsbäuerinnenmemoiren verfaßt und das Interesse des Moderators vor allem dadurch geweckt hat, daß sie zwar »tief gottgläubig« ist, aber ihren Kirchenbeitrag partout nicht bezahlen will mit dem Argument, daß sie ohnehin nichts schmutzig macht, wenn sie in die Kirche geht.

Am Ende der Sendung war ich äußerst froh, daß ich abnormal bin, ein Leben ohne Schicksal lebe und täglich meine Hände wasche. Und ich habe mir geschworen, nie wieder zusammen mit normalen Menschen aufzutreten.

3. Unter dem Christbaum

Immer kann ich mich trotz meines Halsnasenohrendauerdebakels nicht von Burgschauspielern vertreten lassen, einmal abgesehen davon, daß ich als Zuhörer bei meinen Lesungen auch kein Honorar erhalte. Seit ich aber in einem Interview in einer deutschen Zeitung gesagt habe, daß ich während einer Lesung erschossen werden möchte, niedergestreckt und in einem Sekundenbruchteil erlöst durch einen satten, sauberen Kopfschuß, kommen nun auch zu meinen eigenen, sozusagen selbstgelesenen Lesungen deutlich mehr Leute. So sind sie, die Menschen. Wahrscheinlich kommen die wenigsten, weil sie mir persönlich diesen düsteren Wunsch erfüllen und mich eigenhändig erschießen wollen. Sie wollen ja auch nach der Lesung Bundesbeamte bleiben. Wahrscheinlich kommen sie eher, weil sie mitansehen und *live* dabeisein wollen, wie mir einer im Saal plötzlich eine Kugel in den Kopf jagt und ich, während ich mich gerade unter dem Applaus der Menge verbeuge – wenn auch traditionell und infolge des letzten Restes an dichterischer Selbstachtung nur ansatzweise verbeuge – auf offener Bühne tödlich getroffen blutüberströmt zusammenbreche. Jedenfalls kommen sie, und sie kommen immer wieder, weil sie ja nicht wissen können, bei welcher Lesung konkret ich erschossen werde, falls ich überhaupt einmal während einer Lesung tatsächlich erschossen werden werde. Und so lernen sie bei meinen Lesungen so nebenbei und wie unbeabsichtigt nach und nach auch Teile meiner Literatur kennen.

Gerne würde ich dem Publikum bei der Gelegenheit völlig unironisch vom Herrn Körper und vom Fräulein Seele und von den sadistischen Spielen erzählen, die sie mit mir treiben; außerdem – wenn ich schon dabei bin – von der Selbstzerfleischungsmaschine Menschheit und ihren brutalen, hinterfotzigen, abgefeimten Führern, von der Inkompetenz und Hilflosigkeit ihrer Intellektuellen und Wissenschaftler (ich meine da jetzt gar nicht nur ihre Halsnasenohrenärzte), von der militärischen Dauerbarbarei, von manchen Menschen, die so reich sind, daß sie gar nicht mehr wissen, wohin mit ihrem Reichtum, und von vielen Menschen, die so arm sind, daß sie gar nicht mehr wissen, wohin mit ihrer Armut, von kranken Menschen, von abgeschobenen Menschen, von schwachen Menschen, von zerstörten Menschen und von Menschen, die Menschen zerstören. Empört das bisserl Moral outen, das in mir schlummert. Gerne würde ich am Pult aber auch ein bisserl Amok laufen und Skandale auftischen, sexuelle Ausschweifungen, dunkle Triebe, Perversionen und die arge Natur. Summa summarum *Sex and crime and philosophy* also und das Fürchterliche beim Namen nennen. Wehtuliteratur! Aber die Verlage meinen, daß es keinen Sinn hat, wenn die noch so brillante Fürchterlichkeit und die noch so schmerzhafte Wehtuprosa zwei Jahre später verramscht oder makuliert werden müssen. Sie sind doch ein Weihnachtsgeschenk!, sagen die Verleger. Sie liegen unter dem Christbaum. Ja, denk' ich, erschossen! Vielleicht später einmal, sagen die Verleger, wenn Sie so berühmt sind, daß die Leute Ihre Bücher kaufen, ohne daß sie wissen wollen, was drinnen steht.

Ich bin schwach, und ich glaube, daß ich die Tatsache, daß sich zwischen Bludenz und Wiener Neustadt und noch darüber hinaus seit Jahren immer wieder Gemeinden finden, die sich das Erlebnis gönnen, mich vorlesen zu hören, hauptsächlich dem Umstand zu verdanken habe, daß ich keine Fäkalausdrücke verwende (oder wenn, dann als Zitat ausweise), daß die Texte, die ich vortrage, eher asexuell, nicht sehr hermetisch, nicht sehr langweilig sind – und daß sich dadurch nur die beleidigt fühlen können, die ohnehin nicht zur Lesung kommen und ihre Weihnachtsgeschenke ungeöffnet wegwerfen. Was soll's. Es ist ohnehin unmöglich, die Welt zu verbessern. Es ist schon unmöglich, Wiener Neustadt zu verbessern. Kötschach Mauthen. Schlierbach. Mattersburg. Braunau. Eisenkappel. Friesach. Es hat noch nicht ein Mensch nach einer Lesung von mir sein Leben geändert – ich auch nicht. Ich bleibe der nette Nörgler von nebenan, und meine öffentlichen Skandale sind unumstritten bieder: Zu einer Matinee in der *Freien Bühne Wieden* bin ich in einem äußeren Zustand erschienen, der Frau Topsy Küppers veranlaßt hat, mir vorab mitzuteilen, daß hinter der Bühne in der Herrengarderobe »eine Friseurgelegenheit bestünde«. Ich habe dann aber vor lauter Eigensinn doch nur mit Haaren, ohne Frisur gelesen.

4. *Im Bücherhotel*

In meinem ersten Buch, *Herder, Frauendienst*, steht an einer Stelle, daß Lesungen Schwachsinn sind und Leute, die Lesungen besuchen, offenbar in der infantilen Zuhörerphase steckengeblieben sind. Außerdem: Du sollst Dir kein Bild machen von mir, Deinem Dichter! Ein Dichter wiederum, der das, was er geschrieben hat, dann auch noch selbst vorliest, ist schon sehr aufdringlich und marktschreierisch. Tatsächlich habe ich diese unzumutbaren Wahrworte aber wie so oft einem extrem misanthropischen Exemplar aus meiner Alter-ego-Fabrik in den Mund gelegt, das sich am Ende seiner Tiraden vor lauter Selbstekel auch selbst auflöst: Das bittere Ende aller, die immer nur in der Wahrheit leben wollen. Dementsprechend ist mein erstes Buch in einem ganz kleinen Verlag in niedriger Auflage erschienen, und ich habe kaum öffentlich daraus vorgetragen. Der Verlag ist eingegangen.

In Wirklichkeit sind Lesungen eine feine Sache für den Schriftsteller und sein Ego, denn sie versetzen ihn in die Lage, Miete und Medikamente bezahlen zu können. Lesungen sind eine feine Sache, wenn man kein permanentes medizinisches Krisengebiet im Kopf und in der Kehle hat, wenn man nicht gerade mitten im Vortrag von einem nichtendenwollenden wilden Würgereiz heimgesucht wird oder sich infolge Überartikulation die Zahnprothese vom Kiefer davonstiehlt und ins Publikum purzelt. Lesungen sind eine feine Sache, wenn einem nicht gerade der Hals nach innen zuwächst, wie mir mein Hals nach innen zugewachsen ist –

ja, nehmen Sie ruhig Einblick in meine mysteriöse Anamnese in der Halsnasenohrenabteilung des Landeskrankenhauses Klagenfurt – ich bin ein Landeskranker! Ich habe schon einmal einen Faschingsdienstag in der Halsnasenohrenabteilung in Vollnarkose verbracht. Der Chirurg hat offenbar gemeint, für einen Chrirugen gehöre es sich auch am Faschingsdienstag nicht, eine Faschingsmaske im Gesicht zu tragen. Also hat er eine über seiner Chirugenmontur am Gesäß getragen. Ich hätte ihn gerne gefragt, wo er die Pavianhinternplastikmaske her hat, konnte aber nicht: Ich hatte meine Stimme restlos verloren. Einmal ein Venenweg für Cortison und Antibiotika gegen Zungengrundangina und Lymphdrüsenentzündung, der zu einer Venenwegsentzündung geführt hat, vom vielen Gesundwerdenwollen wird man krank! Aber sonst: Hervorragendes Ärzteteam! Hervorragendes Schwesternteam! Die Schwester Melitta! Die Schwester Monika! Die Schwester Sonja! – nur mein Hals ist noch immer zugewachsen, und die Luftröhre ist eben nur ein dünnes Schläucherl, vor allem während Lesungen, und wie ein Damoklesschwert baumelt über meiner Existenz allgegenwärtig der Luftröhrenschnitt.
Definitiv abgesagt habe ich in fünfzehn Jahren bloß zwei Lesungen: Eine in Leipzig wegen des Todes meines Vaters, und ein paar Wochen später eine in Debrecen wegen der Frühgeburt meiner Tochter. Aber all die Lesungen, die ich gehalten habe, habe ich *gerade noch*, mit letzter Kraft und sozusagen *ohne Rücksprache mit dem Arzt* gehalten. Meistens haben Publikum und Veranstalter *die Dramatik der Situation* gar nicht bemerkt. Trotzdem: Lesungen sind eine feine Sache. Man trainiert seine Geographiekenntnisse, wie es sonst nur dem Fußballfreund und Regionalligafetischisten möglich ist. Man kommt ein wenig herum, ein wenig unter Menschen und ein wenig zu den extraordinären Früh-

stücksbuffets. Im Hotel *Maria Theresia* in Innsbruck habe ich allein vier verschiedene Eierspeisvariationen vorgefunden.

Wo ich auch hinkomme, werde ich mit ausgesuchter Gastfreundschaft empfangen und in den besten Häusern einquartiert. Die Dichterfürstensuiten enthalten Kristalluster, Luxusbadewanne, Minibar, Hotelbriefpapier, fallweise Thermalhallenbadbenützung, Kabelfernsehen, Pay-TV. Zum Pay-TV ist zu sagen, daß 1) 4 Minuten und 59 Sekunden gratis sind, 2) wahlweise a) ein Kulturfilm, b) ein Actionfilm, c) ein Erotikfilm angeboten werden, daß aber 3) der Erotikfilm überhaupt nicht erotisch, sondern durch und durch pornographisch ist, das heißt, daß bei der Anschauung der routiniert vor sich hinrobenden Genitalien kein Platz zum Phantasieren mehr bleibt und sozusagen der Kontext fehlt. Allenfalls könnte man sich vorstellen, was die zu den Genitalien gehörigen nackten Damen und Herren beruflich, privat, lebenstechnisch tun und wohin der geistige Prozeß dieser beiden Ichs führen könnte, wenn sie gerade einmal nicht nackt und miteinander verkoppelt sind. Bei den wenigen Gesichtsgroßaufnahmen hat man unwillkürlich immer den Eindruck, als Traumberuf würden die Modelle sofort *Bundesbeamter* angeben. Es ermüdet, anderen Leuten beim Arbeiten zuzuschauen. Ich schalte also pünktlich nach 4 Minuten 59 Sekunden ab und lege mich in die Luxusbadewanne.

Über hundert Lesungen habe ich – je nachdem, wie mich das Publikum begleitet und getragen hat – einmal besser, einmal weniger gut hinter mich gebracht: In Buchhandlungen, Büchereien und Bibliotheken, in Kaffeehäusern und Wirtshäusern, in Schulmusikzimmern, Gymnasialturnsälen, Universitätshörsälen, in Veranstaltungsräumlichkeiten von Wirtschaftskammern, Banken und Klöstern, in einem aufgelassenen Wasserkraftwerk, in Galerien, Kongreßhäusern, Rathäusern, Funkhäusern, Pfarrhäusern, Kurhäusern, Bildungshäusern, Literaturhäusern; eine einzige aber von allen in einem sogenannten *Bücherhotel*, das in Bad Kleinkirchheim steht. Das Besondere daran ist hoch oben unter dem Dachstuhl eine kleine lichtdurchflutete Penthousebibliothek zum einen, wo man eine bunte Mischung ausgewählter Werke von Nietzsche, Schopenhauer, Thomas Bernhard, Friedrich Torberg, Georg Kreisler, Topsy Küppers – die Frisiergelegenheitstopsy – findet, zum anderen eben die Dichterlesungen in der Empfangshalle. Deutsche Urlaubsgäste, die eben von einer ganztägigen Almwanderung im Nockgebiet, von rasanten Schiabfahrten über die Franz-Klammer-Piste oder einem dramatischen Golfturnier erschöpft ins Hotel zurückgekehrt abends im Foyer all inclusive, aber unvermittelt und frontal auf österreichische Gegenwartsliteratur prallen und vielleicht lieber gleich hinauf aufs Zimmer zum Pay-TV gehen würden, aber keine Gelegenheit haben, sich so unauffällig davonzustehlen, sind freilich nicht völlig deckungsgleich mit dem Zielpublikum und lesungsbesuchenden Hoffnungsmarkt herkömmlicher literarischer Veranstalter, und man darf sich als Dichter nicht erwarten, daß man jeden Hotelgast mit seinem Auftritt automatisch zum Bücherwurm und persönlichen Fan missioniert. Man darf nicht erwarten, daß jede Anspielung verstanden und goutiert wird. Man darf nicht erwarten, daß man von einem Zufallssommerfrischlerpublikum getragen und zu Höchstleistungen der Vortragskunst angespornt wird. Aber gut. Ich meinerseits werde ja auch weiterhin nicht wedeln, slalomfahren und gipfelbezwingen. Nietzsche, Schopenhauer und ich werden den Tourismus nicht retten, das Bücherhotel die Literatur nicht. Umgekehrt kann ein Urlauber aus dem Ruhrgebiet nicht davon ausgehen, daß ein österreichischer Autor wie selbstverständlich eine ätzende Satire über das Ruhrgebiet im Repertoire hat, selbst wenn das Ruhrgebiet einmal nach Bad Kleinkirchheim kommt. Vielleicht, daß meine Nasenschleimhäute gewisse Gemeinsamkeiten mit den Ruhrgebietsnasenschleimhäuten haben …

Man darf sich gerade im Bücherhotel, sollte doch einmal ein Gast genau während einer subtilen literarischen Anspielung einnicken und dem Dichter die restliche Lesung lang direkt ins Gesicht hineinschnarchen, durchaus damit trösten, daß das Thermalwasser des Bades St. Kathrein sehr wohltuend, aber eben auch äußerst schlaffördernd ist. Nicht, daß meine exotische Darbietung ein Reinfall gewesen wäre, aber hätte ich einen Zylinder gehabt und ein Kaninchen hervorgezaubert oder eine Urlauberin hypnotisiert und zersägt, wäre mein Erfolg sicher noch größer gewesen und der Schlußapplaus vielleicht derart lautstark, daß der Vollpensionspenner aus Gelsenkirchen wenigstens davon wieder aufgewacht wäre.

Jedenfalls war es mir dann doch ein wenig unangenehm, als mich die rührige Betreiberin des Hotels beim anschließenden après-litterature bat, doch einen kleinen Text für den neuen Prospekt des Bücherhotels zu verfassen, und ich habe es nur getan, weil es sich bei der Bücherhoteleuse zufällig um die Schwester meiner Verlagslektorin gehandelt hat. Beim Text handelt es sich um dieses Kapitel. Nur den Penner habe ich weggelassen. Man will ja nicht so sein.

5. Debakel

Trotzdem: Schriftstellerlesungen sind eine feine Sache und oft ein großer Gewinn, sofern sie zum Beispiel nicht gerade Bestandteil von Schriftstellerkongressen, Tagungen, Symposien und anderen Steuerabsetzmöglichkeiten sind, wo man nolens volens füreinander Publikum macht und nicht umhinkann, den geistigen Prozessen anderer Ichs Spalier zu sitzen und poetische Bildungslücken zu schließen, die vielleicht besser offengeblieben wären.
Ruchfrei treibe ich in der Ackerzacke. Ja, tragisch. Was soll man da noch machen?
Ich bete den Regen im Baum an. Am engen Ende der Sicht ankert ein Faden in Finsternis. Mein Beileid. Und leider kommt man auch dem Theorietheater der Theoretiker nicht aus.
Total einfaches Vokabular, total komplizierte Syntax: So kämpfen wir gegen die Wirklichkeit um Wahrheit. So überschwemmen wir das kommende Jahrtausend, verstehen Sie?
Total, ja. Ich habe aber doch den Eindruck, daß Sie eigentlich gar nichts zu sagen haben. Sie haben noch nicht einmal irgendeine absurde Euphorie. Ich habe den Eindruck, Sie machen Klimbim, Kleinhirnselbstbespiegelungen und wollen ganz einfach mit Stipendien durchgefüttert werden!
Wollen Sie allen Ernstes behaupten, daß Kunert kein großer Lyriker ist?
Ja, das behaupte ich hier in aller Öffentlichkeit!
Na schön, aber Ihre Öffentlichkeit besteht aus neun Innsbruckern!

Stagniert die russische Lyrik heute?
Ja, doch, sie stagniert.
Ich komme aus Kufstein!
Also wissen Sie, es ist immer ein Auf und Ab, und wir sind irgendwo mittendrin. Das muß man auch einmal sagen.
Ja, also, ich handle mit Unzufriedenheit. Wo lassen Sie raunzen?
Stellen Sie sich vor, Sie sind die Subversion selbst, und niemand bemerkt es.
Sprache hat vorläufige Besitzstände!! Arg. Das muß jetzt endlich in die breite Masse hinaus!
Übrigens: Christian Döring verläßt Suhrkamp.
Nein! Wahnsinn! Und die Situation venezuelanischer Aphorismen?
Überall schiefe Bilder! Kann man das in unserer Zeit noch sagen: Die Sonne geht auf. Da müßte doch jeder Astrophysiker aufschreien! Ja, was machen wir bloß mit all den aufschreienden Astrophysikern des kommenden Jahrtausends? Gut, dann sagen wir eben ab sofort: Guten Morgen, die Erde geht unter!
Trotzdem: Lesungen sind eine feine Sache und manchmal ein enormer Gewinn, wenn man nicht gerade mit Startnummer und Startzeit gegen andere Autoren um die Wette liest und dann noch nach den Leistungsbeurteilungen der Preisrichter lechzt wie ein hechelnder Eiskunsttarzan aus der ehemaligen UdSSR. Lesungen sind eine feine Sache, wenn sie nicht gerade im Halbdunkel eines Tonstudios eines Funkhauses stattfinden, wo man wie in einer Haifischrachenhöhle sitzt. In einer Haifischrachenhöhle ist man sehr einsam und sehr allein, und man liest nur für den Tonmeister hinter der Glaswand. Der hört aber auch nicht zu. Der darf gar nicht reagieren, außer bei Versprechern. Alles muß man fünfmal lesen, bis es einmal paßt. Dann ist

zwar kein Räuspern mehr am Band, aber auch kein Animo. Ich bin immer froh, wenn mich das Landesstudio wieder einmal nicht verschluckt, sondern ausgespuckt hat. Lesungen sind eine feine Sache, wenn es sich dabei nicht ausgerechnet um einen Auftritt in der Eishockeyhalle bei einer Berufsinformationsmesse handelt und sich lärmende Schulklassen am Dichterpult vorbei und durch die Kojen schieben, sodaß man sich unwillkürlich vorkommt wie einer, der gerade einen revolutionären Handmixer anpreist; wenn es sich nicht um eine vormittägliche Open-air-Lesung bei einem Rot-Kreuz-Jubiläum unmittelbar nach einer Erste-Hilfe-Exhibition und dem Platzkonzert einer Militärmusikkapelle handelt und das Rote Kreuz vor lauter Überschwang und Feierstimmung unmittelbar neben dem Dichtertisch unzählige bunte Luftballons, also enorme eye-catcher und eine enorme Konkurrenz für den geistigen Prozeß eines Ich in den strahlend blauen Himmel steigen läßt; wenn es sich dabei nicht gerade um eine Lesung in einem Bierzelt bei einem Fest gegen Ausgrenzung und für Menschenrechte und Ausländerintegration handelt, und im Publikumsraum, in dem es nach Bratwürsten, Calamari und Grillhühnern duftet, Biertische und Bierbänke aufgestellt sind, sodaß der Dichter nicht umhinkann, der Hälfte des bierschwanger miteinander schnatternden, sehnsüchtig auf die anschließende Second-hand-Modeschau wartenden und noch sehnsüchtiger auf die daran schließende Performance der *Tschuschenkapelle* wartenden Bierpublikums in den Rücken hineinzulesen und dabei den Versuch zu unternehmen, nicht nur den Bierpublikumspegel, sondern auch das gerade direkt über dem Bierzelt tobende Gewitter und den auf die Zeltplane prasselnden Regenguß an Lautstärke zu übertrumpfen. Lesungen sind eine feine Sache, wenn man am Telephon zunächst einmal immer »nein« sagt und sich dann doch noch vom Gegenteil überzeugen läßt: Wenn man erfahren genug ist, programmierte Debakel schon im vorhinein geistesgegenwärtig als programmierte Debakel zu identifizieren und rechtzeitig abzublasen. Manch' einen Lesungsveranstalter müßte man noch vor mir selbst erschießen, auch wenn sein Herz rein ist, sein Geist kühn, seine Absichten lauter und edel.

6. Socken machen Leute

Öfters kommen Einladungen, im Rahmen einer Lesung oder eines Symposiums zu Fragen Stellung zu nehmen, in denen es in der einen oder anderen Weise um den Begriff *Heimat* geht. In Österreich und vor allem in Kärnten massieren sich solche Veranstaltungen meistens im Herbst, wenn es unfreundlich, kahl und kalt wird. Meistens sitzen bei solchen Symposien neben der Kunst auch der Klerus und das Militär am Podium. Vielleicht deshalb fallen mir zum Wort *Heimat* immer zuerst die Worte *Fronleichnamsprozession, Militärparade, Durchblutungsstörungen* und *Kälte* ein, und ich muß mir immer, wenn es um Heimat geht, ganz warme Socken anziehen.

Mein Pazifismus ist größer als der Pazifik, und ich halte es für sehr unwahrscheinlich, daß mir jemals einer mein Heimatland unter den Fußsohlen wegzieht. Ich halte alle Wehrdienstverweigerer für große Helden, alle, für die Töten nicht in Frage kommt, warum auch immer. Und Töten auf Befehl schon gar nicht. Abgrundtief verachte ich dagegen alle, die Gewalt und Krieg nicht abgrundtief verachten, und gnadenlos stelle ich die Bestien an meinen Prosapranger. Leider ist diesbezüglich immer und überall sehr viel zu verachten. Aber kaum ist die Verachtung hinaustrompetet, der Pranger abgebaut und das Buffet eröffnet, eilt eine Frau aus dem Publikum auf mich zu und sagt mir: *Sie tragen ja Militärsocken!* Schon deprimierend, worauf die Leute bei meinen Auftritten schauen! Was ihnen auffällt! Was hängenbleibt! Socken machen Leute. Ja, meine Socken sind olivgrün; mattolivgrün genaugenommen. Also eigentlich gehen sie schon ins Mattolivgrüngrau, wenn nicht überhaupt von einem dezenten Hubertusmantelmattgrüngrau die Rede sein kann. Jedenfalls habe ich sie in einem über alle ideologischen Zweifel erhabenen Zivilistenschuhgeschäft gekauft, und sie sind warm, wenn es kalt ist. Ein Kaiserwetter ist ja auch nicht nur für Monarchisten da, Bischofshofen für Bischöfe, Kamelhaarmäntel für Kamele, Kunstgebisse für Künstler, Norwegersocken für Norweger. Socken sind Socken! Ideologisch sei er mit mir natürlich nicht einverstanden, sagte mir der öffentlichkeitsbeauftragte hochdekorierte Herr Oberst am Stehbuffet unter vier Augen, also das mit Befehlsverweigerung und zivilem Ungehorsam. Aber daß ich Militärsocken trage, das imponiert ihm schon! Ach, ich bin nicht nur friedfertig, sondern auch liberal, tolerant und faul. Ich habe keinen Einberufungsbefehl mehr zu fürchten – die Wehruntauglichkeit habe ich mit dem Verteidigungsminister gemeinsam – und was an einer Sache Gutes ist, das soll man auch würdigen. Am Bundesheer sind zum Beispiel das Beste die Bundesheersocken. Hör'n Sie auf, sagt da der Oberst und hätte in seiner Euphorie beinahe den Sekt verschüttet, kennen Sie schon die neuen balkanerprobten Militäranoraks? Die sollten Sie einmal probieren! Wie die gefüttert sind! Sensationell!

In der Abstimmungsstadt Völkermarkt ist es mir aber trotz Militärsocken einmal passiert, daß ein anonymer Aktionist bei Nacht und Nebel auf mein Autorenplakat *Linke Sau! Nestbeschmutzer! Arschloch! Go home!* geschmiert hat. Welche Wortgewalt in meiner unmittelbaren Umgebung! In meiner Heimat! Und sogar Englisch! Ein Multikulti! Wow! Paranormal activity! Wehleidig, wie ich manchmal bin, möchte ich trotzdem entgegnen, daß ich weder links noch eine Sau bin. Ich bin beidbeinig, überparteilich und landwirtschaftlich nicht nutzbar. Beim Wort *Arschloch* ist mir natürlich sofort das Akademietheater eingefallen. Aber jetzt tippe ich doch eher auf Fäkalpublikum. Und warum, oh Plakatbeschmutzer, sollte ich wohl ein Nest beschmutzen? *Putzen* würde ich es allenfalls. Putzen, nicht beschmutzen! Aber leider kann man eben nur dort putzen, wo es schmutzig ist. Und ich komme gar nicht auf die Idee des Plakatbeschmutzers, meine Heimat ein *Nest* zu nennen. Das allein wäre doch schon abwertend. Sein *Go home!* kann ich ebenfalls nicht beherzigen: Zu Hause kann man nicht nach Hause gehen.

Die Wahrheit ist: Ich liebe meine Heimat. Aber ich ziehe mir keine Reizwäsche an und genehmige der Öffentlichkeit auch keine Livezuschaltungen zum Liebesakt. Liebe ist etwas Zartes, Stilles, Privates, auch die zur Erde, die die Eltern sind, zum Vaterland, das der Vater geworden ist. Liebe dringt – wenn überhaupt – aus Zwischentönen, niemals aus Parolen. Liebe, die man zur Schau stellt in aller Öffentlichkeit, noch dazu vor laufenden Kameras – und an vorderster Front auch gegen gute Bezahlung – wie heißt noch schnell der Fachausdruck dafür …?

Der Ungeist solcher Kritzelattentate wird wohl jenen einheimischen Blut-und-Boden-Medien entnommen sein, die manchmal Hanebüchenes von einem »extrem kärntenfeindlichen Autor Egyd Gstettner« kolportieren. Daß ich extrem kärntenfeindlich sein soll, wissen diese journalistischen Freiheitlichkeitskämpfer schon. Aber wie man meinen Namen richtig schreibt, wissen sie noch nicht. Aber vielleicht verwechseln sie mich bloß. Ich wäre nicht der erste. Und so *rechts* können sie gar nicht sein, daß sie auch rechtschreiben könnten. So hat derselbe Journalist letztens vermutlich den *Pollenwarndienst* gemeint, als er *Polenwarndienst* geschrieben hat. Denn im nächsten Satz hat er geschrieben, daß man *rechtskräftig verurteilte Pollen abschieben* sollte. Dagegen ist nun wirklich nichts einzuwenden, auch wenn er nicht erklärt hat, wie man Pollen rechtskräftig verurteilt.

Die Wahrheit ist: Ich liebe Kärnten. Kärntnerinnen. Viele liebe ich sogar mehr als sie mich. Und allen möchte ich voll Pathos zurufen: *Don't cry for me, carinthia!* Mein Herz ist groß.

7. *Autobahnen*

Lesungen sind aber auch deswegen eine feine Sache, weil nach oft monatelangem Abgeschottetsein am Schreibtisch beim Sprachschnappen, nach monatelanger Menschenleere und völligem Ausgeschlossensein aus der Welt der Lebendigen der quarantänisierte Exhibitionismus eruptiv nach Entladung drängt, und es zieht einen in die Fußgängerzonen der Fremde: Man lernt ein bißchen was von den Ortsgegebenheiten kennen, vor allem Apotheken und Autobahnabfahrten. Ja, allein dem geistigen Prozeß eines Ich habe ich es zu verdanken, daß ich mittlerweile bei allen österreichischen Autobahnabfahrten auf dem schnellsten Weg ins Zentrum finde, auch wenn gesagt sein soll, daß ich in beinahe alle Dichterlesungsorte erst bei Einbruch der Abenddämmerung komme, sie fast noch vor Einbruch der Morgendämmerung wieder verlasse und so im Grund alle österreichischen Landeshauptstädte nur bei Finsternis kenne.

Wie oft habe ich mir bei meinen Lesefahrten schon vorgenommen, eine enzyklopädische Ästhetik der Autobahn, eine Kulturgeschichte der Autobahnabfahrten zu schreiben! Wie viele Hinweisschilder *Kulturstadt* oder *Sehenswerte Altstadt* habe ich schon gesehen, anstatt die sehenswerte Altstadt zu sehen! Wie viele brisante Fragen haben sich mir schon auf der Autobahn gestellt, zum Beispiel, warum Graz die einzige Stadt der westlichen Welt ist, bei der die Autobahnabfahrt 2800 Meter vor der Autobahnabfahrt angekündigt wird. Und warum ausgerechnet 2800? Eine magische Zahl vielleicht, eine hermetische Magie auf jeden Fall. Ich habe noch nicht einen Grazer kennengelernt, der mir die Frage hätte beantworten können.

Besonders arg ist das Erlebnis, wenn man wegen eines Verkehrsunfalls von der Autobahn großräumig auf die Bundesstraße umgeleitet wird und im Stau und im Verkehrsinfarkt nach Oed in Niederösterreich oder Edelschrott in der Steiermark kommt. Die Altstadt von Oed ist nicht sehenswert. Sehenswert an Edelschrott ist das große, auf einer Scheune hängende Schild *Edelschrott liest Neue Kronenzeitung*. Aufgetreten bin ich dort aber nicht. Wie viele Gedanken habe ich mir auf der Autobahn auch darüber gemacht, daß gerade entlang den Autobahnen immer mehr gebaut wird: Nicht nur Parkplätze, Raststätten und Tankstellen, sondern auch Gasthöfe, Hotels, Motels, Kinderspielplätze, Bankfilialen, Einkaufszentren, Freizeitzentren, Denkmäler, Museen! Hier findet Leben statt. Einstmals in grauer Vorzeit sind Ortschaften ebenfalls an Handelswegen, Flüssen, Straßen, Geleisen, Verkehrsknotenpunkten gegründet worden, und die Wege selbst waren dazu da, die Ortschaften miteinander zu verbinden. Neben den Händlern waren auf diesen Wegen auch die Troubadoure unterwegs. Im Lauf der Zeit sind die Orte aber zu Städten und Großstädten angewachsen, die nicht mehr verbunden, sondern umwunden, umfahren werden mußten. Und jetzt, wo die Umfahrungen selbst neue Fertigbauteilortschaften und Infrastruktur sondergleichen anziehen und entstehen lassen, wird es wohl bald notwendig sein, mit neuen Autobahnumfahrungen die Umfahrungsautobahnen zu umfahren, und sobald dann wieder die urbanes Zubehör sprießen lassen, wird man um die integralen Autobahnliteraturhäuser auch nicht mehr herumkönnen. So meditativ geht es in meinem Kopf zu, wenn ich schließlich von der Autobahn abfahre, in die historische Altstadt eindringe und vor dem Veranstaltungsort parke, wo auf einem sehenswerten Plakat meine überlebensgroße Gesichtsphotographie zu sehen und auf Litfaßsäulen mein Name zu lesen ist.

8. Feldkirchen

Was sind schon Litfaßsäulen, was Plakate! Feldkirchen ist eine kleine Bezirksstadt, aber als ich mit dem Auto zur fälligen Lesung kam, hing am Geländer der Brücke über die Feldkirchner Autostraßenumfahrung ein gut und gern zehn Meter langes, weißes Transparent mit dem Schriftzug *Egyd Gstättner liest!* Das wäre etwas für meine Eltern gewesen! Mich selbst hat es ein wenig an Edelschrott erinnert, und ich habe mir gedacht: Wenn das alles ist, was die von mir wissen …

Nach der Lesung im Feldkirchner *Amthof* – ich hatte unter anderem die Geschichte *Meine Verwandten* vorgetragen, die in der Gegend spielt und in der ein plötzlicher Todesfall und die Art und Weise beschrieben ist, wie die Angehörigen mit diesem Todesfall umgehen – saß ich mit dem Veranstalter, einem überaus agilen fünfundvierzigjährigen Turn- und Deutschprofessor sowie mit dessen Frau und Sohn im Amthofstüberl bei einem Bier zusammen, und er sagte mir, wie zutreffend er die Geschichte gefunden habe. Genauso todtraurig und urkomisch zugleich seien die Leute und das Leben hier und wahrscheinlich nicht nur hier. Ich erzählte dem Professor, ich hätte diese Geschichte auch einmal in Wien im *Literaturhaus* in der Seidengasse vorgelesen. Da war zufällig eine Gruppe isländischer Germanisten anwesend. Nach der Lesung kamen einige Isländer zu mir und sagten, die Geschichte hätte sie frappant an Island erinnert. Ja, lachte der Professor, aus dem Regionalen schöpfend, über das Regionale hinausweisend! Der Tod ist ein klassisch überregionales Phänomen.

Dann erzählte mir der Professor, das Autostraßentransparent hätte er mit seinen Schülern aus Leintüchern in der Turnstunde gebastelt. Die Farbe sei wasserlöslich, und es könne also beim nächsten Dichter wiederverwertet werden. Nichts ist für die Ewigkeit. Er erzählte mir von den Grabungsarbeiten bei seinem Haus, mit denen er gerade beschäftigt war: Als leidenschaftlicher Heimwerker schaufelte er selbst den Schacht für einen Abflußkanal. Er erzählte mir von den übrigen Veranstaltungen im Amthof, von den Plänen für das nächste Jahr und von H.C. Artmann, der auch hier gelesen hat, und wie allein und verloren der große, alte Mann beim Frühstück in der Frühstückspension gesessen ist. Ich erzählte dem Professor von meiner vortägigen Lesung in Innsbruck, von Josef Winkler, den ich in Innsbruck anläßlich des so betitelten *Wilden Kärntner Abends* kennengelernt hatte, und wie allein und verloren er mir vorgekommen ist; von meinen nächsten Auftritten, von meinem Roman *Untergänge*, der demnächst erscheinen sollte und der damit anhebt, daß ich als kleines Kind um ein Haar im Wörthersee beim Schlittschuhlaufen ertrunken wäre, dann aber zur Hälfte, nämlich körperlich gerettet worden bin. Der geistige Prozeß meines Ich hingegen findet seither unter Wasser statt, unter dem Eispanzer. Wäre insgesamt schade um Sie gewesen, schmunzelte der Professor. Aus einem Bier wurden wie gewöhnlich fünf, und wir plauderten noch recht lange miteinander, mußten aber flüstern, weil im Amthofstüberl gleichzeitig eine Gruppe von Bienenzüchtern vor dem Fernsehgerät saß und auf die Sendung *Kärnten heute* wartete, die einen Bericht über das 100-Jahr-Jubiläum des Feldkirchner Bienenzuchtvereins enthalten sollte. *Menschen und Schicksale.* Viele Bienenzüchter im Amthofstüberl waren so betagt, daß sie ohne weiteres Vereinsgründungsmitglieder gewesen sein konnten. Auf jeden Fall waren alle schwerhörig und duldeten daher nicht das geringste Nebengeräusch am wichtigsten Tag ihres Lebens, am Tag ihrer Veröffentlichung, Seligkeitssprechung und Unsterblichwerdung. Der Fernsehbeitrag über das 100-Jahre-Jubiläum der Feldkirchner Bienenzüchter dauerte 50 Sekunden, also doch ein paar Sekunden länger als Literaturbeiträge, wurde mit andächtiger Stille, gefalteten, schwitzenden Händen mitverfolgt, anschließend mit tosendem Applaus quittiert, und alle Bienenzüchter waren sehr, sehr stolz. Das wäre etwas für ihre Eltern gewesen! Nur der Professor lächelte nachsichtig.

Zwei Wochen später sah ich das Bild des Professors beim Frühstück in der Zeitung auf der Regionalseite und las, daß er bei Grabungsarbeiten verschüttet worden ist und seine Gattin und einen minderjährigen Sohn hinterläßt. Die *Untergänge* hat er nicht mehr zu Gesicht bekommen und nicht mehr lesen können.

9. Vor der Lesung

Trotzdem: Schriftstellerlesungen sind eine feine Sache. Vor dem Beginn begleitet der Veranstalter den Autor ans Pult, spricht ein paar höfliche Worte zu seiner Linken, und tatsächlich bietet kaum ein anderer Beruf die Möglichkeit, sein Leben lang alle ein, zwei Monate seiner eigenen immer aktualisierten Begräbnisansprache zu lauschen, seinem Nachruf in Fortsetzungen gewissermaßen. Und die Aussicht auf die Trauergäste ist viel besser als im Sarg. Je nach Eloquenz begnügt sich der Veranstalter manchmal mit der Grabinschrift. Manchmal hält er auch eine reguläre Rede in memoriam, nur die berühmte lange, schwere Krankheit verschweigt er immer. Er ist ja auch kein Halsnasenohrenarzt. Auf jeden Fall staunt das Publikum, wenn der Begrabene anläßlich seines Begräbnisses dann auch noch zu Wort kommt.

Der Veranstalter ist immer anders, zusammengenommen aber ein Panoptikum aller Lebenseventualitäten: In Wiesbaden hat er in Scheidung gelebt, dementsprechend bis in die Morgenstunden getrunken und immer jämmerlicher von der Karibik als lebenstechnischer Ultima ratio gefaselt. In Linz war er krank und ist im Bett geblieben. In Kapfenberg haben bei seiner Frau mitten in meiner Lesung die Wehen eingesetzt. In Coburg war sie die Gattin eines Gastrologen, und ich habe zwei Tage um mein Leben gefürchtet. Im Bett, in dem ich in Coburg geschlafen habe, hat sie mir erzählt, haben auch schon Robert Gernhardt, Eckhard Henscheid und Herbert Rosendorfer geschlafen. Die Coburger haben mir erzählt, Henscheid habe ihnen damals gut gelaunt erzählt, daß Gernhardt neuerdings an schweren Depressionen leidet und nicht mehr weiterweiß. Zwei Wochen später hat ihnen Gernhardt gutgelaunt erzählt, daß Henscheid neuerdings an schweren Depressionen leidet und nicht mehr weiterweiß. Mehr kann man für seine Allgemeinbildung nicht tun. Mit Rosendorfer habe ich auch das Hotelzimmerbett in Judenburg gemeinsam. Zwischen unseren Nächtigungen liegt freilich ein Jahr. Rosendorfer, erzählen die Judenburger, ist privat total ernst und distinguiert: Zehn Stunden Aufenthalt – nicht *ein* Witz! In Salzburg war er einmal ein Edelmann, ein Grandseigneur im Café Tomaselli und hat sich praeventiv für den Kritiker der *Salzburger Nachrichten* entschuldigt, noch bevor seine Kritik erschienen, noch bevor meine Lesung überhaupt gehalten war; ein anderes Mal ein nachttaxifahrender Mayröckerhasser aus Nonntal. In Maria Saal ein Sägewerksbesitzer, der zuerst Dichter, dann Germanist, dann Deutschlehrer werden wollte und schließlich doch Sägewerksunternehmer geworden ist. Jetzt fragt er sich, wie man nach all dem, was in der Weltgeschichte der Weltliteratur geschrieben worden ist, zwischen all den Kolossen aus allen Ländern noch selber schreiben wollen kann. In Braunau bin ich mit ihm nach der Lesung ins Grenzlandstadion zu *Austria Braunau : Austria Klagenfurt* gegangen. Wir haben uns 0:0 getrennt und gegenseitig wegen unseres schweren Loses bemitleidet. In Budapest hat er mir ins Ohr geflüstert, daß es in Ungarn auch bereits Autobahnbordelle gibt. In Bozen haben wir gemeinsam eine *Pizza Teufel* (zweisprachig ist zweisprachig!) und einen Eisbecher *Coup Walther von der Vogelweide* gegessen. In Meran war er so aufgeregt, daß er seine schriftlich vorbereitete Rede – eine, wie er sagte, *wissenschaftliche* – zu Hause vergessen und mir als Alternative ganz einfach einen *Guten Abend* gewünscht hat. In Bruck an der Mur hatte er etwas Waldschrattartiges und quartierte mich in ein Ferienheim für Nichtraucherferienfamilien am Waldesrand ein, obwohl ich eigentlich schon seit zehn Büchern darüber schreibe, daß ich keine Nichtraucherferienfamilie bin. In Schlierbach ist er mit mir nach Kirchdorf an der Krems zum Knödelessen gefahren, in Eisenkappel hat er mir erzählt, daß seine Oma mich nicht mag. Allen Omas rechtgetan … In Villach eine Fachdiskussion über Fusionsfußballvereine. In Lienz hat er den Trauerredner aus Klagenfurt angefordert, ebenso in Gmünd. In Welzenegg war es ein Geistlicher einer Herzjesupfarre, hat aber mitten in der Trauerrede einen nichtendenwollenden Lachkrampf bekommen und das gesamte Publikum damit angesteckt. In Wien kann einem alles passieren. Einer erzählt mir, wie er auf Rhodos im Pfingsturlaub von der Ortspolizei verhaftet, aus seinem Wagen gezerrt, seiner Schuhbänder beraubt und für eine Nacht ins Gefängnis geworfen worden ist, weil er ein Tempolimit übersehen hatte. Seither wieder Almurlaube. Praktisch überall erzählt er mir, daß Dietmar Grieser gerade da war und als nächstes Erich Hackl kommen wird. Und nach zehn Lesungen dicht hintereinander ist man recht froh, wenn man wieder in sein menschenleeres Tal der Schatten zurückkehren darf.

Manchmal macht einem ein spendabler Veranstalter nach der Lesung auch kleine Geschenke, meistens freilich solche, für die man beim besten Willen keine Verwendung hat. In Wels zum Beispiel eine rote Rose. Was soll man mit einer roten Rose in Wels? Die Präsidentin der *Josef-Friedrich-Perkonig-Gesellschaft* hat mir nach dem Auftritt coram publico ein dickes Buch über Josef Friedrich Perkonig geschenkt. Das Haus, in dem Perkonig in Klagenfurt lebte, kenne ich gut, denn da praktiziert heute ein Halsnasenohrenarzt, und ich habe das Perkonighaus dutzende Male ebenso krank verlassen, wie ich es betreten habe. Perkonig zeichnete sich dadurch aus, daß er in schweren Zeiten tolerant, liberal, national, nationalsozialistisch und antifaschistisch war, und auf der Fassade des Perkonighauses hängt gleich neben der Ohrenarztklingel eine Gedenktafel mit der Aufschrift: *Dem Worte Untertan*. Bei mir soll es einmal umgekehrt sein. Fest steht, daß das Wort den Untertan nicht immer sehr zuvorkommend behandelt, sondern ihm launisch, wie es ist, etliche Streiche gespielt hat, und daher habe ich das Buch sicherheitshalber postwendend, also noch am Lesetisch, wenn auch hinter dem Rücken des aus dem Saal drängenden Publikums, weiterverschenkt. Der neue Besitzer heißt Univ. Doz. Dr. Erik Adam, wohnhaft Waidmannsdorferstr. 1, 9020 Klagenfurt. Man kann ohne weiteres bei ihm klingeln und sich davon überzeugen, daß ich die Wahrheit und nichts als die Wahrheit schreibe. Aber bitte erst nach elf. Und es sei denn, er hat es nicht auch schon weiterverschenkt. Irgendwann wird das Buch wieder bei der Perkoniggesellschaft landen.

In Wieden wiederum wurde mir trotz Unfrisur ein Strohblumenbouquet überreicht, wie es sich für ein anständiges Begräbnis nun einmal gehört. In Schlierbach eine Davidoff, handgemacht in der Dominikanischen Republik. In Klagenfurt habe ich einmal, wie der Herr sagte, »zur Erinnerung an Klagenfurt« einen alten Kupferstich des Klagenfurter *Landhauses* überreicht bekommen. Du mich auch, habe ich während des Händeschüttelns mit dem Veranstalter gedacht und bin mit dem Erinnerungskupferstich unterm Arm nach Hause geradelt. There is no business like poetrybusiness.

10. Im Prinzip von Prag nach Brünn

Ich habe kein Talent für Millionenstädte. Ich habe vor allem kein Talent für Millionenstädte, wenn ich sie mutterseelenallein das allererste Mal in meinem Leben betrete und dort tschechisch gesprochen und geschrieben wird. Da helfen einem weder Franz Kafka noch Vilèm Flusser (*Von der Freiheit des Migranten*). Da helfen mir weder die gesammelten Fensterstürze noch die erste Universität im mitteleuropäischen Raum. Ich finde sie ja nicht.

Um diese meine hochgradige Talentlosigkeit in ihrer verheerenden Wirkung abzumildern, hat das *Raukousky Kulturni Institut v Praze*, also das Österreichische Kulturinstitut Prag mit mir per Fax vereinbart, daß mich am Bahnhof Praha Holesovice ein Chauffeur erwarten wird, der zwar nicht weiß, wer ich bin und wie ich aussehe (denn so berühmt bin ich ja noch nicht!) – wie natürlich auch ich nicht weiß, wer er ist und wie er aussieht (denn so berühmt ist auch er nicht!) – der aber ein Schild mit der Aufschrift *Kulturinstitut* vor sich tragen wird, sodaß ich ihn leicht erkennen können werde.

Als ich schließlich im Zustand völliger Orientierungslosigkeit – und leider auch mit Fieber, Schnupfen, Husten, Brustweh, Halsweh, Kopfweh – nach beinahe zehnstündiger Bahnfahrt im Bahnhof Holesovice mit meinen zwei schweren Reisetaschen aus dem Zug stieg, begrüßte mich zwar jede Menge dubioser Gestalten, die mir eine günstige

Prager Wohnung oder eine günstige Prager Prostituierte vermitteln wollten, jede Menge Schilder mit der Aufschrift *Taxi* oder *Milena* oder *Olga* oder *Felice*, aber ein Herr mit einem Schild mit der Aufschrift *Kulturinstitut* war nicht da. Ich ging den Bahnsteig auf und ab, wartete in höchster Unruhe zehn Minuten, fünfzehn, zwanzig. Aber es kam niemand. Postwendend erlitt ich meine erste Prager Panikattacke. Während der Panik gelang es mir mit viel gestischer Mühe, bei einer rumänischen Gemüsehändlerin ein paar Kronen in Münzen zu wechseln – gegen enorme Bearbeitungsgebühr, versteht sich – um das Kulturinstitut anzurufen, um 1. zu verifizieren, daß es tatsächlich existiert, und um 2. den Mann mit dem Schild zu urgieren. Dabei konnte ich feststellen, daß die tschechischen Bahnhofmünzsprechautomaten durchaus westlichen Standard aufweisen. Das heißt, sie sind samt und sonders defekt und fressen Münze um Münze ohne Gegenleistung. Nur jetzt keine Gallenkolik, dachte ich, nur die Ruhe! Vorab war mir von den Prager Taxis bekannt, daß es legale und illegale gibt. Die illegalen erkennt man daran, daß sie sich als legale ausgeben und im nachhinein für ein paar Kilometer Kreisverkehr durchs Stadtgebiet halbe Monatsmieten verrechnen. Die Prostituierten wären sicher günstiger. Ich habe für Millionenstädte kein Talent, ich habe keine halben Monatsgehälter, und ich habe auch Hemmungen, während eines Fieberschweißausbruchs allein gegen die tschechische Taximafia zu kämpfen. Als ich mir zwei Stunden nach der vereinbarten Treffzeit und eine Viertelstunde vor der Lesung im Institut am *Jungmanovo nam* endlich den Fieberschweiß von der Stirn wischte und von den unvereinbarten Ankunftsturbulenzen berichtete, meinte eine Beamtin: Ja, fein, dann werden wir nächstes Jahr sicher ein Buch über Prag von Ihnen lesen können. Vor der Lesung im Altprager Literatentreff und Varietétheater *Viola* hielt Herr Dr. Bedrich Blasko von der *Prager Tageszeitung* eine viertelstündige Einführung zu meiner Person und meinem Werk – auf tschechisch. Ich habe natürlich nicht ein Wort verstanden, aber Thema und Problematik sind mir ja geläufig. Ich selbst las notgedrungen auf deutsch, aber da es jede Menge Wiener auf die eine oder andere abenteuerliche Weise zunächst nach Böhmen und einen Teil davon auch noch ins *Viola* verschlagen hat, hat mich das Publikum ganz gut verstanden.

Ins Hotel Petr kam ich erst nach der Veranstaltung und dem Abendessen. If you want to go for night life, begann das Fräulein an der Rezeption, ich winkte aber gleich ab. I don't want to, thank you! No Milena, no Olga, no Felice, no taxi, I'm sick. Ihre Worte bedeuteten implizit natürlich auch: diesmal kein Pay-TV, kein Kulturfilm. Aber für einen Fieberphantasierenden ist *Kommissar Rex* auf tschechisch keine schlechte Alternative, allenfalls das Studium der *Prague Post:* Havel's health improving, Gott sei Dank. Black student murdered, Gott sei Schimpf.

Anderentags holten mich der Direktor des Kulturinstituts und der Chauffeur zur Weiterfahrt nach Brno ab, wo ebenfalls eine Lesung angesetzt war. Da war er also mit vierundzwanzigstündiger Verspätung, der Chauffeur: Fettes Flachhaar, Holzhackerhemd, das halbe Gesicht voll Krankenkassabrille, – so ganz anders als die Gestalten in den Büchern von Milan Kundera – und er klärte das Mißverständnis auf: Ursprünglich hätte ja auch meine Gattin nach Prag mitkommen sollen, und er war von ihrer Absage nicht unterrichtet worden: Er wartete am Bahnsteig auf ein aus dem Zug steigendes Paar und wollte sein unter dem Mantel getragenes Schild erst in diesem entscheidenden Augenblick zücken und veröffentlichen. Es stieg aber kein Paar aus, der Chauffeur mußte sich für das anrüchige Wort *Kulturinstitut* zwischen all den normalen Verlockungen offenbar fürchterlich geniert haben, so ist er einfach unverrichteter Dinge wieder nach Hause gegangen und hat den Dichter Dichter bleiben lassen. Jetzt entschuldigte er sich tausendmal. Ich pardonierte ihn hundertmal, dann ließ ich es bleiben, denn wir hatten es ja eilig und mußten nach Brünn.

Der Direktor des Kulturinstituts, ein Vorarlberger, der in Tirol studiert und dann die Diplomatische Akademie absolviert hat, muß dort als erstes gelernt haben, möglichst in jedem Satz den Konjunktiv und die Phrase *im Prinzip* zu verwenden. Vormals ist er Gesandter in Bagdad gewesen, während des Iran-Irak-Krieges, und er ist dort drei Jahre lang gescheitert, einen veterinärmedizinischen Kongreß zu organisieren, was aber nicht an ihm, sondern an Bagdad gelegen ist. In Bagdad ist im Prinzip nichts möglich. Nun ist er hier in Prag, um sein Bagdadtrauma zu überwinden, und er sucht seit einem Jahr erfolglos eine einigermaßen günstige Wohnung. Bahnhof Holesovice, Bahnsteig zwei, hab' ich gesagt. Ich lerne schnell. Die Moscheen von Bagdad, erzählt er auf der Fahrt, darf man nur barfuß betreten. Man muß barfuß rund um die Heiligtümer herumwatscheln und kommt nicht umhin, mitten durch den seifigen Barfußschweiß seines Vordermoslems zu waten. Alles Allah zuliebe. Es existiert ein Photo des Herrn Direktors, auf dem er Saddam Hussein die Hand schüttelt – aber nur aus Staatsraison. Mit dem Photo erschreckt er zu Weihnachten zu Hause in Vorarlberg seine Eltern.

Hier, sagt der Chauffeur an einer Stelle der Autobahn plötzlich, sind früher immer die sowjetischen Düsenjäger von ihren Urlaubsflügen kommend gelandet. Eine geradeaus verlaufende Autobahn würde sich ja auch dafür eignen, meint der Diplomat, im Prinzip. Als wir zwei Stunden später in der Spätherbstabenddämmerung Brno und seine sozialistische Wohnbauästhetik und seine im Schnellverfall begriffenen Betonmenschengehege erreichen, weiß ich alles über Bagdad, Nepal, Saudiarabien, Schweden, Brüssel, Bonn und Rom. Von Brünn weiß ich nur, daß ich lieber in Rom wäre.

In Brünn fand gleichzeitig zu meiner Lesung eine große Studentendemonstration gegen Xenophobie statt, erzählte mir die Universitätslektorin. In Mähren ängstigt man sich im speziellen vor den alteingesessenen Vietnamesen und Roma. Sie selbst ängstigte sich am meisten davor, daß ich sie mit meiner Grippe anstecken könnte. Ich bin noch in derselben Nacht mit dem Zug nach Wien zurückgefahren und habe gesehen, daß auch acht Jahre nach der Wende am Bahnhof Hlavni das Wort *Bahnsteig* dreisprachig zu lesen ist: Tschechisch. Deutsch. Russisch. Gespenstisch.

In Breclav stieg ein Wiener meiner Generation zu, der dort Leitungen verlegt. »Weil die Tschechen und die Tschuschen zu blöd dazu sind«, erklärte er, »das Gesindel«. Nur jetzt keine Gallenkolik, dachte ich, nur die Ruhe. Ich meinerseits trug kein Schild mit der Aufschrift *Kulturinstitut* – das machte dem Leitungsmann die Zunge locker. Aber als ich ihm erzählte, daß ich gerade aus Prag komme, schlug er die Hände über dem Kopf zusammen und wurde bleich im Gesicht, als wäre ich aus dem Dschungel oder aus dem Krieg gekommen. In Prag werden jeden Tag zehn Deutsche auf offener Straße ermordet, erklärte er mir, in Brünn täglich fünf. Er war heilfroh und ein wenig verwundert, daß ich meinen tschechischen Fronteinsatz überlebt hatte. Vielleicht zehnmal hintereinander dieselbe *Prague Post* gelesen. Oder es hapert einfach mit dem Englisch. *Black student* wäre mit *Deutscher Student* eindeutig falsch übersetzt. Wenigstens Havel geht's besser, habe ich gesagt und war meinerseits heilfroh, als ich eine Stunde später – eine Stunde ununterbrochener xenophobischer und ausländerverachtender Ausfälle später – am Südbahnhof den Zug verlassen und in den D-Wagen steigen konnte, in dem niemand außer ein paar Tschechen und Kärntner Studenten saßen.

11. Die Augen der Kroatinnen

Die Raststätte an der Grenze zwischen Slowenien und Kroatien muß man sich so vorstellen: Ein Bahnhofswartezimmer ohne Bahnhof. Grüne Bodenfliesen, rostrote Theke, rostrote Wandvertäfelung, violette Tischtücher. Etliche kaputte Glühbirnen. Überhaupt viel Rost. Daß eine so junge Grenze schon so rostig sein kann! Auf der Toilette hat der Balkankrieg stattgefunden; kann auch schon ein Balkankrieg aus dem siebzehnten Jahrhundert gewesen sein. Ein Grenzpolizist trinkt Dosenfanta. Oben im Eck die Vormittagskindersendung des kroatischen Fernsehens. Minutenlang keine Großaufnahme von der Tante. Neben dem Fernsehgerät das kroatische Karowappen. Kein Bildnis von Franjo Tudjman. Keines von Davor Suker. Vielleicht ein Omen. Mitte November. Drinnen düster, draußen Nebel.

In diesem Grenzbuffet holt mich der Direktor des Österreichischen Kulturinstituts Zagreb persönlich ab, um mich in die Stadt zu lotsen. Das klappt. Aus Erfahrung wird man klug. Über die tschechische Anekdote lacht der Direktor, und dann erzählt er von Künstlern, die vor mir da waren. Maler, Musiker, Galeristen und Verleger sind die Mehrheit, Literaten die Minderheit. Ein Schriftsteller allerdings – seinen Namen habe ich vergessen, aber es kommen viele S und Y und C und Z darin vor, und er ist sehr bekannt für seine Fernsehdrehbücher, zu denen ihn der damalige Generalintendant des Österreichischen Rundfunks gezwungen hat (das waren noch Generalintendanten seinerzeit!) – dieser

S.Y.C.Z. also ist auf die geniale Idee gekommen, Erzählungen über alle Kulturinstitute auf der ganzen Welt zu schreiben, die ihn eingeladen haben: Krakau, Rom, Teheran, New York. Das rechnet sich freilich, außerdem etliche Fernflüge auf Kosten der Republik. Die Zagrebgeschichte ist, wie der Direktor erzählt, von schwüler Erotik durchwachsen und handelt angeblich von einer Lektorin aus Zagreb, die S.Y.C.Z. samt ihrer Lektorinnenlibido angeblich so plastisch und realistisch beschrieben hat, daß sie jedesmal rot anläuft, wenn sie in Zagreb einen Vortrag über Fiktionalität und Authentizität in der Literatur hält.

Zagreb ist übrigens ganz leicht zu finden, auch wenn man nicht von einem freundlichen Diplomaten eskortiert wird: Woher immer aus der Welt Sie kommen, wenn Sie auf eine dramatische Anhäufung von Lagerhallen treffen: Das ist Zagreb. Gelesen habe ich in einer Lagerhalle mit der Aufschrift *Filosofski Fakultet*. Die Lektorin war nicht unbedingt mein Fall, und sie hat beim Wort *Literatur* auch nicht die Gesichtsfarbe gewechselt. Vielleicht war sie es doch nicht in natura, und mit S.Y.C.Z. ist bloß die Phantasie durchgegangen. Sowas soll in der Branche schon vorkommen. In der Lagerhalle hat aber kein Publikum auf mich gewartet, sondern das komplette Teilnehmerinnenfeld zur Wahl der Miß Croatia, sodaß ich immer Oh! und Ach! und wieder Ach! und wieder Oh! gedacht und die ganze Lesung hindurch eigentlich nie in mein Manuskript, sondern immer nur in die Augen der Kroatinnen geblickt habe. Diese Wunderwerke! In den Augen wohnt ja bekanntlich die Seele. Manche behaupten sogar: Die Augen *sind* die Seele, was natürlich Blinden gegenüber gemein und geschmacklos wäre. Die Augen sind etwas Körperliches, und es wäre ein Fehler, bei einer Netzhautablösung zum Psychoanalytiker zu gehen, auch wenn im ganzen Körper Körperliches von der Art kein zweites Mal vorkommt. Kein Fleisch, keine Knochen. Nur Regenbogenhaut, Pupillen, Poesie.

Ich wollte wie immer im Ausland etwas Völkerverbindendes lesen, aber es war vielleicht nicht günstig, dazu einen Fußballtext zu nehmen. Woher hätte ich denn wissen sollen, daß es in Kroatien so wenig Germanisten und so viele Germanistinnen gibt? Daß Davor Suker auf der Universität Zagreb noch als Torschützenkönig der Weltmeisterschaft völlig unbekannt ist und außer Fußball noch ganz andere Völkerverbindungsmöglichkeiten existieren? *Germanistik Damenstudium*, hat die Lektorin gesagt. Also doch! Nächstens werde ich vielleicht etwas über Damenfußball vorlesen oder einen der herzzerfetzenden kroatischen Schmachtgesänge einfühlsam ins Deutsche übertragen. *Neka mi ne svane! To malo ljubavi!*

Innerhalb des Lagerhallenrings ist übrigens Graz. Und im Allerinnersten von Graz Eisenstadt. Das wäre aber nicht notwendig gewesen. Wer viel unterwegs ist, hat freilich viele Déjà-vu-Erlebnisse. Das *Austrijski kulturni Centar* im zweiten Stock eines Altbaus in der Gunduliceva 3 ist zum Beispiel ganz überraschend die Mondbasis aus der legendären Fernsehserie *UFO*, nur daß die Astronauten pragmatisiert sind, Geheimratsecken und Wolljacken mit Ärmelschonern tragen und alte Zeitungen lesen. Seit zweihundert Jahren ist keine *Alarmstufe rot* mehr gegeben worden, nicht einmal im Balkankrieg. Wenn es sich glücklich fügt, daß nicht nur der Kulturexport, also der Außerirdische, also ich, sondern auch der Importeur, also der Herr Direktor, Kastanienreisfetischisten sind, geht man ohnehin gleich weiter in die noble Café-Konditorei am Jellačićplatz. Wer Maroni liebt, liebt Kroatien! Kastanien sind bekanntlich die Augen der Natur, und sie können manchmal ganz schön wehmütig dreinschauen. Auf der Flaniermeile zwei Seitenstraßen weiter das Bronzedenkmal einer dicken Frau mit Balkon und Regenschirm, in der Kathedrale von Zagreb in einem pompösen Sarkophag aus Glas die aufgebahrte Plastikpuppe eines gerade seliggesprochenen Kardinals. Hingebettet in voller Kardinalsadjustierung mitsamt den hübschen purpurnen Kardinalsballettschuhen faltet er die Plastikhände über dem Plastikbrustbein. Amen. Rund um den Sarg frische Blumensträuße und große Kerzen im Kroatenkaro. Eine Art Innitzer des Südens, erklärt der Direktor. Kroatien ist katholisch und kroatisch! In den Buchhandlungen von Zagreb gibt es nur ein einziges Buch in deutscher Sprache. Der Autor heißt Franjo Tudjman, das Buch *Das historische Schicksal des Volkes*, das der Dichter auf Seite zwei seiner lieben Frau Anikca gewidmet hat, und man muß sich doch fragen: Was geht denn die das historische Schicksal des Volkes an?

Für Antworten ist auf Lesereisen wenig Zeit. Von Zagreb nach Pazin in der Mitte von Istrien, und aus dem November wird ein Oktober. Außer der Mitte Istriens nimmt Pazin für sich in Anspruch, der Mittelpunkt Europas zu sein, allerdings ohne besonders überzeugende Argumente. Sticht man die eine Schenkelspitze eines Zirkels in Pazin, die andere in Hammerfest und zieht den Kreis, dann sind auch Beirut, Bagdad, Kairo, Libyen, Algerien und Marokko europäisch, außerdem große Teile von Mali, Niger, Tschad, Sudan und Saudiarabien, und so kann's wohl doch nicht gemeint und ratifiziert sein. Aber auf Lesereisen hat man gewöhnlich keinen Zirkel mit, und man will gerade auswärts auch nicht immer obergescheit sein. Unbestreitbar gibt es in Pazin eine ganz abenteuerliche Grotte. Historisch ist das wohl nicht gesichert, aber Dante und Jules Verne sollen zu ihrer Zeit in die Gegend gekommen sein und sich von dieser Grotte inspirieren lassen haben. Pazin hat darauf sofort mit einem Jules-Verne-Club reagiert und hofft mittels Internet auf weltweite Beachtung. Aber das hoffen ja alle. Kann sein, daß man insgeheim auch an Touristen denkt. Es gibt freilich Menschen, die lassen sich inspirieren, wohin sie auch kommen, und sei es Oed und Edelschrott. Und es gibt wieder andere Menschen, die können nach Rom kommen, nach Paris oder New York, und ihre Inspiration erschöpft sich auch dort in Ansichtskarten und Souvenirs. Wie auch immer: Nächstes Jahr will man vor dem Grotteneingang von Pazin ein beeindruckendes Naturtheater inszenieren, und das österreichische Kulturinstitut unterstützt das von Idealisten getragene Projekt. Die Handlung ist einfach: Dante kehrt in unseren Tagen aus dem Inferno zurück. Gleichzeitig kehrt Dante auch aus dem Mittelpunkt Europas zurück und berichtet dem Publikum in der Schlucht, was ihm alles widerfahren ist, im Mittelpunkt Europas und im Inferno. Hoffentlich haben die Diplomaten in Brüssel Sinn für die vielleicht nicht ganz freiwillige Ironie istrischer Idealisten. Und dann an die Küste, von Pazin nach Rijeka! Ein Dampfer schaukelt im Hafen, Palmen säumen die Promenade, ein sattes Grün, und aus dem Oktober wird ein September, ein lieblicher, milder Septembernachmittag. Noch eine Lagerhallenlesung, als Thema diesmal der Tod, für immer geschlossene Augen, auch nicht viel besser als Fußball. Tja, was soll man machen: Ernst ist die Kunst, wenn sie vom Leben handelt. Auch in Rijeka arbeitet eine Lektorin über Vermittlung des Bundesministeriums für auswärtige Angelegenheiten, aber eine unbeschriebene. Sie sitzt ganz hinten, und nach der Lesung fragt sie den Dichter coram publico, wie das in seinen Texten mit der Fiktionalität ist. Darauf sagt der Dichter der Lektorin coram publico, das können wir beim Abendessen besprechen. Der Tod ist jedenfalls nicht autobiographisch, aber frei erfunden auch wieder nicht. Aber was für eine Lektorin! *Neka mi ne svane! To malo ljubavi! Stom sam ja, sto si ti!* Oder was weiß ich. Ach und oh und ach und viel zu schade für einen S.Y.C.Z. Eine Regenbogenhaut sondergleichen! Und was für ein Abendessen! Das allerbeste Fischrestaurant von Opatija, direkt am Meer! Was am Servierwagen herbeichauffiert wird, direkt aus dem Meer: Shrimps, Riesengarnelen, Scampi, Calamari, Muscheln, Scombri, alles Prachtexemplare aus Poseidons Tiergarten und ein Branzino, wie seit hundert Jahren kein Branzino mehr aus der Adria gefischt worden ist: Jetzt gilt es, Todesurteile zu verhängen und vollstrecken zu lassen, aber ach, wann verhängt man schon einmal Todesurteile, wenn der Ozean rauscht und ein Klavierspieler spielt, wenn die Beleuchtung dezent, aber intakt ist, wenn die Tischtücher zu den Servietten und die Servietten zu den Teppichen passen, wenn der Diplomat Austern und Trüffel ißt und Anekdoten aus dem Leben der Diplomaten erzählt, wenn kroatische Weine und kroatische Schnäpse fließen und das Österreichische Kulturinstitut im Auftrag des Außenministeriums die Rechnung bezahlt. Die Lektorin kommt aus Wien, aber sie ist eine Weltösterreicherin und ein Meeresmensch, und was soll ein Meeresmensch hinter dem Semmering? Im frostigen Geometriegestein hinter dem Semmering sitzen die Mädchen in muffigen Kaffeehausecken hineingekauert, starren ausgelaugt in den Herrengassennebel hinaus und schwadronieren über ihre uninteressanten Dissertationen, das ist kein Umgang für unsereins. Die altösterreichischen Grandhotels in Opatija sind noch viel altösterreichischer als die altösterreichischen Grandhotels in Wien, außerdem ist die Aussicht besser: Das Blau des Meeres, die Lichterketten von Rijeka in der Bucht ums Eck in der Finsternis, und das Mikroklima, dieses viel-

gepriesene tschadartige Mikroklima! Die Lektorin selbst lebt leider nur in Untermiete und hat ein kleines Zimmer ohne Telephon und eine Monatskarte für den Bus. Auch das ist Tschad. Sie heißt Nadine, das heißt: Ich habe ihren Namen natürlich verfremdet. Werde ich mir Schwierigkeiten mit meiner Frau machen ? Werde ich mir Schwierigkeiten mit ihrem Freund machen? In Wirklichkeit heißt sie nämlich Sabine, aber das will ich ja gerade nicht verraten, denn ich bin nicht so indiskret wie S und Y und C und Z und was weiß ich, und ich möchte nicht, daß sie meinetwegen eines Tages rot anläuft. Außerdem bin ich kein Mann für eine Nacht. Ich bin ein Mann für fünf Nächte, so richtig schön wird es bekanntlich erst beim fünften Mal. Fünf Nächte zahlt aber kein Kulturinstitut der Welt für eine Lesung. Man sollte gleich mit der fünften Nacht anfangen. Gar nichts werde ich von der lieben Lektorin Nadine erzählen, außer eben, daß sie die Stimme einer Kroatin hat, die Haare einer Kroatin, die Augen einer Kroatin. Mea maxima Mahatma! Ach und oh! Und oh und ach!
Alle Servierwagentiere sind tot, die Kellner Rino und Mladen gähnen hinter dem Aquarium, und der freundliche Diplomat verabschiedet sich und geht ins Grandhotel. *Hvalala & Dovicenija!* Wenn ich ihn eines Tages wiedersehe, wird er wahrscheinlich Landeshauptmann sein, irgendwo. Aber noch fließt der Wein, es wird undiplomatisch, aber seelisch, und der milde Septembernachmittag hat sich in eine schwüle, heiße Augustnacht verwandelt. Die Lektorin interessiert sich sehr für Literatur, der Schriftsteller interessiert sich auch sehr für Literatur, wie viel die beiden doch gemeinsam haben, und was sie alles miteinander zu besprechen hätten, das würde tausend Nächte dauern. Da gehen sie zwischen parkenden Möwen die extra für die Kaiserin Elisabeth und ihren Grafen Andrassy aus der Steilküste ge-

brochene Promenade entlang, schauen aufs schwarze Meer hinaus, hören ins schwarze Meer hinein, zitieren und rezitieren. *Zwei Segel erhellend die tiefblaue Bucht / Zwei Segel sich schwellend zu gemeinsamer Flucht*. Und Schnitzler und Tschechov und Rilke und die Duineser Elegien in Abbazia, außerdem Falco, Phettberg und was an blutjungem Altösterreichischem für die beiden sonst noch von Belang ist. Juli. Nadine erzählt ihrem Gast von der Bora und dem Transmontana, dem sommerlichen Fallwind. Im Kvarner haben alle Winde Namen, in Wien heißen alle Winde Wind. Von Mošćenička Draga erzählt sie, von Mošćenice, den Klippen von Brseč und von Volosko, wo wilder Spargel wächst und wilder Bambus, der nur alle hundert Jahre einmal blüht, dann muß er sterben. *Urtraurig*, sagt Nadine. Ihr zweites Adjektiv heißt *genial*, mit den beiden beschreibt sie die Welt. Aber jetzt ist Juli. Ein ganz genialer Juli. Flucht? Ja, Flucht! Da klingelt ins Möwengeschnatter hinein das Mobiltelephon, *morgen Lesung Villach, übermorgen Lesung Wien*. Übermorgen Herrengassennebel. Schwermütig prasseln die letzten Schokolademaroni in den Magen hinunter. Ein allerletzter Blick auf all das Wunderbare. Nostalgija! Und dann: Nicht mehr umdrehen! Nur ja nicht mehr umdrehen! Hinein in die Steilküstenserpentinen in falscher Richtung. Ach! Ach! Ach! Flucht? Ja, Flucht! Vielleicht war in Wirklichkeit auch alles ganz anders. Vielleicht war alles bloß Phantasie. Kommt vor in der Branche. Flucht? Ja, Flucht. Aber einen halben Tag später endet die Flucht in den vereisten Wolkenkratzern der Karawanken. Dezember!, binnen einer Stunde. Nur das Autoradio singt noch *To malo ljubavi*, und hoch oben im Loibltunnel hat der Dichter seufzen, und er hat denken müssen: Wie hat der S.Y.C.Z. das bloß gemacht? Wie hat er das verkraftet? Kaum, daß man sich kennengelernt hat, muß man einander Lebewohl sagen und: Auf Nimmerwiedersehen! Adieu! Und den gibt's auch nicht. Willkommen und Abschied: Das historische Schicksal des Dichters; wenn er Lust hat, zu widmen seiner verständnisvollen Gattin. S.C.H. ...!

12. Nach der Lesung

Wenn ein Autor sein Publikum infolge zu vieler Lesungen am selben Ort zu gut kennt und einschätzen kann, besteht die Gefahr, daß er nach und nach zum literarischen Dienstleistungsunternehmer wird, daß er den Geschmack seines Publikums vorausberechnet, ihm nach dem Mund redet, für sein Publikum schreibt, um es bei der Stange und bei Kauflaune zu halten. Bei mir besteht diese Gefahr nicht. Denn ich bin viel zu faul. Und wenn ich einmal nicht faul bin, bin ich autistisch. Und wenn ich einmal nicht autistisch bin, bin ich unmöglich. Ich bin von Haus aus völlig geschmacklos. Bei mir besteht eher die Gefahr, daß eines Tages ein neues Buch erscheint, und alle sagen: Um Himmels willen! So einer hat uns einmal gefallen! Der ist ja völlig übergeschnappt und durchgedreht! Das gäbe ein böses Erwachen. Aber wie ich mich kenne, schlafe ich dann gleich wieder ein.

Soviel weiß ich freilich: Soziologisch betrachtet ist mein typischer Sympathisant, Leser und Lesungsbesucher weiblich, um die fünfzig, Inhaber der österreichischen Staatsbürgerschaft, auf Maturaniveau, nicht reich, aber wohlhabend verheiratet, politisch und philosophisch gemäßigt und führt fallweise gutbürgerlich-liberal seine Tochter mit sich, die entweder unscheinbar oder schüchtern oder ebenfalls verheiratet ist. Ruchfreies Treiben in Ackernzacken kommt da nicht in Frage. Es sind jedenfalls innerhalb Österreichs auch nach der Lesung keine dramatischen Exzesse zu erwarten. Wenn man da an die ekstatischen Nachspiele denkt, die Dichterlesungen in den späten Sechzigern und frühen Siebzigern angeblich serienweise evoziert haben, an die Zeit, in der Lesungen durchaus als Ersatzbefriedigung für nicht stattfindende Rolling-Stones-Konzerte galten. Heute sind die Stones freilich auch schon steinalt. Umgekehrt ist in meinem Fall die Lage wenigstens noch nicht so prekär wie bei manchen lieben Kollegen, die literarische Dauerbrenner und alteingesessene Publikumsmagneten sind, aber stets fürchten müssen, daß ihnen das Stammpublikum von einer Lesung zur anderen komplett wegstirbt. Die Frauen und Fräulein sind jedenfalls selbst schuld, daß meine Literatur nicht erotischer ist, als sie ist. Wenn sie gern Liebesgeschichten hätten, müßten sie auch etwas dafür tun. Ich bin bloß der Seismograph. Zugegeben, eine Affaire mit einem Seismographen im Herrengassennebel, ein One-night-stand mit einem nasivinabhängigen Halsnasenohrendauernotfall, ein libidonöses Techtelmechtel mit dem Griesgram der Nation …

Wenn die Lesung nicht ohnehin im Wirtshausextrazimmer stattgefunden hat, verlagert sich der harte Kern der Lesungsgemeinde samt Dichter und Veranstalter im Anschluß ins Wirtshaus zum gemütlichen oder verkrampften Beisammensein: Der geistige Prozeß eines Ich zum Angreifen. Ich kann mittlerweile feststellen, daß dabei in den Wirtshäusern von Bludenz bis Wiener Neustadt immer dieselben Fragen gestellt werden. In der Reihenfolge ihrer Häufigkeit lauten sie: Wie lange schreiben Sie schon? Warum? Sind Sie vor einer Lesung aufgeregt? Wie autobiographisch sind Ihre Geschichten? Wie geht es dem Alois Brandstetter? Haben Sie schon den Bachmann-Preis gewonnen? Kann man vom Schreiben leben? Ich kann mir eigentlich nicht vorstellen, daß die Fragesteller das wirklich interessiert und daß sie das wirklich wissen wollen. Eher stellen sie sich so wahrscheinlich den branchenüblichen Fachsmalltalk vor. (Für die Unbelehrbaren hier sicherheitshalber ein für allemal die autorisierten, ultimativen Antworten: Lang. Keine Ahnung. Nein. Mehr oder weniger. Gut. Nein. Ja und nein). Ich glaube eher, daß die Leute – neugierig, wie sie sind – einfach gern mit mir reden möchten, aber jenseits des gutbürgerlich Liberalen nicht so recht wissen, was, wie auch ich gern mit den Leuten rede, aber nicht weiß, wie und worüber. Die Frage ist: Wie redet man mit einem leibhaftigen Schriftsteller? Literaturwissenschaftliches Gefasel mag er ganz bestimmt nicht zum Bier. Im Grund existieren nur zwei seriöse Aussagemöglichkeiten: Erstens: Ihr Buch hat mir nicht gefallen. Die Variante bietet den Vorteil, daß man sich anschließend in Begründungsversuchen verheddern kann, und den Nachteil, daß der leibhaftige Schriftsteller darauf gelassen entgegnet: Wie Sie meinen. Zweitens: Ihr Buch hat mir gut gefallen! Damit ist schon wieder alles aus. Das heißt, eigentlich kann man mit einem Schriftsteller gar nicht reden, jedenfalls nicht mit einem Schriftsteller als Schriftsteller. Schriftsteller untereinander haben wenigstens ein ergiebiges Thema: Geld. Was soviel bedeutet wie: Geldmangel.

Ich glaube also, daß die Lesungsbesucher mich gern oberflächlich kennenlernen wollen, aber nicht wissen, wie. Und wenn sie mich kennen würden, würden sie mich auch ganz bestimmt nicht kennenlernen wollen. Statt dessen erzählen sie im Wirtshaus fallweise etwas gutbürgerlich Liberales von sich. Zum Beispiel liegt Wiener Neustadt drei Meter höher als Bad Fischau und ist die zweite Stadt Österreichs, die bei Gelenksproblemen die Stoßwelle zum therapeutischen Einsatz bringt. Manchmal läßt sich einer aber tatsächlich aus der Reserve locken. Der Neurologe erzählt, daß er in der Ordination jetzt eine Sterbelade hat. Seine Gattin, eine ganz bezaubernde Frau, schmiegt sich an seine Seite und schmunzelt und flüstert ihm ins Ohr: »Liebling, paß auf, das liest du zwei Wochen später in der *Presse*.« Drei Wochen später kommt dann aus Bad Fischau die unverschämte Frage, welchen Neurologen ich denn gemeint habe.

Ich glaube also eher, daß das Intimpublikum im Wirtshaus in Wirklichkeit lieber ganz andere Fragen stellen würde, zum Beispiel, wie es in mein nächstes Buch kommt, wie das mit dem Pay-TV konkret ist und ob man in einem Hotelzimmer in der Fremde bei allem Komfort nicht entsetzlich einsam ist. Aber sie fürchten, glaube ich, daß ich sie hemmungslos anlüge, zum Beispiel, wenn ich ihnen auftische, daß ich gern während einer Lesung erschossen werden möchte. Oder sie fürchten, daß ich ihnen eine blöde Antwort geben und ihre Frage, warum ich denn gern während einer Lesung erschossen werden möchte, zum Beispiel sage: Damit mehr Leute kommen. Schriftsteller sind so fürchterlich unberechenbar, und sie müssen nie den Wahrheitsbeweis antreten. Oder ich könnte die Gegenfrage stellen: Wie würden denn *Sie* gerne sterben? Zu welcher Jahreszeit? Im Winter oder doch eher im Sommer? Das muß man sich ja visualisieren! Im Herbst, wenn es kalt und kahl und ungemütlich wird. Oder im Frühling, wenn alles blüht und die Vögel zwitschern? Einmal muß es sein. Nach der Fußballweltmeisterschaft oder bereits davor? Aber dann werden Sie nie erfahren, wer gewonnen hat. Favorisieren Sie ein bestimmtes Datum? Eine bestimmte Uhrzeit? Am Morgen oder am Abend? Sagen wir: 25. Mai, 14.22. Wäre das recht? Kein 26. Mai mehr, ein 25. Mai, 14.23 ohne Sie und Ihre Existenz. Zu Hause oder auswärts? Prag, Brünn, Zagreb, Rijeka, Bozen, Budapest, Braunau, Bruck an der Mur? Oed oder Edelschrott? Angezogen oder im Pyjama? Am Wochenende? Nach *langem schweren Leiden* oder *plötzlich und unerwartet*? *Allzu früh* oder *allzu spät*? Rüstig? Entrüstet? Abgerüstet? Allein oder in Anwesenheit und unter Aufsicht anderer Menschen? Was? Sie wollen gar nicht sterben? Tja, da werden Sie es schwer haben!

Die fürchterliche Wahrheit ist, daß zwischen uns keine seriöse Gesprächsbasis existiert. Es ist auch letztlich nicht ganz einzusehen, warum man mit einem Haufen unbekannter Leute Themen debattieren soll, die man normalerweise nur mit seinem Analytiker bespricht. Ein tragischer Mensch kann unmöglich mit einem komischen Menschen sprechen, ein komischer unmöglich mit einem tragischen. Ein in seiner Tragik komischer und gleichzeitig in seiner Komik tragischer Mensch kann mit überhaupt niemandem sprechen, was an sich tragisch ist, wenn auch mit komischen Konsequenzen. Er würde, falls er doch eines führt, bei einem Gespräch mit einem anderen Menschen keinerlei Wahrhaftigkeit zu Tage fördern, nicht, weil er gar kein Interesse daran hätte, sondern weil er nicht mehr daran glaubt. Letztlich existiert der Graben wie in Kapitel eins beschrieben. Man muß ihn gar nicht eigens ausheben. Er hat übrigens auch gar keinen Analytiker.

Wenn statt Neurologen, Orthopäden und Steuerberatersgattinnen ein Journalist anwesend ist, heißt das Nachbereitungsgeplauder im Wirtshaus *Interview* und basiert auf der eigenartigen Theorie, daß jemand, der etwas geschrieben hat, darüber etwas zu sagen hat, als ob er es nicht gleich hätte sagen können, wenn er es hätte sagen statt schreiben wollen. Manchmal sagt mir eine Journalistin, daß ich etwas von Thomas Bernhard habe. Dann sage ich der Journalistin, daß sie etwas von Krista Fleischmann hat, und ich sage: Fliegen wir zum nächsten Interview doch nach Mallorca! Im Unterschied zu T.B. habe ich übrigens auch ein Geschlechtsleben. Das findet die Journalistin aber gar nicht lustig und desertiert mißmutig in den Herrengassennebel. Geschlechtsleben ist ja auch nicht lustig. Bei mir jedenfalls führt ein Mikrophon beinahe automatisch zu blöden Antworten. Was ich sage, hat wenig mit mir zu tun. Helle Tage habe ich höchstens alle zwei Jahre einmal: Zuletzt, wenn ich mich recht erinnere, in Südtirol, und ich zitiere zum Abschluß meines Streifzugs aus der Ausgabe der *Südtiroler Tageszeitung* vom 23. April 1997:

Südtiroler Tageszeitung: *Komik, Tragik, Ironie, Selbstironie, Klischee; das sind Begriffe, die einem bei Ihrer Lektüre einfallen.*

Gstättner: *Klischee, ja. Meine Geschichten sind voll von kubistisch verschachtelten, absurd montierten Klischees. Ein Klischee ist eine Wahrheit, die zu einfach ist, um wahr zu sein. Die nehme ich mir her und blase sie auf wie einen Luftballon, bis sie unförmig und immer unförmiger wird und platzt. Dann nehme ich mir die wahre Wahrheit, also die Wahrheit, die zu kompliziert ist, um wahr zu sein, blase sie auf wie einen Luftballon, bis sie unförmig und immer unförmiger wird und platzt. Dann nehme ich den Boden unter meinen Füßen, blase ihn auf wie einen Luftballon, bis er unförmig wird und – in dem Augenblick lege ich den Kugelschreiber weg.*

Südtiroler Tageszeitung: *Wie ist das Leben? Komisch oder tragisch?*

Gstättner: *Stellen Sie sich vor, Sie sind Dichter, und Ihr Haus steht in Flammen. Selber haben Sie sich in Sicherheit*

bringen können, aber um Ihr letztes Gedicht zu retten, stürzen Sie erneut ins Haus und gehen drauf. Ist das nun tragisch oder komisch?
Südtiroler Tageszeitung: *Was würden Sie tun?*
Gstättner: *Ich schreibe keine Gedichte.*

IV. Stilleben

Frauenwallner
Oder: Stilleben mit Wrackbarsch

Jedes Jahr gegen Sommerende hin beschließt Frauenwallner von der Wohnbauförderungsabteilung, einmal im Jahr alles hinter sich zu lassen und einmal für ein paar Tage *nichts zu sehen und nichts zu hören*, einmal aus allem auszubrechen und also (samt Familie) zur Erholung nach Rimini zu fahren. Am Tag der Abfahrt ist die Frau krank, am Tag darauf ist das Kind krank, am dritten Tag ist die Oma krank, am vierten Tag ist der Opa krank, am fünften Tag ist endlich schlechtes Wetter, und die Frauenwallners fahren los. Das kommt in den besten Familien vor. Überhaupt sind die besten Familien immer eine enorme Orientierung.

Rimini, das heißt aus dem grauen Norden und damit aus dem vorzeitigen Zusammenbruch der lauen Jahreszeit kommend aber auch: Venedig! Padua! Ferrara! Bologna! Imola! Forli! Cesena! Und da hätte man eben doch schon gern ein bißchen was Afrikanisches. Aber es regnet bei Venedig. Es regnet in Padua, in Ferrara, in Bologna, in Imola, in Forli, in Cesena. Der *Autogrill* in der Dämmerung ist mit einem Wort: elendig. In Rimini schüttet es in Strömen, und es ist stockfinstere Nacht. Alles Abendessen ist längst zu Ende gegangen, alle Küchen sind leer, alle Zimmer voll, bis auf eines, das ist jetzt das Frauenwallnerzimmer. Frauenwallner will sich jetzt zum Ausklang der Badesaison endlich barbäuchig in die Sonne legen und auf's weite Meer und in den fernen Himmel schauen. Er will die würzige Meeresluft in sich fließen lassen und Moravia lesen. So weit ist es mit ihm gekommen: Das ewig Niedliche zieht uns formal hinein, die unerheblichen Alltagsgrauslichkeiten als Idylle. Aber morgens am Sandstrand quillt genau in dem Moment, in dem Frauenwallner beim Bademeister eine opulente Liegestuhlmiete für seine Familie und sich bezahlt, der noch vor Augenblicken morgensonnenvolle Himmel von Rimini vor schonungslos schlammfarbenen Wolkensäcken über, und umgehend prasselt ein schon sattsam bekannter Dauerregen daraus. Der Regen ist mild, aber naß, und das Hotelzimmer schürt keinen seriösen Unternehmungsgeist. Ganz ohne Sonnenstich funktioniert nicht einmal Moravialesen. Noch gelingt es Frauenwallner, seinen Lieben gegenüber die Existenz eines Delphinmuseums zu verheimlichen in den ersehntesten Tagen des Jahres.

Ein wenig riecht es rundum nach Franco Interlenghi, Alberto Sordi, Franco Fabrizi, Leopoldo Trieste, Riccardo Fellini. Ein wenig riecht es nach Federico Fellini, der ist jetzt ein Park, der die Altstadt mit dem Meer auf Höhe des Grand Hotels verbindet. *I Vitelloni* war früher, vor der Wohnbauförderungsabteilung und der Familie, Frauenwallners Lieblingsfilm, noch vor *Roma*, *Casanova* und *La strada*. Die sind inzwischen durch den Output der Familienvideokamera des Bruders ersetzt. Aber der Bruder hat keinen Urlaub bekommen und ist samt Videokamera daheimgeblieben. Früher einmal wäre Frauenwallner sicherlich Fellini erschienen: Gleich in der allerersten Nacht wäre Fellini vom Balkon aus durch die Ritzen der Rollos in das Frauenwallnersche Hotelzimmer eingestiegen, hätte Frauenwallner geweckt, ihn gefragt, ob dieser Regen nicht ein Meister an Beschaulichkeit und diese Nacht nicht gleichzeitig melancholischste Poesie und das allerstimulierendste Fluidum sei. Da muß man hinaus in die Straßen und Gassen und auf die im fahlen Laternenlicht glänzenden Pflastersteine. Da muß man die Gerüche der Pinien und Zedern und Zypressen und das Echo der verklungenen Abendunterhaltungen in sich saugen. Da muß man streunen und flanieren und zum verlassenen Strand hinunter. Irgendwo könnten noch Mädchen sein oder Madonnen oder Huren. Da draußen sind Begebenheiten. Da draußen sind Geschichten. Da draußen brauen sich Märchen und Schicksale zusammen.

Frauenwallner soll aufstehen und sich den leichten Staubmantel überwerfen und mitkommen, sagt Fellini, und Frauenwallner traut seinen Sinnen nicht. Er, Fellini, möchte mit ihm, Frauenwallner, einen Spaziergang machen, sagt Fellini. Der Park ist Nebensache, sagt er, das ist der normale postume Gang der Dinge. Fellini möchte Frauenwallner die Villen und die Baracken von Rimini zeigen, Leute, die am Bahnhof von Rimini geduldig auf Züge warten, in die sie nie einsteigen werden. Die Hinterhöfe im Spätherbst, im Winter und im ersten Hauch von Vorfrühling, die Weihnachtsvorbereitungen und die Faschingsmaskerade der kleinen Leute. Die leisen Seufzer der kleinen Gewerbetreibenden, das Devotionaliengeschäft mit Statuen, Statuetten, Kerzenleuchtern und Weihwasserbecken, den Klavierspieler im Billardcafé auf der Piazza, abblitzende Gigolos, das Podium der Tanzcombo im Garten des Tennisvereins nach einem Galaabend in der Nachsaison, die müden Augen der Kartenlegerin auf ihrem Klappsessel am nächtlichen Boulevard, die nachtländischen Abenteuer der Bäckerjungen und Blumenverkäufer und Kioskbesitzer und Straßenportraitisten. In alle Bars und Trattorias möchte Fellini Frauenwallner führen, vor allem in die abgelegenen, halbdunklen, aussichtslosen. In alle Häuser und zu allen Menschen möchte Fellini Frauenwallner bringen und ein unvergeßliches Mosaik von Rimini in Frauenwallner hinterlassen, ein Hohelied der Verschlafenheit mit all ihren unaufdringlichen Widerhaken und Tollheiten und Verrücktheiten. Aber wenn es nun tatsächlich so wäre, wie es früher hätte sein können, und Fellini Frauenwallner durch die Ritzen der Rollos gerieselt ein solches Angebot machte, müßte Frauenwallner heute hochschrecken und in die Beschaulichkeit des maritimen Regengeplätschers hineinflüstern: Ja, aber die Frau Frauenwallner! Die Oma Frauenwallner! Das Kind Frauenwallner! Das Stimmungsvolle schön und gut, aber der Reiz am Panorama des Kleinstadtlebens mitsamt den Kleinstadtdrangsalen seiner Menschen im Wandel und im Schmachten der Jahreszeiten erlahmt, wenn man einmal Familie hat. Wenn man Verantwortung hat. Pah, Familie, murrt Fellini, was verantwortest du denn schon groß? Eine Familie habe ich auch, sagt er, das ist nicht das Thema. Man muß der Familie eben die Menschenfresserei abgewöhnen. Familie ist das, was nach dem Ende von Märchen einsetzt. Wir sind hier aber in einem Märchen, Frauenwallner! Und als ob es kein ganz außergewöhnliches Geschenk wäre, in einem Märchen zu sein, zierst du dich und schützt unerhebliche Realitäten vor, sagt Fellini. Wir sind in einem Film, Frauenwallner, du mußt dich einlassen, du mußt dich von mir an der Hand nehmen lassen. Du bist heute mein Hauptdarsteller. Ich kann dir Augen und Ohren öffnen. Ich kann dir die Türen öffnen, ich kann dir die Menschen öffnen, ich kann dir endlich eine Handlung geben, Frauenwallner, komm jetzt. Aber Frauenwallner entgegnet, er sei mit gar keinem Staubmantel ausgerüstet. Einen Staubmantel habe er für Rimini nicht vorgesehen um diese Jahreszeit, schon der Kinderregenschutz fehle laut Frau und Oma an allen Ecken und Enden. Und da hat Fellini genug, wirft Frauenwallner einen verächtlichen Blick zum Abschied zu, als wollte er sagen: *Lebenswegwerfer!*, winkt den Kran des Filmteams zum Hotelbalkon heran und geht, fliegt, flüchtet, verflüchtigt sich.

Der Familienmensch ist Vollpensionscharakter. Die Bequemlichkeit des Stammtisches im Speisesaal und das viergängige Menü, die Antipasta und die persönlichen Servietten, die im Serviettenring bereits auf ihn warten, wenn er sich setzt, das allmähliche Vertrauterwerden der Gesichter der Pensionsgäste und Kellner von Mahlzeit zu Mahlzeit: Das alles zieht ihn an und hat Erholungswert. Tagtäglich steht er vor der Frage: Risotto frutti di mare oder Tagliatelle pomodoro con basilico? Fisch oder Fleisch? Gelati, Tiramisu oder Torta della nonna? Und immer ist der Mensch auf diesem Planeten gefordert, Entscheidungen auf's Geratewohl zu treffen. In dem Moment, in dem Kellner Sandro ihm aufrichtig epikuräisch das Risotto frutti di mare auf den Teller schaufelt, weiß Frauenwallner, daß er die Tagliatelle pomodoro bestellen hätte sollen. Die Oma ißt immer Fisch, weil man das Kulinarische mit dem Geographischen verbinden sollte. Nur ist der Wrackbarsch wohl ein ausgefallenes Wort, im übrigen aber ziemlich heruntergekommen, und nach dem Tiramisu weiß niemand so recht, wohin mit seinen Fürzen, bisweilen kommen sie stakkatoartig. Blickt Frauenwallner betulich nach rechts, kann man davon ausgehen, daß er den Furz nach links aussetzt.

Im hinteren Teil des Speisesaals sitzt eine Reisegruppe italienischer Pensionisten aus Modena. Geschnatter, Gelächter und Sangesfreudigkeit sind ihr eigen. Bei jeder Mahlzeit intonieren sie ein vollmundiges *O sole mio* und setzen auf das Phänomen der self-fullfilling prophecy. Milde belächelt Sandro beim Abservieren die Jetzterstrechtparolen und den meteorologischen Realitätsverlust seiner Landsleute. Nun wird es aber Zeit, einen Kinderregenschutz zu kaufen. Die Viale Vespucci rauf und runter, Porzellanleoparden, Porzellandromedare, Porzellan-Formel-1-Piloten, lebende und tote, elektrisch beleuchtete Madonnen in Gondeln, elektrisch beleuchtete Polen, Masken und Puppen venezianischer Prägung, Gipsbüsten von Beethoven, Puccini, Schubert, Wagner, Chopin, Miniatursegelschiffe, Lederhandtaschen, Strickjacken, Seidentücher, auf dem Trottoir dahinrobbende Miniaturplastiksoldaten, die kriechen und ballern, bis die Batterie leer ist, alles Saldi. Nur in der ganzen Viale Vespucci kein Kinderregenschutz! Das wirft ein schiefes Licht auf den verendenden Sommer. Das Kind im überdachten Ringelspiel, das Kind im Feuerwehrautomaten, das Kind im Fliegenden-Teppichautomaten, die Familie rundherum.

Mittlerweile ist also alles an Frauenwallner Zufall. Nichts lockt ihn am Elephantenautomaten, aber genauso gut könnte er sich plötzlich persönlich hinaufsetzen. *Elephantenautomat oder Delphinmuseum*, fragt der Prinz von Dänemark, damit sind die Extremsituationen ausgelotet, denkt Frauenwallner und postiert sich neben dem Affenautomaten, genaugenommen macht Frauenwallner zu Hause auch nichts anderes. Um nicht gänzlich dem zersetzenden Gefühl der Verlorenheit anheimzufallen, setzt sich Frauenwallner in eine menschenleere Bar zum Cappuccino – früher wäre das ein Grappa gewesen – und im Nu sind alle Frauenwallners den Automaten entstiegen rund um ihn. Jetzt werden aus den Lederhandtaschen die Ansichtskarten gezückt und den daheimgebliebenen Frauenwallnerverzweigungen und der Wohnbauförderungsabteilung Kurzprosa hinaufgestoppelt. In dem Moment umgeht Frauenwallner den Standard. Auf eine Karte schreibt er: *Der nudelessende Italiener hält den Kopf nie weit aus dem Teller heraus.* Auf eine andere: *In Rimini kommt drei Mal ein einziger Vokal vor.* Und wieder auf eine: *Italia terra fecunda ist.* Ein klitzekleines Lebenszeichen des Mittelfingers, aber gewissermaßen in die eigene Nase gebohrt. Für einen Skandal reicht das nicht, und damit naht auch schon die Zeit des Abendessens auf den Armbanduhren. Diesmal wäre Pasticchio di Lasagne die richtige Lösung gewesen, nicht Cannelloni verde, und die italienischen Pensionisten grölen wie üblich *O sole mio*. Immer, wenn sie am Frauenwallnerschen Tisch vorbeikommt und das mit den Krebsresten spielende Kind sieht, ruft eine besonders umfangreiche Frau entzückt *Bella bimba amabile* aus und fischt mit ausgebreiteten Armen nach dem Kind. Das Frauenwallnersche Kind versteht weder Italienisch noch den bedrohlichen Enthusiasmus der dicken Frau, verdreht die Augen, hält die Hände vor's Gesicht, wirft über all das noch die Haare, fließt vom Sessel und versteckt sich unter dem Frauenwallnerschen Eßtisch. Es zieht dabei von innen her immer auch am langen, zart lachsrosafarbenen Tischtuch, sodaß die darauf befindlichen Gläser die ruckartigen Bewegungen unwillkürlich mitmachen. Der Tafelwein ist billig, es sei denn, auf ein getrunkenes Viertel kommen drei vergossene. Die Dicke wackelt jedesmal vor Lachen. Nachdem sie *O sole mio* hinter sich gebracht haben, gruppieren sich die italienischen Pensionisten um den Fernsehapparat. Es gibt eine Direktübertragung von Italien gegen Slowenien aus Udine. Ravanelli gelingt bei strömendem Regen das 1:0. Vor lauter Freude stülpt er sein Trikot über den Kopf, wodurch der Bauch sichtbar, der Kopf unsichtbar und eine blaue Kugel wird. In dem Moment rastet das Bild am Fernsehgerät ein, und eine Nation jubelt der blauen Kugel zu.

San Marino ist ein Zwergstaat, und er ist kaum zwanzig Kilometer von Rimini entfernt, hoch oben am Berg, was für Aussichten! Ein ganzer Staat unter Denkmalschutz. Ein dunkler Wolkenteppich hängt auch über dem Loch Italiens, und zu erledigen ist nun Folgendes: Frauenwallner photographiert die Oma und die Frau und das Kind vor dem Kongreßgebäude von San Marino RTV auf der Piazzale Mahatma Gandhi. Die Oma photographiert Frauenwallner, Frau Frauenwallner, Kind Frauenwallner vor der Basilica del Santo. Frau Frauenwallner photographiert Kind, Oma, Frauenwallner am Geländer der Viale Antonio lehnend mit den Apenninausläufern im Hintergrund. Frauenwallner photographiert Frau Frauenwallner, Kind Frauenwallner ohne Oma vor der Fassade des Regierungspalastes auf der Piazza del Titano (die Oma will mit Politik nichts zu tun haben). Die Oma photographiert Frauenwallner und Frau Frauenwallner ohne Kind links und rechts vom Denkmal der Neutralität, die eine nackte Frau mit opulenter Vulva und schönen Brüsten, aber ohne Arme ist, was die Neutralität, weil sie neutral ist, kommentarlos hinnimmt. (Für das Kind ist das noch nichts). Frauenwallner photographiert Frau Frauenwallner auf der Piazza della Libertà, Frau Frauenwallner photographiert Frauenwallner auf der Piazza Guiseppe Garibaldi. Im Grund könnte man auch die dementsprechenden Ansichtskarten nehmen, die Lichtbilder aus den Pässen schneiden und auf die Ansichtskarten kleben. Irgendwie fehlt nämlich von der nicht wegzuleugnenden allgemeinen Frauenwallnerschen Anwesenheit ein spezifischer Zusammenhang zwischen dem Phänomen San

Marino und dem Phänomen Frauenwallner. Aber das wird auf den entwickelten Photographien ohnehin recht schön zum Ausdruck kommen.

Frauenwallner muß zugeben, daß er auf den Bildern, die von ihm gemacht werden, längst die Nebensache ist, was natürlich auch auf Frau Frauenwallner, Oma, Kind zutrifft. Die Hauptsache auf den Bildern, die von Frauenwallner gemacht werden, ist der Hintergrund, und eigentlich ist es schade um die Stelle des Hintergrunds, die Frauenwallner verstellt und die auf den Ansichtskarten lückenlos zu sehen wäre. Die Hauptsache ist beliebig, San Marino oder Rimini, Rom oder Cascais, Vaduz oder die Wohnbauförderungsbehörde, aber immer Hauptsache. Als leitmotivische Nebensache zieht sich Frauenwallner durch die Belegsammlung seines Lebens. Seit Jugendtagen führt Frauenwallner ein Frauenwallneralbum. Als das Kind da war, hat die Frau Frauenwallner parallel dazu ein Kinderalbum angelegt, um die einzelnen Entwicklungsstadien des Frauenwallnerkinds samt Faschingsfesten, Maskenbällen, Weihnachtsabenden, Badeausflügen, Krankenhausaufenthalten zu dokumentieren, und damit ist alles schwieriger geworden. Die entwickelten Filme müssen nun immer nach Kindsbildern und Frauenwallnerbildern sortiert werden: Die Kindsbilder mit der Kinderwelt ins Kinderalbum. Die Frauenwallnerbilder mit der Frauenwallnerwelt ins Frauenwallneralbum. Seit das Kind da ist, ist das Frauenwallnerleben in der Frauenwallnerwelt klein geworden: Nach und nach ist die Frauenwallnerwelt entgesichtet worden und zu Landschaften und Städtearchitektur verkommen und zusammengeschrumpft. Es kommt eine Zeit, da kommen einem statt Menschen mehr und mehr Wahrzeichen und Denkmäler in die Quere, in den Lebensweg.

Gerade als Frau Frauenwallner Frauenwallner auf der Piazza Giuseppe Garibaldi photographiert, sieht sie durch das Guckloch des Photoapparates in einem Arkadengang des Platzes eine Straßenmalerin ohne Kundschaft, die um 10 000 San Marino-Lire eine *caricatura in 3 minuti* anbietet, und diese einmalige Gelegenheit soll sich Frauenwallner nicht entgehen lassen, meint Frau Frauenwallner. Eine Karikatur ist etwas Persönliches, und man kann sie nicht nachträglich auf eine Ansichtskarte kleben, wenn man nicht vorher lebensecht vor Ort und neben der Staffelei gewesen ist. Eine Karikatur ist sozusagen ein Existenzbeweis. Die mittelmäßigen Karikaturisten erkennt man schon daran, daß nicht sie sich ihr Opfer aussuchen, sondern umgekehrt.

Smile!, sagt die Karikaturistin, *Cheese!* Immer wieder Cheese und die Backenknochen nach oben. Es soll doch kein Portrait, sondern eine Karikatur werden. *Cheese Caricatura*, sagt sie, als ob man sich selber dadurch karikieren würde, indem man lacht. *Caricatura Cheese!* Aber obwohl Frauenwallner schon vom Betriebsarzt weiß, daß durch Lachen Atmungsaktivität und Sauerstoffaufnahme angeregt werden und das Zwerchfell gelockert und entspannt wird, daß die Pumptätigkeit des Herzes, nämlich täglich insgesamt 9000 Liter Blut durch den Körper zu befördern, erleichtert, außerdem durch das Lachen das mit Sauerstoff angereicherte Blut schneller und intensiver in alle Gefäßnetze und Blutbahnen gepumpt und also die Fähigkeit zu lachen von Altersforschern sohin mit Langlebigkeit in Verbindung gebracht wird, daß Lachen, weil es die nach unten weisenden Falten wieder hinaufdrückt und weil man dabei nur siebzehn Muskeln bewegen muß, wohingegen man gleich dreiundvierzig Muskeln bewegt, wenn man ein finsteres Gesicht schneidet, als eine isometrische Übung für ein schönes Gesicht ansehen und daß man sich summa summarum seelisch und körperlich Gesundheit erlachen kann, obwohl Frauenwallner das alles weiß, will er nicht lachen. Frauenwallner will eine Karikatur ohne Lachen. Frauenwallner versteht sich als Schneider finsterer Gesichter. Das hat er gelernt, das kann er, und er will, wenn überhaupt, die Karikatur eines finster geschnittenen Gesichtes und der dreiundvierzig auch im Urlaub bewegten Muskeln. Ohnehin schmunzelt ja die Sanmarineser Karikaturistin in einem fort, auch wenn sie offenbar nicht schmunzelt, weil sie Frauenwallner zum Schmunzeln findet, sondern um Frauenwallner zum Schmunzeln zu bringen, und es ist die Frage, ob sie dadurch länger lebt, besser liebt und schöner aussieht. Länger leben hieße ja auch, länger hier am Gipfel hocken und Karikaturen zu kritzeln. Christus hat niemals gelacht, schreibt Baudelaire. Deshalb ist er auch nur knapp über dreißig geworden, denkt Frauenwallner. Auch die Frau Frauenwallner lacht, und jetzt schießt sie hinter dem Rücken der Karikaturistin eine Photographie der im Entstehen begriffenen Karikatur des im Karikiertwerden begriffenen Frauenwallner für das Familienalbum. Seit langem wird Frauenwallner wieder einmal allein oder wenigstens familienlos auf einem Photo sein. Aber wie immer ist Frauenwallner Nebensache. Die Hauptsache ist diesmal seine eigene Karikatur. Da lacht die Karikaturistin auf, schade um die restlichen sechsundzwanzig Muskeln, denkt Frauenwallner. Lach' nur, lach', eitler Weltaff', denkt er.

Als die Karikaturistin fertig ist, nimmt sie die Karikatur blitzschnell von der Staffelei, dreht sie um und hält sie Frauenwallner vor's Gesicht. Frauenwallner erschrickt, weil der Kopf, den er sieht, wie man sagt, *nichts gleichschaut*. Der Kopf, den Frauenwallner sieht, schaut ihm nicht gleich und nicht einmal ähnlich. Es ist einfach *irgendein* Kopf. Der Kopf sieht aus wie ein Kopf, den es nicht gibt, und als ob niemand neben der Staffelei gesessen wäre: Ein völlig übertriebener und verzerrter, aber völlig fremder Kopf. Eine Karikatur ohne Original. Die Karikatur eines Phantombilds. Ein Fließbandkopf. Dazu habe ich nach San Marino kommen müssen, denkt Frauenwallner, ins antike Land der Freiheit. Der Fließbandkopf einer Fließbandfamilie! Und es entspricht dem gegenwärtigen Stadium seiner Entwicklung, daß Frauenwallner aufsteht, lächelt, nickt, bezahlt, die zusammengerollte Karikatur in Empfang nimmt und geht. In dem Moment, in dem die Karikaturistin die zehntausend Lire in den Hosensack steckt, schaltet sie das Schmunzeln ab. Ein heftiger Windstoß kommt über das Hochplateau von San Marino. Die Karikaturistin packt eilig ihre Utensilien zusammen und verschwindet im Kaffeehaus.

Nach den Rigatoni kommt die Korpulente mit ihrem *bella bimba amabile* am Frauenwallnerschen Tisch vorbei. Frauenwallner bestellt sofort eine neue Flasche Wein, das Kind verzieht sich sofort unter den Tisch, und das italienische Fernsehen bringt eine Direktübertragung von *Italien Unter 21* gegen *Slowenien Unter 21*. Der Samstag ist Abreisetag. Es wird schön und heiß, und der Himmel über Rimini offeriert ein spätes Sommerglück. Das *O sole mio* hat geholfen, man muß nur hartnäckig sein. Ein allerletzter Blick auf's Meer, in das sie nicht gestiegen sind, und dann: Arrivederci. Der Himmel über Cesena ist blau. Blau ist der Himmel über Forli und Imola und Bologna, über Ferrara und Padua. Ab Venedig braut sich der Vorherbstnebel des Nordens zusammen. Zu Hause bemerkt Frauenwallner beim Auspacken spät nachts, daß er seine Karikatur in Rimini vergessen hat, und er kehrt nicht mehr um.

Svetlana
Oder: Stilleben mit Notausgang

Als Svetlana, die hübsche Tochter von Veno, einem alten Bauern aus dem mittelalterlichen Bergdörfchen Stanjel mitten im slowenischen Karst, sechzehn Jahre alt geworden war, sagte Veno zu Svetlana: *Jetzt gehst du zu den Karstchören!* Svetlana aber wollte nicht zu den Karstchören gehen. Alles in ihr sträubte sich gegen den Karstchormuff und gegen den Karstchormoder. Was habe ich bei den Karstchören verloren?, gab sie dem Vater zurück. Ich habe keine Lust, in der gräßlichen slowenischen Bauerntracht die todeshungrigen Schmachtlieder zu singen, die die Mädchen im Karstchor singen. Ich will leben.

Veno jedoch duldete keine Widerrede. Du gehst jetzt sofort zu den Karstchören, Svetlana, wie schon deine Mutter seinerzeit zu den Karstchören gegangen ist, als sie noch ein Mädchen war, deine Großmutter, deine Urgroßmutter. Seit der jüngeren Eisenzeit gehen alle Frauen der Familie und überhaupt alle Frauen in ganz Stanjel zu den Karstchören. Du bist eine Slowenin, Svetlana, sagte Veno. Also mußt du wissen, daß die Slowenen im Gegensatz zu den Einwohnern Nordeuropas oder den Amerikanern sehr eng an ihren Familien hängen, sodaß die familiären Bindungen, vor allem zwischen Eltern und Kindern, in vieler Hinsicht eines der am tiefsten verwurzelten Gefühle während des ganzen Lebens des Durchschnittsslowenen bleiben. Die Aufgabe des Slowenen ist es, ein Durchschnittsslowene zu werden. Und seit der jüngeren Eisenzeit geschieht in den engen Familien der Wille des Vaters.

Dieses familiäre Gefühl der Unterstützung und Festigkeit ist natürlich angenehm, gab Svetlana zu. Eine negative Folge dessen ist aber, daß sich Slowenen schwerer emotionale Unabhängigkeit aufbauen! Papperlapapp!, schimpfte Veno, nordeuropäisches, paraamerikanisches Geschwätz! Wir in Stanjel sind historisch unempfänglich für pseudoethnologische Diagnosen, und du gehst jetzt sofort zu den Karstchören, damit du mit den Karstchören in der Grotte von Vilenica auftreten kannst, wenn der *Internationale Vilenica-Literaturpreis* verliehen wird. Der Preis, meine kleine Svetlana, wird für Werke verliehen, die im mitteleuropäischen Kulturraum entstehen und mit besonderer ästhetischer Überzeugungskraft die menschlichen und kulturellen Erfahrungen der Völker vom Baltikum bis zur Adria, von Bern bis Belgrad zum Ausdruck bringen. Leitgedanken wie Toleranz, Inaggressivität, gegenseitiges Verständnis, Pluralismus und das integrative Prinzip der Vielfalt werden ausgezeichnet! Wir mögen arme Leute sein, Svetlana, aber das alles geschieht hier vor unserer Haustüre. Und deswegen gehst du jetzt sofort zu den Karstchören!

Aber warum ist beim *Volvo*-Springreitercup gleich nach den Literaturtagen immer viel mehr los, obwohl es da weder um Toleranz noch um Pluralismus geht, fragte die Tochter den Vater, und warum hast du dich nie beschwert, daß ausgerechnet *Volvo* den *Volvo*-Springreitercup sponsert? Das verstehst du nicht, sagte der Vater der Tochter, dazu bist du noch zu jung. Die Literaturtage werden außerdem von *Gorenje* gesponsert. Und schließlich singen die Karstchöre in der Vilenicagrotte heute durchaus auch *Oh Happy Day*, meine kleine Svetlana! Vater und Mutter werden dir mit Wohlgefallen lauschen.

Ich bin nicht mehr deine kleine Svetlana, und Vilenica ist mir mehr als wurst, antwortete Svetlana mit der der Jugend eigenen Renitenz, schnürte kurzentschlossen ihren Rucksack, ließ den verfallenden Vater in seinem verfallendem Steinhaus in Stanjel mitten im slowenischen Karst zurück und zog unslowenisch übermütig in die große weite Welt von Ljubljana, wo sie anhand der verschwenderischen Fülle an Theatern, Plätzen und Parks sofort die edle Gesinnung und das Weltbürgertum der Bewohner reflektierte. Dem alten Vater und seinem versteinerten Willen und der jüngeren Eisenzeit entkommen atmete Svetlana frei durch, tötete die Einfamilienruinen Stanjels unbarmherzig in sich ab, und in der kürzesten Zeit traf sie in Ljubljana alle möglichen Leute: Ältere, Jüngere, Betrunkene, Punker, allzu unternehmungslustige Direktoren und übergewichtige Sekretärinnen, wie sie auch die Vilenicadichter aller Herren Länder aus dem bunten Slowenienführer kennen, den jeder Dichter bekommt und in den er sich gern vertieft, wenn ihm während des Kulturgruppenspaziergangs durch Stanjel oder auf der Schriftstelleromnibusfahrt nach Sežana fad wird, falls er mitten unter Volvospringreitern mit Springreiterhelmen und Reitgerten sitzt und selber wie ein Springreiter ausschaut, der seinen Springreiterhelm und seine Reitgerte vergessen hat, oder falls er den übrigen Teilnehmern auch sonst nichts zu sagen hat, weil es nichts zu sagen gibt und weil außerdem eine gemeinsame Sprache fehlt und weil unter Unbekannten kein Gespräch, sondern nur ein Geschwätz möglich ist, was man vor lauter Toleranz und Inaggressivität, gegenseitigem Verständnis und Pluralismus und weil die slowenischen Tagungsveranstalter sowieso schon so grundsatztraurig sind, um Himmels willen nicht so sagen kann, bis er aus dem Busfenster plötzlich Svetlana in natura sieht und den Slowenienführer und seine Phantasien geniert weglegt. Aber Svetlana konnten sie ja nicht sehen, die war nicht mehr da.

Über allem schwebte im aufgeregten Inneren Svetlanas das Bild der pulsierenden Stadt. Bald bemerkte sie, daß es in den abseitigen Gassen Ljubljanas vor selbstbewußter Schönheit der jüngeren slowenischen Generation platzt, die mit bis zu den Knieen reichenden Stiefeln und Jacken aus Sämischleder bekleidet ist. Dunkle, aggressive Brillen auf Adlernasen drücken eine harte und entschlossene Natur aus, was nicht zu den typisch slowenischen Eigenschaften wie Bescheidenheit und Kultiviertheit zählt. Also kaufte sich Svetlana auch Stiefel und Jacke aus Sämischleder, vor allem aber eine dunkle, aggressive Sonnenbrille, die sie sich auf die hübsche Adlernase setzte, um eine harte und entschlossene Natur auszudrücken und vor selbstbewußter Schönheit zu platzen.

Aber noch ehe Svetlana irgendeine Natur ausdrücken oder gar platzen konnte, lernte sie im Rausch der Großstadt Ljubljana einen kühnen jungen Slowenen mit Namen Janko kennen: Eine gelungene Mischung aus Graffitikünstler, allzu unternehmungslustigem Direktor, Punker und Betrunkenem, zudem allerdings ein ethnokritischer Geist, der von Stadt, Land und Leuten zu Svetlanas Verblüffung auf die geringschätzigste Weise sprach. Denn im Lärm der Marktplätze mischen sich die slowenischen Laute nicht nur mit der reichen Melodie des nordländisch-germanischen Akzents, sondern auch mit dem unaufhörlichen Geplapper der kroatischen Gemüsehändler, analysierte Janko. Hochgewachsene, hellblonde Mädchen lachen laut und necken gedrungene, zähe Bergbewohner, und die überall zugegenen schnauzbärtigen, in grüne Uniformen gekleideten Aufseher spazieren das unverständliche Kauderwelsch überwachend mit erhobener Nase zwischen all dem Rummel umher. So abscheulich ist Laibach in Wirklichkeit. Da staunte Svetlana unerfahren. Dieses röchelnd zwischen den Alpen und der Adria eingezwängte Fleckchen Südostmitteleuropa ist die Heimat lederhäutiger verschlagener Gipfelkäuze, untersetzter Flachländer, breitbackiger Osteuropäer, und im Verhalten aller ist etwas philosophisch Slawisches, sagte er. Als aber seinerzeit der Krieg mit der Bundesarmee ausbrach, erhob sich wie aus einem alten Holzschnitt das Volk, das begeistert, kaltblütig und toderfolgreich war. Kurzum, Ljubljana ist nicht nur das slowenische Athen, sondern auch das slowenische Chicago. Außerdem modert es. Da war Svetlana sprachlos, aber nach dem Moder von Stanjel bemerkte sie jetzt auch den Moder von Ljubljana.

Ich will mein Leben nicht damit verschwenden, mich wie aus einem alten Holzschnitt zu erheben, sagte Janko wildentschlossen, und da wollte auch Svetlana ihr Leben nicht damit verschwenden, sich wie aus einem alten Holzschnitt zu erheben. Edle Gesinnung: Unsinn. Weltbürgertum: Lüge, sagte Janko. Das einzige, was hinkommt, sind die übergewichtigen Sekretärinnen. Ich will nicht mitmodern! Ich will nicht in die Lubljanafalle tappen wie der Vater und der Vatersvater! Ich verschwinde!, sagte der kühne Janko. Wir müssen in den Süden, wo das Leben und das Prickeln ist, die Atmosphäre und das Flair des unendlichen Horizonts! Wir gehen nach Portoroz, sagte er, an die slowenische Copacabana und ins slowenische Rio de Janeiro. Dort mache ich etwas ganz Besonderes aus dir, Svetlana! Ich habe da meine Möglichkeiten. Was glaubst du, was in Portorož los ist?, fragte Janko Svetlana. In Portorož leben Lebensfreude und Daseinslust! Exzentrische junge Slowenen hängen in Portoroz in voller Fahrt die Beine aus den Autofenstern und johlen vor lauter Champagner, und sei es vorderhand bloß das Autofenster eines Puch oder eines 2CV. *Volvo* wäre ohnehin zu klobig. Das ist ein wirklich pluralistisches Pulsieren, und nirgendwo herrscht auch nur der geringste Schnauzbartzwang.

Im locker nach den Kosten der Welt fragenden, moussierenden Janko vermutete Svetlana die Chance ihres Lebens, und während sie sich seinerzeit dem Spruch des alten Vaters Veno widersetzt, Stanjel verlassen hatte und nach Weltljubljana gegangen war, verließ sie nun das infolge Desillusionierung gar nicht mehr so große und gar nicht mehr so weite Ljubljana bereitwillig wieder und folgte glückssuchend mit der der Jugend eigenen Devotheit dem mondänen Janko in die große weite Welt von Portorož, wo wir Svetlanas Spur plötzlich verlieren. Äußerst peinlich gerade für einen Schriftsteller, wenn ihm mitten in der Erzählung die Hauptperson davonläuft und ganz einfach verschwindet! Ist mir bisher auch noch nicht passiert. Aber was soll ich machen? Jahr um Jahr zog ins Land des Karstes. Das mittelalterliche Stanjel verwitterte weiter, Veno wurde vor Kummer grau und greisenhaft, auch die Mutter weinte oft und ausgiebig. Wichtige Schriftsteller von Fodor Andras bis Anka Zagar und von Balla Zsófia bis Ifigenia Zagericnik Simonosić kamen und gingen und zermarterten ihren Intellekt bei Disputen über *Postmodernen Barbarismus* und *Mitteleuropäischen Zusammenhalt* und *Gewalt in der Literatur*. Nebenan wieherten die Lipizzaner. *Death, fire, blood*, das versteht man auch ohne Simultandolmetscher. Noch wichtigere Schriftsteller erhoben sich wie aus Holzschnitten und nahmen in der Grotte unterirdisch einen Vilenicapreis nach dem anderen entgegen und ließen sich distinguiert in den Marmorgrabstein am Grotteneingang einmeißeln.

Die kleine Svetlana aber blieb verschwunden und verschollen, und bald war sie allseits vergessen. Niemand wußte auch nur das Geringste über ihr Geschick zu berichten. Ließ nun auch sie ihre Beine mondän bei einem 2CV-Fenster heraushängen? Hatte sie in Portorož tatsächlich ihr Glück gefunden oder vielleicht im geistigen Raum vom Baltikum bis zur Adria, von Bern bis Belgrad? Wer weiß? War sie zur Schlagerdiva aufgestiegen und feierte sie unter einem Künstlernamen Triumphe in der slowenischen Hitparade? Zur umschwärmten Filmschauspielerin? Gar zur ernsthaften Künstlerin und Intellektuellen mit neuem Aussehen, neuer Identität, neuer Nickelbrille? Marketingchefin von *Gorenje*? Wer weiß? Oder hat der arge Janko ein böses Spiel mit Svetlana getrieben, hat er sie getäuscht, unterjocht und ausgebeutet? Oder hat man Svetlana gar via Koper, der größten Hafenstadt des Küstenlands und dem slowenischen Fenster zur Welt, gewaltsam verschleppt und in fremde Erdteile verschifft, niedrige Dienste auf Volvorückbänken zu tun, hoffnungslos ausgeliefert einer brutalen, erbarmungslosen Welt, die weder Toleranz kennt, noch gegenseitiges Verständnis, und das integrative Prinzip der Vielfalt schon gar nicht? Einer Welt, die nie und nimmer willens ist, auf die Stimme des Geistes zu hören? Wer weiß. Bereute Svetlana jetzt jämmerlich ihre pubertäre Verblendung und Hochnäsigkeit und Verstocktheit, weder auf Balla Zsófia noch auf Ifigenia Zagericnik Simonović noch auf ihren alten Vater Veno gehört zu haben? Verfluchte sie jetzt das pulsierende Leben Ljubljanas, wo all ihr Unglück seinen Ausgang genommen hatte? Verdammte sie ihre bis zu den Knien reichenden Stiefel aus Sämischleder? Zerfiel ihr das Weltbürgertum wie modrige Pilze? Saß sie dem Wahnsinn nahe auf den Scherben ihrer zerbrochenen aggressiven Sonnenbrille? Wer weiß? Niemand weiß.

Eines Tages aber klopfte es nach etlichen Jahren an Venos Tür. Der Greis öffnete seufzend, und da stand in Lumpen gewickelt und mit Asche auf der Stirn seine kleine Tochter Svetlana. Nur war sie jetzt groß. Ohne auch nur ein Wort zu sagen, fielen sie einander in die Arme und hielten und drückten und küßten sich und weinten aus geschlossenen Augen heraus. Und es war alles so schön traurig, wie es nur in Slowenien sein kann. Was Svetlana in den Jahren ihrer Abwesenheit durchgemacht hat und wo sie überall gewesen ist, kann ich leider nicht berichten, denn Svetlana erzählte ihrem Vater in einer Sprache, die ich nicht spreche. Und wie immer, wenn etwas Inoffizielles passiert, sind keine Simultandolmetscher anwesend, außerdem kein Mürbteiggebäck.

Sicher ist nur, daß Svetlana nun wieder in Stanjel lebt, genügsam und bescheiden geworden ist und sich demnächst mit einem jungen Bauernsohn aus Stanjel verloben wird, der nebenbei als Stallbursche in Lipica arbeitet und abends an der Bar des Grandhotels immer völlig kommentarlos und sprachlos in unmittelbarer Umgebung der Dichter sitzt, wenn welche da sind, um sich nach postmodernem Barbarismus oder mitteleuropäischer Grundsatzsolidarität oder Gewalt in der Literatur anständig in den wohlverdienten Schlaf zu trinken. Er hat drei Zahnlücken und eine Wirbelsäulenverkrümmung, wahrscheinlich beides von den

Volvo-Lipizzanern, aber er ist zäh und hat etwas Slawisch-Philosophisches. Ljubljana liegt ihm von Haus aus fern. Sicher ist außerdem, daß der alte Veno Svetlana vor lauter Freude über die Wiederkunft ein lachsfarbenes Kleid gekauft hat und Svetlana reumütig zu den Karstchören gegangen ist, wie schon ihre Mutter, ihre Großmutter, ihre Urgroßmutter. Wenigstens um die Karstchöre müssen wir uns also auch weiterhin keine großen Sorgen machen. Bei der diesjährigen feierlichen Verleihung des Vilenica-Preises ist Svetlana erstmals in die stimmungsvolle Grotte hinuntergestiegen, ehrfürchtig am Dichtergrabstein vorbei, und während der diesjährige Preisträger, ein Mann, der sein Werk mit besonderer ästhetischer Überzeugungskraft Leitgedanken wie Toleranz, Inaggressivität, gegenseitigem Verständnis und Pluralismus, also allem weltlichen Ungemach und Greuel zum Trotz dem integrativen Prinzip der Vielfalt widmet, Tränen der Rührung und der Freude in den Augen hatte, sang Svetlana in ihrem lachsfarbenen Kleid gemeinsam mit den anderen hübschen Karstchormädchen aus Stanjel, Sežana und Potev zum einen die todeshungrigen Schmachtlieder der Heimat, zum anderen *Oh Happy Day*. Svetlana war die Schönste von allen, und der Applaus in der Grotte war grenzenlos.

Der Autor dankt dem Slowenischen Tourismusverband, dessen Werbebroschüre maßgeblich zum Zustandekommen dieser Geschichte beigetragen hat und auch ausgiebig darin zitiert ist.

Narziß
Oder: Stilleben mit Tischtennistisch

Eigenlob stinkt. Dagegen verwende ich die asiatischen Räucherstäbchen meiner Frau, was mein Antlitz vor allem in der Abenddämmerung nebenbei auch in ein fahles, romantisch-gespenstisches Licht taucht. In dieses mich umwirkende mystische Ambiente hinein, das mir mein Jugendstilspiegel zurückwirft, hopst trotzdem wie aus einer anderen Welt meine Frau und meint, ich sei jetzt allmählich aus dem Alter heraus, in dem man sämtliche Wände der Wohnung mit den Plakaten seiner Dichterlesungen und Theaterstücke vollklebt, und sie sieht überhaupt nicht ein, warum in der Küche bis obenhin zum Dunstabzug überall meine gerahmten Zeitungsartikel hängen, dieses depressionsfördernde Hellgrau. Gut, sage ich, gehe in den Keller und baue den Keller zu einem Museum aus. Den Plan, den Keller auszubauen, hege ich ohnedies schon lange, allerdings wollte ich den Keller ursprünglich zu einem Tischtennisraum ausbauen. Jetzt wird eben eine Mischung aus Tischtennisraum und Museum daraus, ein Museum mit Tischtennistisch.
Innerfamiliär bin ich vorerst ein wenig isoliert mit meinem Projekt. Meine Frau mag nicht mit mir Tischtennis spielen. Sie sagt, ich spiele ihr zu *taktisch*, womit sie meint, daß ich darauf aus bin, Punkte zu machen. Statt dessen macht sie sich mit der Liga für Menschenrechte zu schaffen. Dahinter steckt vermutlich der blauäugige, junge Sekretär mit seiner enormen Zuhörkompetenz, seinem enormen Verständ-

nis, dem enormen Timbre in seiner Stimme und sonstigem Enormen. Ich habe, das sei in aller Bescheidenheit erwähnt, die Fähigkeit, gefährliche Entwicklungen frühzeitig auszuloten. Aber der Sekretär ist ein Wirrkopf, und wie soll die Welt jemals besser werden, wenn sie immer nur von Wirrköpfen verbessert wird! Punkte wird meine Frau auch da wenig machen. Anyway, mein Sohn hat ebenfalls keine Lust, mir im Souterrain an die Hand zu gehen. Mein Sohn hat schulische Probleme. Seine Lehrer sagen, er hat keine Ahnung, wie man eine Lautverschiebung veranstaltet, und er wird die Matura nicht schaffen. Das haben mir meine auch schon gesagt, damit können mich seine nicht aus der Reserve locken: Beamtenexistenzen letzten Endes, Dienstrechtsausnützungscharaktere. Ewiges Leben haben sie letztlich nicht zu verkaufen. Auch ich habe meine Laute verschoben, wohin ich wollte, und meine Laute sind immer lauter geworden, ihre Laute immer leiser. Ich wiederum habe keine Lust, meinem Sohn einen Generationskonflikt zu bieten. Seine Generation ist mir angenehmer als meine, noch angenehmer als seine wird mir die Generation nach ihm sein, die Nachwelt nach der nächsten Lautverschiebung. Wenn mein Sohn mit seiner bescheidenen, noch pubertären Lebenserfahrung meint, Tischtennis sei etwas Bürgerliches, soll er eben. Museumswärter kann er auf jeden Fall werden. Kartenzwicken ist keine Kunst, auch wenn es unmittelbar mit Kunst zu tun hat. Und wenn er sich ordentlich anstellt, kann der Museumswärter ohne weiteres zum Museumspädagogen und schließlich bis zum Museumsdirektor aufsteigen.

Testamentschreiben und Tischtennisspielen, eine schöne Abwechslung, ein praktikabler Lebensrhythmus. Als erste testamentarische Verfügung eine Messingtafel mit der Aufschrift *Nach meinem Tod darf nicht mehr das Geringste ver-*

ändert werden! Ausgenommen ist freilich der Tischtennistisch: Den darf man postum zusammenklappen und in die Ecke schieben. Ich habe in meiner, dem Dichter eigentümlichen visionären Kraft extra zu diesem Zweck einen zusammenklappbaren Tisch gekauft. Wenn man den Tisch nur zur Hälfte zusammenklappt, kann man gegen sich selbst spielen, aber das ist ein aussichtsloses Unterfangen. Ein übermächtiger Gegner!
Das Gewölbe und die Backsteinbögen mit den Monarchieziegeln möchte ich nach Möglichkeit in ihrem Originalzustand belassen. An den holzzuvertäfelnden Seitenwänden denke ich mir neben den Theater- und Lesungsplakaten von Halogenstrahlern gut ausgeleuchtet Röntgenbilder meiner Lungen, die computertomographischen Aufnahmen meiner Nasennebenhöhlen und des Rachens, die schönsten Belastungs-EKGs, die schönsten Lebergallennieren-Ultraschallsonographien, die schönsten Harnproben in Pipetten, die schönsten internistischen Befunde: Alles, was ich aus mir heraus erschaffen habe. Selbstgemachte Posters aus dem sogenannten Privatleben: In der Andrassy ut, im Goldenen Gäßchen, in den Kaffeehäusern *A Brasileira*, *à Paris*, *Eiles*, *Greco*; ein Photokatalog mit allen Frauen, mit denen es zu absichtlichem Hautkontakt gekommen ist, deren Gipsbüsten, Fingerabdrücke, Liebesbriefe, Viten, Interviews und weitere Schicksale: Im Lauf der Jahre doch eine ganz erkleckliche Zahl. Dazu – falls einmal vorhanden – die wissenschaftliche Aufarbeitung dieser komplexen Problematik und was davon ins Werk eingeflossen ist; in einem Glasschaukasten allerlei Devotionalien: Mein Lieblingssakko (das rote aus Leinen!), Kopfpolster, Fußpolster, Teddybären, meine Volksschulhefte mit den ersten selbstgezeichneten Schneemännern, Briefe an und von Verlagen, Fanpost, die erste Zahnprothese und auch die Kette

der ruinösen Überreste meines Naturgebisses, der Kugelschreiber, handschriftliche Originalmanuskripte, sofern noch nicht im Besitz des Landesarchivs, Mathematikschularbeiten, Maturazeugnis, Diplomzeugnis, Promotionsurkunde, Preisverleihungsurkunden, Impfpaß, Hochzeitsurkunde, die originellsten Organstrafverfügungen, der Schwangerschaftsteststift, der mich und meine Existenz verkündigt.

In einem eigenen kleinen Videoraum neben den Gastroskopievideos und dem Songcontestarchiv die Fernsehbeiträge, darunter der legendäre Mitschnitt des polnischen Fernsehens aus dem Warschauer Woyzeck- Theater, wo ich mein von mir sogenanntes *Regenbogenreferat* gehalten habe, das in der trüben Feststellung gipfelt, daß alle Regenbögen gleich und daher auf Dauer dementsprechend öd sind. Nur dem jungen, in den Phänomenen des Lebens unerfahrenen, unabgebrühten, unabgedroschenen Menschen erscheint der Regenbogen als ein Gut, eine Sensation, gar als ein Wunder. Ja, ich mache es meinem Publikum nicht immer einfach, vor allem dem polnischen nicht. Trotzdem haben die Polen mir und meinem *Paradigmenwechsel der Regenbogenmetaphorik* zugejubelt, aber in der westlichen Welt wird meine *Kritik des reinen Regenbogens*, diese subtile Absage an die Romantik, die gleichzeitige Zusage an interesselose Tristesse in ihrer ganzen Dramatik noch immer viel zu wenig wahrgenommen. Schon von dieser Warte aus gesehen wäre also ein Museum langfristig eine conditio sine qua non.

In wieder einem Raum die Handbibliothek mit den persönlichen Unterstreichungen in den Werken fremder Meister und Großmeister: Ich habe zweifelsohne viel besser unterstrichen als Sir Karl Popper; P.S. Kroyers Ölgemälde *Sommeraften ved Skagens strand (1899)*, das zu meinen Lebzeiten nicht ganz naturgetreue Melancholie in meinem Arbeitszimmer verbreitet hat; Franz Wiegeles *Mädchenportrait mit Katze*, nach 1920, eine meiner großen Lieben, unerfüllt. Alte Fingernägel, alte Zehennägel, Belege meiner unterschiedlichen Kopfbedeckungsphasen, Exponate meiner Aschenbechersammlung, Exponate meiner Eierbechersammlung, meine Schreibmaschine mit der chronisch klemmenden y-Taste, wodurch ich immer wieder über meinen Namen stolpere und schmerzlich daran erinnert werde, wie schwierig, mühsam und zerbrechlich eine kleine Liebe zu sich selbst mitunter sein kann – die Schreibmaschine heißt *brother*, denn sie hält mich für einen Familienmenschen, was ja wohl auch sein kann. Die Familie gibt einem Halt. *Halt,* sagt die Familie. Aber ich halte nicht. Ich gehe immer weiter. Wer nicht mit mir geht, den lasse ich zurück. *Diesmal bist du zu weit gegangen*, soll man mir zurufen auf meinem *letzten Weg*.

Weiters meine Haushaltsbücher, Kassabücher, Tagebücher mit den Rubriken *Gesundheit, Ernährung (Fleisch / Mehlspeisen / Alkohol / Zigaretten:* Man kann sich schließlich nicht selbst belügen), *Wetter, Sport, Diverses*, seit Jahrzehnten mit akribischer Genauigkeit geführt: Man könnte wahllos ein Datum herausgreifen, den 16. März 1987 (kalt, windig, 45 Zigaretten) aufschlagen und nachschauen, was ich zu Mittag gegessen habe: Bergsteigersuppe, Holzfällersteak *Rudolf II.* Also, mich interessiert das, und von daher kommt vielleicht der Spitzname *Buchhalter*, den meine Frau mir verliehen hat.

Natürlich meine Dissertation über das Loch (eigentlich habe ich ja zwei halbe Dissertationen geschrieben: Eine halbe Dissertation über das Loch, eine halbe Dissertation über die Inferiorität, und in dieser halben Dissertation habe ich umfangreiche Überlegungen zur Frage angestellt, ob zwei halbe Dissertationen eine ganze Dissertation sind. Konsequenterweise müßte ich auch zwei halbe Doktoren sein, und als akademischer Titel müßte im Führerschein und am Grabstein stehen $\frac{DDr.}{2}$ Aber die Wissenschaft ist ja so phantasielos ohne mich. Von mir abgesehen, ist die Wissenschaft eine gigantische Maschine, die eigentlich nichts anderes fabriziert als ihre eigenen Bestandteile. Nur darf es niemand merken. Mein Dissertationsvater und seine eitlen Selbstbeweihräucherungen gehen mir mittlerweile gehörig auf die Nerven. Es ist wie mit den Regenbögen mit ihm. Der Provinzfoucault glaubt ja allen Ernstes, daß er immer noch besser ist als ich! Armer, kleiner Notenverteilbeamter, steckengeblieben in seiner kulturphilosophischen Größenwahnkonkursmasse. Ich bin jetzt unfair, aber das ist man immer, wenn man Ballast abwirft und Platz für das Neue schafft. Vergangen! Vergangen! Alles um mich herum vergangen! Ich habe mich erkenntnistheoretisch mittlerweile ein wenig zur Ruhe gesetzt, aber soviel kann ich doch sagen, daß sich die Wissenschaft bis heute schamvoll bedeckt hält, was eine mich betreffende ultima ratio angeht, und ich bin summa summarum recht ernstlich der Meinung, das Beste, was die Wissenschaft hervorbringt, sind Studentenheimkneipen.

Dann den Spaten und die Spitzhacke, mit der ich das Fundament für meine Frühstücksterrasse ausgehoben habe. Jaja, *ichne kan deheinen bouchstap*, wie man hier sieht, meine Lieben; *mußn schräger tp* (Typ) *gewesen sein,* höre ich das Timbre der Stimmen aus der Nachwelt herübernuscheln; ein unvorteilhaftes Bildnis des Herrn Kommunalpolitikers, der, nachdem er eingesehen hat, daß mir im Bösen nicht beizukommen ist, skrupellos, wie seinesgleichen ist, versucht hat, mich salopp wegzuloben und coram publico unschädlichzujubeln. Der portugiesische Stempel in meinem Reisepaß, ein gläserner Schautiefkühlschrank mit meinen aus Kastanienfarge modellierten Selbstbüsten: Alles das, was meine Frau nicht mehr direkt in der Wohnung haben will. *Bitte nichts berühren! Bitte Respektabstand wahren! Diskretion ist uns wichtig!*

Dazu muß man freilich wissen und mitberücksichtigen, daß sich meine Frau bei ihren Verstehversuchen mir gegenüber leichter tut, seit sie dahintergekommen ist, daß ich natürlich nicht ich bin. Ich erfinde aus mir heraus Leute, die genauso heißen wie ich und auf den ersten Blick auch genauso ausschauen. Ich bin in die Haut von einem geschlüpft, der versucht hat, in meine Haut zu schlüpfen, dabei aber ehrlich gestanden so jämmerlich gescheitert ist, daß es zum Ausderhautfahren ist, wonach ich dort auch zeitweilig Aufenthalt nehme. Kurzum: Ich bin nicht der, der ich bin. Alles andere wäre ja auch blasphemisch. Das *Egydeum* ist kein Egydeum, und hier ist nun endlich Gelegenheit, auch die Glasvitrine zu präsentieren, in der die Kritiken aufliegen, die hymnischen ebenso wie die kakophonischen: Manche Kritiker haben mir nämlich schon meine Selbstbezogenheit und Ichverfallenheit vorgeworfen. Dazu muß ich anmerken, daß mir meine bekennende Eigenliebe selbst schon öfters unangenehm aufgefallen ist und ich sie nur deswegen nicht abstelle, damit ich mir nicht völlige Fehlerlosigkeit nachsagen lassen muß. Fehlerlose Menschen sind unsympathisch. Wir lieben an anderen ja gerade ihre kleinen Schwächen, ihre Leichen im Keller. Ich bin meine eigene Leiche im Keller. Die allerärgste Form von Eitelkeit ist allerdings die Bescheidenheit. Bescheidenheit ist das perfideste Instrument der Selbstbeweihräucherung, und so schlimm ist es bei mir noch nicht. Ich weiß auch, daß man vor Tpen (Typen), die statt *ich* lieber *Meine Wenigkeit* sagen, auf der Hut sein soll: Das sind Typen, die dich erbarmungslos zur Schnecke machen, wenn du zu ihnen statt *du deine Wenigkeit* sagst. Die Menschheit wäre besser, wenn es weniger Wenigkeiten gäbe. Wenigkeiten gieren nach mehr. Ich sage *ich*. Ein Kritiker sagt, wenn er mich kritisiert, niemals *ich*, nicht einmal *meine Wenigkeit*. Vor lauter Bescheidenheit ist er gleich die Wahrheit und der Weltgeist selbst. Dann noch der Vorwurf, ich schriebe immer nur über mich selbst. Denselben Vorwurf machen die Kritiker übrigens auch Karin Struck. Wahrscheinlich wäre es ihnen lieber, wenn ich immer nur über Karin Struck schreiben würde und Karin Struck immer über mich, denn das ginge irgendwie in Richtung Sozialpartnerschaft, Beamtentum, Dienstleistungsästhetik und Wohlfahrtsstaat. Aber auf solchen Struckmurks lasse ich mich erst gar nicht ein. Ich bin, um auch diesem Vorwurf noch zu begegnen, keiner, der sich selbst inszeniert. Ich bin wirklich so geschrieben.

Ich bin also alles andere als ich, aber Talent habe ich bestimmt, Talent zum Testamenteschreiben und Talent zum Tischtennisspielen: Wie es mir manchmal gelingt, hechtspringend Schmetterbälle aus dem Eck zu fischen und dabei immer noch auf Alliterationen zu achten, ist atemberaubend, jedenfalls für mich. Wenn ich früher mit dem Tischtennisspielen begonnen hätte, hätte durchaus etwas aus mir werden können. Stadtmeister. Den jetzigen Tischtennisstadtmeister kenne ich gar nicht, nicht einmal dem Namen nach. Vielleicht hat er überhaupt keinen. Auch den letzten kenne ich nicht, den vorletzten nicht, gar keinen seit den Tagen der Stadtgründung anno zwölfhundertwasweißich. Fraglich, ob der Tischtennisstadtmeister postum mit einem Tischtennisstadtmeistermuseum rechnen können wird, ob ferne Menschenwelten rückwirkend in seine Intimsphäre eindringen und diese Intimsphäre eingipsen werden wollen oder wollen werden. Ich möchte nicht in seiner Haut stecken. Aus der kommt er nie wieder heraus. Oft spaziere ich an regnerischen Nachmittagen durch unsere Stadt meinen eigenen Fußstapfen entlang, und nie habe ich an irgendeiner Häuserfront eine Gedenktafel mit der Aufschrift gesehen: *In diesem Hause wohnte und wirkte von Neunzehnhundertirgendwas bis Neunzehnnochwas der Tischtennisstadtmeister sowieso.* Nicht eine elende Sackgasse ist nach einem Tischtennisspieler benannt. Nur die Gewichtheber sind noch ärmer dran. Wozu dann alles?

Tischtennis ist eo ipso etwas für eine Minderheit. Darüber können auch die euphemistischen Festansprachen zur Eröffnung des Welttischtennisverbandskongresses in Husquarna nicht hinwegtäuschen: Auch großartige Leistungen werden nur mittelmäßig gewürdigt und geraten schnell wieder in Vergessenheit. Der Tischtennisspieler ist von Haus aus tragisch und das tragische Tischtennisspielen der Normalfall. Ich habe einmal versucht, ironisch Tischtennis zu spielen, es ist mir nicht gelungen, seither spiele auch ich tragisch Tischtennis. Die mangelnde Vorbildwirkung in der Masse, die fehlende Identifikation der Nation mit ihrem Tischtennisnationalteam, der fehlende patriotische Output, ja, sagen wir es rundheraus: die demütigende Ignoranz sind umso bedauerlicher, als beim Tischtennis nicht nur körperliche Fitneß und technische Fähigkeiten, Schlagvariantenreichtum, Schnittraffinesse und Effethascherei, sondern vor allem starke Nerven und unheimliches Konzentrationsvermögen, meditative und geistige Fähigkeiten vonnöten sind: Beim Tischtennisspieler spielt sich das meiste im Kopf ab, beim Dichter spielt sich auch das meiste im Kopf ab.

Gewisse Unterschiede gibt es freilich, zum Beispiel dichtet der Dichter immer backhand, und es gibt Bereiche, in

denen die Tischtennisspieler unbestreitbare Vorteile haben: Tischtennisspieler sind nicht einsam. Wenn sich zwei Tischtennisspieler treffen, können sie sofort miteinander Tischtennis spielen, und der Abend ist einigermaßen gerettet. Wenn sich zwei Dichter treffen, kann man diesen Satz gewöhnlich zu keinem sinnvollen Ende führen. Bei der Gelegenheit fällt mir ein und auf, daß ich auch den aktuellen Tischtennis*welt*meister nicht einmal dem Namen nach kenne. Wahrscheinlich ein Chinese mit falschem Paß. Nobelpreis ist keiner ausgeschrieben.
Vorderhand freilich herrscht Baufälligkeit sondergleichen. Mein Keller muß zwei Jahrhunderte aufholen, und ohne Hochdruckreinigungspistole wird dem historisch gewachsenen Spinnennetzdschungel kaum beizukommen sein. Vorderhand gilt es, unter Tag tonnenweise Kohle, Koks, Erde und moderndes Gerümpel in Kübel zu verfrachten und Kübel für Kübel zu Tage zu fördern. Dann müssen der Maurer und der Fliesenleger kommen, der Installateur, der Elektriker, der Maler und der Tischler für die Holzvertäfelung der Wände. Die werden mich ein Vermögen kosten, das ich mir mit diesem Text, den ich hier schreibe, zu finanzieren gedenke; ich habe mir schon Urlaube mit Urlaubsgeschichten, Privatoperationen mit Privatoperationstexten, sogar Liebesgeschichten mit Liebesgeschichten erwirtschaftet. Auch mein Kunstgebiß habe ich bis zum letzten Zahn und bis zum letzten Groschen meiner Kunst zu verdanken. Soviel zur Frage, was Literatur bewirken kann. Schwarzarbeit in der Dunkelheit unter Tag hat freilich die Konsequenz, daß mich der Fliesenleger fragen wird: Verfugen, Fugenwaschen, fünfzig Quadratmeter, weißt du, was das für eine Arbeit ist?! Naturgemäß weiß ich das nicht. Auf jeden Fall wird er mir demonstrativ seine aufgeschundenen und von der giftigen Fugmasse verätzten Fingerkuppen

unter die Nase halten, und sicherheitshalber wird er mich zur Kostprobe ein wenig Schlamm mischen und Zement schrubben lassen, damit ich persönliche Kreuzschmerzen bekomme und weil das billiger ist. *Perfer et obdura!*, fällt mir auf den Knien rutschend gerade ein. *Was is?*, grunzt der Fliesenleger. Der Fliesenleger, der Maurer, der Installateur: Anständige, einfache Menschen, die kein Leben außer Eigenleben haben und nach dem Tod tot sein werden. Einfach tot. Jedermanns Sache ist das freilich nicht. Außerdem werde ich anschließend wohl nicht umhinkommen, mit den Maurern, den Fliesenlegern, den Elektrikern, dem Maler, dem Tischler zwischen meinen Reliquien Tischtennis zu spielen. *Spielen* kann man eigentlich gar nicht sagen, elendes Tischtennishöflichsein, elendes Tischtennisdankbarsein, wo ich mich doch, trete ich gegen meinesgleichen an, ausdrücklich als Tischtennisterrorist verstehe, als Tischtennistyrann.

Aber die Privatinitiative muß sein, die Selbstaufopferung für mich selbst. Die öffentliche Hand hat vor lauter Steuertopfnervosität zu derlei Finanzierungszuschüssen wenig Lust. Sie meint allen Ernstes, die Einrichtung eines Selbstmuseums sei auch für einen Literaten keine literarische Leistung im strengen Sinn. Max Frisch hat sich seinen Tischtennistisch auch selbst gekauft, und ich soll mich vertrauensvoll ans Denkmalamt wenden. Aber im Denkmalamthinterstüberl leiden alle an Scheintod. Persönlich würde ich übrigens, wenn es schon unbedingt irgendwo sein muß, am liebsten unter dem Tischtennistisch begraben werden. Nur muß man ihn dann stehen lassen. Manchmal merke ich nämlich schon, daß meine eigene Anwesenheit im Egydeum störend wirkt. Ich bin zuviel. Ich bin nur das notwendige Übel, wenn ich an später denke. Denn was soll später sein, wenn ich jetzt nicht bin? So hart gehe ich

manchmal mit mir ins Gericht. Ich sollte bald einmal unter dramatischen Umständen sterben, damit das Museum endlich so richtig zur Geltung kommt und die Devotionalien sich entfalten können. Ach, der Tag meines Begräbnisses, der Tag meiner vorübergehenden Bestattung, das wird ein todtrauriger Tag sein! Ich darf gar nicht daran denken. Sicher werden alle alles falsch machen, wenn sie meinem Sarg nachtrotten und zusehen, wie er in die Erde versenkt und verschüttet wird.
Er ist jetzt im Paradies, wird einer sagen.
Er ist jetzt in Paraguay, sagt ein anderer. *Alle Prominenten kommen postum nach Paraguay, alle Giganten. In Paraguay herrscht schon eine dramatische Überbevölkerung, vor allem in den kleinen Hafenkneipen, wo die Giganten unerkannt zwischen unerkannten Drogenmafiabossen hocken.*
Es gibt keine Hafenkneipen in Paraguay. Paraguay ist ein Binnenland!
Es sind Hafenkneipen ohne Hafen. Paraguay ist anders! Im Paradies ist alles möglich …
… dann werden die Totengräber mich fertig zugeschaufelt haben, ich darf gar nicht daran denken.
Die Analytikerin meiner Frau sagt, ich habe eine narzißtische Sensualüberfunktion, eine Selbstverdenkmalungsneurose und ein phobisches Vergänglichkeitsproblem, das ich mit manischer Verabschiedungsüberkompensation zu sublimieren trachte, das Gutachten bitte gleich verglast und gerahmt neben meine Dissertation.
Zwischendurch fragt mich der Maurer aus seinem hautengen Maltemantel heraus, ob ich schon wieder ein neues Buch schreibe. Also auch noch Small talk. Statt einer Antwort erzähle ich dem verdatterten Maurer von mir aus, daß es in einer Kritik einmal lobend erwähnt und geradezu als

unverwechselbares Kennzeichen meiner Art zu schreiben hervorgehoben worden ist, daß meine Geschichten auf keinen Höhepunkt zustreben, sondern – sobald ihr Interesse an sich selbst erlahmt – einfach irgendwo aufhören.

Lukullus
Oder: Stilleben mit Cholesterinspiegel

122 Orlofftorten, 97 Schaffhausner Tascherln und 85 Rüdesheimer Mürbteigschiffchen aus der Konditorei Korbelius klagen an! Dasselbe tun unzählige Marzipankartoffel von Musil, Triestiner Rouladen von Fahrnberger und Wachauer Rollen vom Café am Bahnhofsplatz. Darüber hinaus Steigen voller Rumkugeln aus der Konditorei Wiener-roither/Pörtschach, Scharen von Kastanientorten und Maroniherzen aus der Konditorei Hahn/St.Veit, Horden von Villacher Torten und Eierlikörtorten aus der Konditorei Koloini/Villach sowie die Gemeinschaft der Dobosschnitten und Carbonettorten aus der Café-Konditorei Hutter/Bad Kleinkirchheim. Eine Ausweitung der Sammelklage ist absehbar. Die Dunkelziffer der Opfer liegt vermutlich wesentlich höher.

Unter dem Vorwand, eine Reportage über die *fünfzig besten Konditoreien* für das sogenannte Zeitgeistmagazin *Kärntner Monat* zu schreiben, war, wie sich unlängst herausstellte, der bislang unbescholtene Realitätenvermittler E. G. (Name und Anschrift der Redaktion bekannt) wiederholt in sämtliche genannten Konditoreien eingedrungen und hatte sich nicht nur die streng geheimgehaltenen Rezepte geben, sondern in einer ganz unglaublichen Unersättlichkeit Orlofftorte um Orlofftorte, Triestiner Roulade um Triestiner Roulade, Dobosschnitte um Dobosschnitte servieren lassen, ohne auch nur einen Schilling zu bezahlen, da ihn Konditor für Konditor – aus verständlichen geschäftstaktischen Überlegungen – immer wieder eingeladen hat. Konditor für Konditor tat beleidigt, wenn G. auch bloß Anstalten machte, nach seiner Geldbörse zu greifen. Seien Sie unser Gast, hieß es immer. Ihre Konsumation geht *selbstverständlich* auf Kosten des Hauses. Eigentlich hätten die Konditoren ja skeptisch werden müssen – weiß man doch, daß der *Kärntner Monat* zwar von Testreportagen wie *Die zwanzig schönsten Kärntnerinnen, Die zwanzig reichsten Kärntner, Die dreißig erfolgreichsten Seitensprungtechniken, Die dreißig bestsortierten Sexshops, Die vierzig bestsortierten Bordelle, Die vierzig schattigsten Biergärten, Die fünfzig exquisitesten Fischlokale, Die fünfzig beliebtesten Vinotheken, Die hundert prominentesten Prominenten* und so weiter wimmelt und die wenigsten Redaktionsmitglieder eine eigene Küche oder eine eigene Frau besitzen, – weiß man doch aber auch, daß G. nie und nimmer eine Testreportage für den *Kärntner Monat* verfassen würde.

Kann sein, daß die einheimischen Konditoren nicht auf der Höhe der zeitgenössischen Realitätenvermittlung sind. Kann auch sein, daß sie ganz einfach von der Aussicht auf billigen Ruhm geblendet waren. Und publizistische Streicheleinheiten haben eben ihren Preis. Immer wieder kam G. zu Korbelius, zu Musil, zu Hutter, fraß sich ganz *selbstverständlich* durch die Mehlspeisvitrinen, machte sich zu jedem Exponat eine Notiz in ein kleines Heft und ließ sich immer auch noch eine anständige Portion Torten für den häuslichen Konsum einpacken. Die Orlofftorte habe die Vorausscheidung überstanden, sagte er einmal, die Wachauer Rolle die Grobauslese. Ein anderes Mal erklärte er, die Esterhazyschnitte sei in den erweiterten Kreis der Spitzenkandidaten aufgenommen worden. Das Maroniherz habe seriöse Finalchancen. Die Dobosschnitte sei in die Endausscheidung gekommen, einige Dobosschnittendetails seien allerdings noch abzuklären. Die Konditoren, Kellner und Serviererinnen warteten bereits jedes Mal gespannt auf den aktuellen Mehlspeisenzwischenstand, und die Stücke wurden vorsichtshalber immer größer. Er sei sich noch nicht restlos sicher, sagte G., pro Konsum könne er jeweils nur *ein* Kriterium testen. Es gäbe aber dutzende. Er wolle seriös arbeiten und sich auch nicht von einer zufälligen Tortentagesverfassung täuschen lassen.

Monat für Monat erschien der *Kärntner Monat*, ohne daß eine Tortenhitparade darin publiziert worden wäre. Die Prostituierten kamen mittlerweile bereits das dritte Mal an die Reihe, sodaß die armen Konditoren insgeheim etwas mürrisch und von Zweifeln geplagt wurden. Umgekehrt wagten sie es aber nicht, den ihnen namentlich offenbar unbekannten und unbeirrt weiterschlemmenden Tortentester zur Rede zu stellen oder ihm die Köstlichkeiten des Hauses auch bloß zu verrechnen, weil sie keinen Absturz in der Tabelle riskieren wollten. Erst die bezaubernde Kellnerin Iris aus der Konditorei Hutter, Bad Kleinkirchheim, die G. in manch' launige Plauderei verwickelt hatte, brach schließlich das Schweigen, schaltete hinter Hutters Rücken die Behörde ein und zeichnete nicht nur ein Phantombild, sondern auch ein sehr genaues Täterprofil. Demnach ist der Gesuchte zwischen dreißig und vierzig Jahre alt, verfügt über ausgezeichnete Bildung, gute Kenntnisse des medialen Bereiches und hat vermutlich ein Studium absolviert. Er ist mit der Organisation von Backstuben vertraut, beherrscht die deutsche Sprache und spricht nicht mit vollem Mund. Der Täter ist ebenso intelligent, selbstbewußt, phantasie- und ideenreich, wie auch ehrgeizig, geltungssüchtig, übergewichtig, eitel und überheblich – kann im täglichen Leben aber durchaus ein höflicher hilfsbereiter Mensch sein, Kellnerinnen charmant anlächeln und nette Konversation mit ihnen treiben. Auffällig seine radikale Mißachtung von Obsttorten und Fruchtschnitten. Da fiel der Verdacht natürlich sofort auf G.

Ein Anruf der Behörde in der Redaktion des *Kärntner Monat* ergab, daß dort niemand etwas von den *fünfzig besten Konditoreien* wußte. In Auftrag gegeben seien derzeit lediglich die Aktionen *Wienerschnitzel des Monats* und *Kärntner Nudel des Jahres*, sowie eine kritische Unterwassergeburtenhitparade und ein *Jörg*-Ähnlichkeitswettbewerb. Und vielleicht mal wieder was über Bordelle. Für die leidgeprüften Konditoren gestalteten sich die Ermittlungen der Behörde eher teuer, da beim Korbelius, beim Musil, beim Hutter oder beim Koloini immer häufiger Sicherheitsbeamte erschienen, die sich unauffällig hinter ihren Tarnungstorten verschanzten, die *selbstverständlich auf Kosten des Hauses* gingen. Bald zogen auch tatsächliche Journalisten nach, und manch' eine altehrwürdige Konditorei steht heute vor dem finanziellen Ruin. Im Zug der Fahnung, die, wie es sich gehört, gleich bundesweit anlief, stellte sich heraus, daß unter anderem auch in der Konditorei Preinsack/Graz, in den Wiener Cafés Schwarzenberg, Diglas, Landtmann, in der Kurkonditorei Oberlaa sowie im Café Zauner/Bad Ischl regelmäßig ein Herr verkehrte, der mit derselben Technik arbeitete und auf den die Personenbeschreibung exakt zutrifft. Interpol ermittelt noch.

Bei einer Hausdurchsuchung fanden Beamte der Sicherheitsdirektion nicht nur ein wuchtiges Juliettatortenstilleben in Öl, dem offenbar die Torta Julietta aus dem Café

Manzoni, Tolmezzo, zugrunde liegt, sondern auch zahllose Mehlspeisposter und Plakate, welche tatsächlich auf so verzweigte internationale Völlereiaktivitäten von Taormina bis Trier und St. Tropez bis Balatonfürent schließen lassen, daß ursprünglich die *Mehrtätertheorie* plausibler als die *Einzeltätertheorie* erschienen war. Am Schreibtisch des mutmaßlichen Täters fanden die Beamten ein fast tausend Seiten starkes Manuskript in Rohfassung liegen, die offensichtlich als opus magnum und Lebenshauptwerk konzipierte *Geographie der Mehlspeisen*, die zwar laut Experten nicht direkt als Geständnis und Bekennerschreiben anzusehen ist, die aber nicht nur wegen der gelegentlichen defaitistischen und kulturpessimistischen Ausfälle (*Der Übergewichtige hat weniger vom Leben: das ist ja sein Hauptargument / Das Wort TORTE besteht aus denselben Buchstaben wie das Wort TOTER: Das kann man von keinem anderen Wort unserer Sprache behaupten*), sondern schon wegen der dubiosen Kapitelüberschriften (*Versuch über die Orlofftorte/ Gerechtigkeit für die Cremeschnitte/Lob des Nougats/Der Haselnußpudding und ich/Kulturgeschichte des Kastanienknödels/Alle meine Marzipankartoffel/Kritik der Ribiselschnitte/Wie ich den Triestinern die Triestiner Roulade brachte* oder *Sechs Vorschläge, die Sachertorte ohne Marmelade zu backen*) eine Kette von geradezu erdrückenden Indizien bietet. Hier war offensichtlich ein Profi am Werk.

Die *Geographie der Mehlspeisen* bietet dem Tortenfreund nicht nur eine akribische Diskussion über den Unterschied von Dobosschnitte, Dobospyramide, Dobostorte samt analytischen, über Pythagoras weit hinausreichenden trigonometrischen Berechnungen, sondern auch die Vorankündigung einer projektierten *Geschichte der Mehlspeisen aller Zeiten und Länder*, eine *Psychologie der Panamatorte* sowie der *Zukunft des Zimtstollens*, die zu einer *Konditorischen Enzyklopädie* zusammengeschlossen werden sollen. Dafür also das kleine Notizheft. G. mußte geahnt haben, daß für solch' eine kryptische und vielleicht nie verlegte, wenn auch vielleicht epochale und anspruchsvolle Enzyklopädie Korbelius nicht eine Gratisorlofftorte, Musil nicht einen Gratismarzipankartoffel, Hutter nicht eine Gratisdobosschnitte herausgerückt hätte. Das Motiv war sohin geklärt.

Für die Kriminologen waren aber nicht so sehr die größenwahnsinnigen Projekte, nicht die krause Gedankenwelt des Verfassers und auch nicht die vielen kleinen, einfühlsamen literarischen Skizzen, etwa die Beschreibung der bezaubernden Kellnerin Iris, die ja dann zum Judas wurde, sondern vielmehr jene Passagen von Belang, in der der Autor seine Manie offenbart und Einblick in seine Methoden gewährt, wobei er zunächst Tortentypen entwirft, die *ambulante Konditoreitorte* (auch: *Nottorte*) strikt von der *häuslichen Stationärtorte* unterscheidet und zu dieser, auch *Totaltorte* genannt, feststellt:

Eine Torte, eine richtige Torte, will nicht ganz einfach gegessen und vergessen werden. Eine richtige Torte will möglichst bereits vormittags besorgt, wie eine Trophäe auf den Schreibtisch gestellt, zeremoniell gedreht, gewendet, den ganzen Tag beobachtet, begehrt, bewundert, untersucht, perlustriert und in der Phantasie dutzende Male vorausgespeist sein. Überlegungen müssen angestellt werden, wo man zubeißen wird: An der Spitze oder am Kreisbogensegment. Oben oder unten. Soll die Torte im Liegen oder Stehen genommen werden? Wie soll die Aufteilung im Gaumen erfolgen? Zu welcher Torte welcher Kaffee et cetera. Erst nach diesem gegenseitigen mentalen Näherkommen, nach dieser konzentrierten Auseinandersetzung soll es zur unwiderruflichen Vereinigung von Tortenesser und Torte kommen, zum ultimativen Liebesakt, zur Erfüllung. Erst spät abends, wenn sie am schwersten verdaulich ist, will die wahre Torte eingespeichelt und verabschiedet, möglichst großbrockig verschlungen und in den Innereien bestattet werden. Pax vobiscum. Nougat und Trüffel müssen sich allmählich zusammenbrauen, dann aber hemmungslos an den Gallensteinen vorbei in die Magengrube hinunterdonnern. Durch die geht Liebe, und Euch wird der Tod nicht mehr trennen können. Der zufällige Hobbytortenesser hat demnach mit dem systematischen Orlofftortensüchtigen schon überhaupt nichts gemein.

Vom Moment dieser Lektüre an war den Ermittlungsbeamten endgültig alles klar. Der letzte und entscheidende Schritt zur Ausforschung des Täters war der Besuch bei G.'s Internisten, wo ein Cholesterinwert eruiert wurde, mit dem unter normalen Umständen eine ganze Familie auskommt. Der Realitätenvermittler wurde auf freiem Fuß angezeigt. Fluchtgefahr bestand aus nachvollziehbaren Erwägungen keine. Einem Gerichtsprozeß entzog sich der Angeklagte jedoch wenig später mitten in der Konditorei Korbelius durch öffentliche Verwandlung in eine überlebensgroße Torte, die seither seinen Namen trägt.

Cupido
Oder: Stilleben mit Oleanderschwärmer

Cupido wollte wieder einmal einen Sommer haben, und nach Jahren und Aberjahren ist jetzt von einem Tag auf den anderen über Nacht ein Sommer, und plötzlich steht in allen Zeitungen nichts. Alle Seen sind blau und alle Himmel sind voller Sonnen und zu allen Lahmen und Gelähmten ist gesagt worden: Steht auf und geht! Und jetzt gehen sie, und auf allen Landstraßen kann man die Autofensterscheiben herunterkurbeln und die Kurven schneiden, und im Bad haben alle Frauen plötzlich Fabelwesenfiguren und Märchenstimmen und festes Fleisch und stolze Gesichter, und keine ist Papier und alle sind echt und alle lachen ein seltsames Lächeln, alle halten ein Geheimnis für mich in Reserve, und das Geheimnis könnte süß sein, sagt Cupido. Die Wiesen sind satt und grün und es stehen Musikzelte darauf, und es knirscht auf den Kieswegen und in Loretto ist alles kaisergelb und ein unendliches Abendrot schimmert über den See und die Leningrad Cowboys singen *Sweet home Alabama* und niemand trinkt Mineralwasser. Ich bin seit vielen Jahren zu Hause, wie man nur zu Hause sein kann, in allen meinen Ausweisen steht das Wort *Zimmerlautstärke* und alle meine Heringe ankern in privatem Grund und beruflichen Boden, insgeheim wollte ich seit langem einen Sommer haben und außer Haus sein und mit Händen und Füßen den Takt klopfen zu einem Takt, sagt er, aber man kann nicht aufstehen und gehen, bevor einem einer gesagt hat: Steh auf und geh!, und von einem Tag auf den anderen singen die Leningrad Cowboys *These boots are made for walking* und von einem Tag auf den anderen sind über Nacht die Nächte lang und lau. Die Händler der Innenstadt veranstalten in der Fußgängerzone *Argentinische Nächte*, überall stehen Tische und Bänke im Freien, und wenn die Sonnen vorübergehend untergegangen sind, ist der Himmel mit Sternen vernetzt, so viele Planeten, auf denen wir nie gewesen sind vor lauter hausen. Plötzlich senden alle Fernsehsender nichts, und eine Herde argentinischer Büffel ist auf Plastikteller verteilt zwischen den restaurierten Fassaden der Altstadtplätze und die Leningrad Cowboys singen *You keep something for me, something you call love*, und alles ist warm und niemand trinkt Mineralwasser. Der Herr Stadtrat sitzt da in der Runde und will wiedergewählt werden oder möglichst noch höher hinaus, möglichst Bürgermeister werden anstelle des Bürgermeisters, der alte Bürgermeister ist alt, und wenn der alte Bürgermeister zurückgetreten sein wird, wird er in der kürzesten Zeit daran zugrunde gehen, sagt mir die junge Sekretärin ins Ohr, wie auch wir haben ein Herz für das Kommunale prinzipiell oder wenn die Nächte lau sind. Die Sekretärin des Stadtrats sitzt neben dem Stadtrat ohne Freude am Stadtrat, immer steht sie vor der heiklen Aufgabe, das Berufliche vom Privaten zu trennen, *You keep thinking, that you never get burned*, singen die Leningrad Cowboys, und der Stadtrat hört nicht zu und denkt, die Restaurierung der Fassaden wird nicht genügen und er fragt, den Büffel in sich hineinschiebend, wie können wir unsere Stadt weiterentwickeln und was können wir für die Alten tun, was können wir für die Jungen tun, was für die Sportler, für die Künstler, was können wir für die Familien tun, was können wir für die Singles tun, jeder Dritte ist hier und heute Single, wie führen wir unsere Stadt ins nächste Jahrtausend. Wir können ganz offen sein, sagt er, ich bin ganz offen. Die Stadt findet ganz von allein ins nächste Jahrtausend, sag' ich und schiebe meinen Büffel in mich hinein, höchstens einmal ein Konzert der Leningrad Cowboys auf der Sumpfwiese, auswärts bin ich immer unverantwortlich und habe Sommerhaarschnitt und Lederhaut und Dreitagebart, und alle Mädchen lächeln plötzlich ein seltsames Lächeln und alles giert nach Unendlichkeit und die Sekretärin schlägt plötzlich die Augen auf, und nach vielen, vielen Jahren sind mit einem Mal die Augen Weltkugeln, wir haben ein großes Herz für das kleine Kommunale und die Leningrad Cowboys singen *We are the Leningrad Cowboys* und wir scharen uns um die American Bar und da ist eine Kette aus bunten Lichtlein herumgeschlungen und niemand trinkt Mineralwasser, es tut sich was in der Stadt.

Viele Jahre war ich zu Hause, wo die Ordnung ist und die Ordnungsliebe, die Selbstverständlichkeit und Sicherheit und Geborgenheit und Verschanzbarkeit und der Haushalt, das Bügeleisen und die Stromrechnung und die Eierstockentzündung, die Zimmerlautstärke und das Babyphon. Zu Hause ist der klare Tag, jetzt erst merke ich, daß es daneben wieder Sommer gibt und über Nacht ist jetzt ein Sommer und außer Haus wahrhaftige Umnachtung und plötzlich hängt sich ohne Worte eine Hand in meine Hand ein und plötzlich ein Kuß und alles echt und es ist ein Kuß, wie noch keiner gewesen ist, ein Kuß, wie noch keiner geküßt worden ist in mich. Plötzlich die Infektion, plötzlich die Droge. Ein neuer Kuß. Die Entdeckung eines neuen Kusses ist die Entdeckung eines neuen Planeten, und es ist ein Detail in die Galaxie gebracht, das bislang nicht in der Galaxie gewesen ist, wer würde unter solchen Umständen nicht ein wenig kosmisch werden, da hebt ein gewaltiges

Trinken an und der Stadtrat geht nach Hause und die Leningrad Cowboys singen *Proud Mary*, ein ganz kleiner Spaziergang am Gehsteig der Milchstraße und alles, was ist, glänzt wie Diamanten und ist in seltsame Seligkeit getaucht. Ich werde dich *Kuß* nennen.

Plötzlich ein Geheimnis. Ich habe Geheimnisse immer gern gehabt, ich habe immer gern Geheimnisse gehabt, plötzlich eine zweite Welt, ein zweites Leben. Was können wir für die Familie tun, was können wir für die Singles tun und wie können wir generell die Stadt weiterentwickeln, alle diese Fragen erscheinen auf einmal in einem völlig neuen Licht, und sie wollen und sollen und müssen behandelt werden in diesem neuen Licht. Plötzlich gibt es wieder einen Sinn für Telephonzellen, nur daß der Kuß keinen Körper am Telephon hat, keine Leibhaftigkeit, nichts zwischen den wörtlichen Worten. Zuhause findet ein langes schwarzes Haar an mir, lacht Cupido, und es ist alles wie in schlechten Romanen, darum verkaufen sie sich auch so gut, aber ein langes schwarzes Haar nimmt heute niemand mehr ernst, das ist praktisch, auch Zuhause schmunzelt bloß darüber, *Born to be wild*, singen die Leningrad Cowboys, schmunzelnd schreib' ich das lange schwarze Haar dem Stadtrat zu, nicht immer werde ich dem Stadtrat schmunzelnd lange schwarze Haare zuschreiben können, ich werde dem Kuß schmunzelnd einen Haarfestiger empfehlen, wenn es Nacht wird. Ich werde regelmäßig duschen, Kleider bürsten. Daß ich noch einmal einer werden werde, an dem ein langes schwarzes Haar gefunden wird.

Es ist ein Sommer, wie nur alle zehn Jahre ein Sommer ist und in zehn Jahren womöglich nicht mehr und womöglich nie mehr einer, und groß ist, was mir vom Bauch aus auf den

Magen drückt. Allen Ernstes der Versuch, die Libido mit Tischtennisbällen abzuknallen, so ist noch nie ein Tischtennisball geprügelt worden in den letzten zehn Jahren, die Endorphinausschüttung ist enorm, aber die Libido ist stärker, lächelnd flattert der Planet über das Extremtischtennis hinweg im Rahmen der zweiten Welt. Der Kuß fährt einen gelben Golf und plötzlich fahren lauter gelbe Golfs durch die Straßen und lauter gelbe Golfs parken auf den Parkplätzen, jedes Auto ist mehr oder weniger gelb und mehr oder weniger ein Golf, unvorstellbar, wie viele gelbe Golfs in einer einzigen Stadt zugelassen sind, ob das gut sein kann für die Stadtentwicklung und für das nächste Jahrtausend, werden wir den Stadtrat fragen, wenn wir eine Gelegenheit brauchen, unvorstellbar, wie viele gefährliche Verkehrssituationen heraufbeschworen werden, wenn man den fließenden Verkehr selber fließend nach gelben Golfs abklappert, *Left a good job in the city*, singen die Leningrad Cowboys und immer muß man den Wagen stehen lassen, wenn man zu viel getrunken hat, der gelbe Golf hat ein Kennzeichen wie alle Kennzeichen, und er könnte auch in der Tiefgarage stehen und man könnte verhaltensauffällig werden dem Garagenwächter gegenüber, dabei hat alles keinen Sinn und wir passen gar nicht zueiander und wir haben auch gar nichts gemeinsam, vom Geheimnis abgesehen, vom Kommunalen und vom Nasenseptum. Es waren zwei Nasensepta, sie konnten zusammen nicht kommen, aber die Büffel haben ja auch nicht danach gefragt.

Ich habe mich von einem Sommer überrumpeln lassen, und es ist stockfinster und hoch an der Zeit, und da biegt der Kuß um die Ecke und die Hecke und es ist sofort der gute Abend, den wir uns wünschen. Und es bückt sich und es pflückt mich die Befruchtungsunternehmerin, und wieder gibt sie mir den Mund. Es sind am schwarzen Wasser Parkbänke in Lauben gestellt, was wäre unsereins ohne den städtischen Ortsbildverschönerungsverein. Ein Schritt nach vor, und wir gingen ins Wasser, ein Schritt zurück, und wir gingen auf die Geleise. Vom anderen Ufer dringt das synthetische Volkstümliche über den See, es ist 22.38, ich will etwas sagen, da braust unangemeldet und mit großem Getöse der *Georg Trakl* daher, lauter als die Leningrad Cowboys, er kommt aus Salzburg und macht zunichte, was ich sagen will, er bringt die langen, schwarzen Haare durcheinander. Als *Georg Trakl* endlich Ruhe gibt, kann ich nicht mehr sagen, was ich sagen will, und ich sage, allen Ernstes bin ich ein Freund der Autobahnumfahrung Nord, auch wenn sie Bundessache ist, so eine schöne, neue Autobahnumfahrung, allen Gästen und Freunden von außerhalb empfehle ich als erste Attraktion, die neue Autobahnumfahrung Nord zu benützen, ich benütze sie, wann immer ich kann, auch nutzlos, es ist ein großes Gefühl, in einer Stadt zu leben, die von einer Autobahn umfahren wird, und schließlich fährt niemand anders auf der Autobahn als die Leningrad Cowboys, da lächelt der Kuß und er ist sanft und er ist schön. Haut an Haut mit dem Kuß kommt einer nicht umhin zu spüren, daß der Kuß Eigenbau hat, einen gar stattlichen Eigenbau womöglich, Haut an Haut kommt einer nicht umhin, die Silhouette der Brüste zu streifen, und wer wollte da nicht zum Original vordringen, und nicht, daß ich frivol fixiert wäre, aber der Kuß hat ganz bestimmt auch Beine, und die Hochwürdigkeit der Beine sind ein Thema, wenn es dunkel ist, die Souveränität der Waden, das Selbstverständnis der Schenkel. Nicht, daß ich frivol fixiert wäre, aber Fleisch ist ein Thema, wenn es dunkel ist, es gibt ja auch liebes Fleisch. Nicht, daß ich frivol fixiert wäre, aber es ließe sich feststellen, daß ich mich erhebe. Deinen Eigenbau gib uns heute.

Es ist 22.46, und es kommt ein namenloser Regionalzug aus der Paracelsusstadt, wie viele Romanzen hat die Bundesbahn schon zerhackt, und als der Kuß fertiggelächelt hat, ist er ernst, und er seufzt bis ans andere Ufer hinüber und er sagt: Du bist verheiratet. Daß ich dich habe kennenlernen müssen, und daß mir einer wie du hat passieren müssen. Es ist schwarz und schwül, und es ist eine Schwermut, und in *Sweet home Alabama* mischen die Leningrad Cowboys das *Wolgalied*, daß die Herzen bis zum Boden hinunterhängen wie ein ausgedrehtes Jojo, die Leningrad Cowboys haben an alles gedacht. Daß ich einmal einer werde, dem einmal eine sagt: Du bist ein verheirateter Mann. Daß ich einmal einer sein werde, der Lust haben wird, Geheimnisse zu haben und eine Existenz mit mehreren wohlbehüteten Handlungssträngen. Daß ich einmal einer werde, der kein Zimmer zur Verfügung hat in einer Sommernacht, einer, der um umnachtete Musikzelte herumpirschen, einer, der in die taufeuchte Natur ausweichen muß zu amputierten Abenteuern. Ich bin, der ich bin, und es ist, wie es ist, ich habe keinen Aussatz und keine Priesterweihe und keinen Lebendtotenschein, ich bin nirgendwo und von niemandem in Gewahrsam genommen, und da rieselt der Kuß wieder zu mir herüber und keusch in mich hinein. Du bist etwas Schönes in meinem Leben, du bist auch etwas Schönes in meinem Leben, aber du stehst ja schon in deinem Leben wie ein Fels, ich gehe im Kreis trotz der Nordumfahrung, vielleicht kommt ein Punkt, wo alles von allein gesättigt ist, du tust mir gut und du tust mir gut, was aber, wenn es anders kommt und kein Punkt kommt, sondern ein *und* und ein *und* und noch ein *und*; und, und, und, dieses wunderbare Wort *und*, was aber, wenn ich dich immer begehren werde, und immer die Beschränkungen und die Vorsichtsmaßnahmen und die Durststrecken und die Funkstillen und die

Freizeichen und das Vakuum zwischen den wörtlichen Worten. Was aber, wenn es wieder kahl und kalt wird und es nicht mehr perlt und schäumt in den Gläsern und Nächten und Nachtlokalen. Wir sollten besser nicht zündeln, sagt der Kuß, wir haben schon genug gezündelt, wir haben bis über beide Ohren gezündelt, wir sind bis über beide Ohren sechzehn Jahre alt. Ich will aber zündeln, ich will ein Feuerwerk, ein Großfeuerwerk, ein Größtfeuerwerk, ich will, du willst, wir wollen, mit sechzehn war ich einundsechzig, jetzt möchte ich endlich sechzehn werden, lassen wir also alles offen, wenn wir uns wiedersehen, werden wir uns wiedersehen, ich küsse den Kuß und der Kuß küßt mich und steigt in den Golf und fliegt davon, und plötzlich ist der Kuß wieder nirgendwo und plötzlich ist der Kuß wieder überall, warum die Bundesbahn ihre Züge immer nach Lyrikern nennt. Zuhause ist alles in Ordnung, Ordnung ist das halbe Leben, ich habe aber noch eineinhalb, zu Hause ist alles wie immer, nur daß außer Haus alles anders ist, und deshalb ist zu Hause alles anders, es ist 10.46. Zuhause bäckt Marillenstrudel, was bedeutet, daß es an mir ist, das Backblech zu schrubben, außerdem mag ich Marillenstrudel überhaupt nicht, aber wenn mir Zuhause nicht das Korrekturband wechselt, könnte ich nicht weiterschreiben, wo ich doch so dringend weiterschreiben, über die Tasten tanzen muß. Immer, wenn von zu Hause die Rede ist, kommt mir das *und* abhanden, mein laszives Wörterbuchaphrodisiakum, Zuhause äschert mein *und* ein mit seinem *wohingegen*, unsere Waschmaschine heißt *Privileg*, unser Fernsehapparat *Universum*, der Stadtrat ist auch so eine Konstante in meinem Leben, nur heißt er nichts. Und jetzt spricht auch er schon von *kleinen Lösungen*, ojemine. Wenn du glaubst, es geht nicht mehr, kommt von irgendwo ein Lichtlein her, erst eins, dann zwei, dann drei, dann ist es der *San Marco* aus

Venedig. Zehn Minuten Verspätung, *Personenschaden im Gleis*, oh diese Umschreibungen, oh diese Diskretion der Bundesbahn, oh, wie weit man kommen kann.

In der Stadtzeitung steht, der Stadtrat ehrt Showdancegirls, und der Stadtrat gratuliert einer Neunzigjährigen zum Neunziger und eröffnet ein Ringelspiel und präsentiert den Architekturwanderplan. Der Stadtrat organisiert eine Infotour durch die Kläranlage und eröffnet einen Beachvolleyballplatz, was man nicht alles tun kann für Singles und Familien. Der Stadtrat begrüßt die Gäste aus der Partnerstadt, und es steht in der Stadtzeitung, es gibt auch für die Lahmen und Gelähmten ein Planetarium. In der Zeitung steht aber auch, daß der Spermakrieg das Sexualleben beeinflußt, in der Zeitung steht, daß Humanethologen die evolutionsbiologischen Hintergründe des Seitensprungs erforschen, das ist sehr weit hergeholt. In der Zeitung steht, daß nur ein Prozent der etwa dreihundert Millionen Spermien pro Ejakulation befruchtungsfähig ist und der Rest mit chemischen Waffen entweder in der Vagina schon eingelagertes Sperma bekämpft oder nachdrängendes blockiert, und in der Zeitung steht, daß vier Prozent der dritten Kinder Seitensprüngen entstammen, und in der Zeitung steht, daß Männer vor Seitensprüngen oft masturbieren, wodurch sie weniger, aber jüngeren Samen haben, der in der Vagina länger lebt, wo kommen wir denn da hin, wenn in den Zeitungen plötzlich anfängt, wieder etwas zu stehen? Deinen täglichen Mund gib mir heute, wie auch wir vergeben uns nichts mit unserer Schuld. Und wie machen wir weiter? Gute Freunde bleiben? Ich muß dich doch erst erforschen. Gute Freunde bleiben, das hieße, den Kuß zum Menschen machen, Menschen lassen sich leichter ins gesamtgesellschaftliche Regelwerk einbauen, denn sie verknöchern allmählich, aber es bleibt eine Leere zurück, ich habe Küsse immer spannender als Menschen gefunden, wir müssen dem Kuß Zeit geben, von allein zum Menschen zu werden, falls er das schon unbedingt will. Gute Freunde bleiben, als ob wir jemals gute Freunde gewesen wären, gute Freunde habe ich schon so viele, zum Beispiel die Autobahnumfahrung Nord. Gute Freundschaft ist der erste Schritt zu langweiligen Nachmittagen, lieber gute Liebhaber werden als gute Freunde bleiben, wir sollten ans Wasser, an die Küste, ans Meer, wir sollten alles überstürzen, einmal im Leben wird man die Chemie doch wohl über die Moraltheologie stellen dürfen. Und wenn der Kuß vor lauter Vernünftigkeit sein Eigenleben intensiviert, wenn er sich etwas abwürgt vom einen zum anderen Mal, wenn er mich aus der Laube wirft, wenn der Kuß kein Kuß mehr ist in zwei, drei Wochen. Wenn wieder die zugemauerten Nächte kommen. Und im innerstädtischen Verkehrsgewühl plötzlich wieder ein gelber Golf, und alle Ziffern sind richtig, nur eine einzige ist falsch, und das macht den ganzen Golf zum Wrack. Vielleicht sind alle Abenteuer ohne Höhepunkt, und wenn es einen gibt, dann steht er schon im allerersten Satz, vielleicht geht es mit allen Abenteuern von Anfang an abwärts.

Ein schweizer Urlauberkind fragt seinen Schweizer Urlaubervater im Bad, wo ist denn *das* Mama, so sind die Kinder Orakel und die Schweiz eine schlechte Metapher für die ganze Welt. Im Wohnzimmer zeigt mir das Kind das neue, bunte Schmetterlingsbuch, das ihm die Mutter gekauft hat, es zeigt den Großen Frostspanner und den Brombeerspinner und den Oleanderschwärmer, den Monarchfalter und den Trauermantel und den Admiral, das Tagpfauenauge, den Perlmutterfalter und den Schwalbenschwanz, den Kohlweißling und den Moorgelbling und den Postillon, nach jedem Schmetterling muß ich »schön« sagen, dann ist das Kind zufrieden. Ich persönlich möchte kein Wohingegenopfer werden, mir rinnt das Hirn aus und mir läuft die Seelensauce über und es lebt sich nicht gut ohne Hirn, aber ohne Hirn kann man auch nicht darüber nachdenken. Das Kind zeigt mir den Mohrenfalter und das Schachbrett und die Familie der Augenfalter, den Weißen Waldportier, das Große Ochsenauge und den Schornsteinfeger. Überall sind Buschenschenken, Konzerte, Pizzerias, und alle sind von Familien, Familiären, Angehörigen umzingelt, überall sind plötzlich Wohnzimmer, *Left a good job in the city*, Gitterstäbe in den Wohnzimmerfenstern und große Frostspanner und Trauermäntel und Schornsteinfeger flattern ein und aus, nur der Postillon ist säumig. Der Meteorologe im Universum im Wohnzimmer sagt, es wird auch morgen wieder sommerlich und mild, aber der Hochsommer läßt nach wie vor auf sich warten, ich brauche jetzt unbedingt einen richtigen Hochsommer, einen Höchstsommer, ich muß jetzt unbedingt den mir verheißenen Sommer exekutieren, einen Jungfrauensommer vor dem Altweibersommer, den Altweiberabenden zwischen Geschirrspüler und Mülltrennung und Weltnachrichten, den sterilen Altweibersonntagnachmittagen mit Familie, Ahnen, Erben, der Altweiberarbeit und den Altweibergeschäften mit den Altweibermännern. Zum Beispiel könnte der Stadtrat nach dem Beachvolleyballplatz eine Schmetterlingsausstellung für die Lahmen und Gelähmten eröffnen, Dira Maera, Brintesia Melangaria Galathea, Vanessa Atalanta, Nymphalis Antiopa zum Beispiel, *left a good job in the city*, wer telephoniert schon aus dem Eigenheim und Eigenbau, die Münzen fallen sinnlos durch den Schlitz, der Kuß hebt nicht ab, ist krank, indisponiert, auf Urlaub, auf Flugreise, für seine Mum unterwegs und lauter solche Sachen, und wer ist jetzt der Verheiratete? Aber ach, wie das klingt, wenn sie mit ihrer hellen, klaren Märchenstimme *meine Mum* sagt oder ganz einfach *Mum*, also exotisch, soul, deep soul, tiefer als alle Jazzfestivals zusammen. Vielleicht ist aber auch gerade diese Mum über sie gekommen mit ihrer eingetopften Lebenserfahrung und laß dich nicht mit verheirateten Männern ein! Schon ist der Kuß eine Konserve im Kopf. Zuhause geht routinemäßig in die Kirche und betet, das heißt, ich hätte eine Stunde Zeit, Gott gibt mir Luft, Gott hält immer zu den Amoralischen, wenn es Gott nicht gäbe, wäre alles enger.

Eigentlich wollte ich schon demnächst ganz tief in den Keller hinunter und etwas ganz Fürchterliches schreiben. Jetzt kann ich weder ganz tief in den Keller hinunter, noch etwas ganz Fürchterliches schreiben. Für's erste kann ich nur ganz fürchterlich Tischtennis spielen, und klammheimlich häufen sich zwischen den Sätzen die Punkte. Alle außer mir trinken Mineralwasser. Das Kind zeigt mir das Braunauge, den Dukatenfalter, den Kleinen Feuerfalter; den Brombeerzipfelfalter, den Hauhechelbläuling und den Nierenfleck, die Kupferglucke, den Würfelfalter und den Dunklen Dickkopffalter. Der Dunkle Dickkopffalter ist mein Lieblingsschmetterling, sagt das Kind, die Kupferglucke ist mein Lieblingsschmetterling, sagt es, der Kleine Feuerfalter ist mein Lieblingsschmetterling. Du kannst nur einen Lieblingsschmetterling haben, sag' ich, du mußt dich entscheiden. Ich will mich aber nicht entscheiden, sagt es, alle Schmetterlinge sind meine Lieblingsschmetterlinge. Es ist durchaus möglich, daß man direkt im Wohnzimmer plötzlich platzt, während der Kuß zwischen Schmetterlingen und Durststrecken fliegt über die Dächer der Stadt. Manfred Manns Earth Band singt *Mighty Queen*, links und rechts wird geheiratet, wie Pilze schießen jetzt überall im Land

Erotikmessen aus dem Boden, ich werde dich nie beim Namen nennen, wie auch du mich nie beim Namen nennst. Ich rufe dich am Montag unter irgendeinem Vorwand an, aber der Montag ist den ganzen Tag lang Montag, und es klingelt nicht, und wenn es klingelt, klingelt es woanders her, gute Freunde, Geschäfte: Schwere Enttäuschungen, die Leningrad Cowboys singen *Delilah*. Ich ruf' dich an, wenn du nicht anrufst, wenn du nicht anrufst, ruf' ich nicht an, jetzt liegt das Hirn vollständig auf dem Backblech. Eine Gelegenheit nach der anderen, einander das Privatleben zu ruinieren, verstreicht ungenützt, ich werde versuchen, dich zu erreichen, falls du mich nicht erreichst, *denken* ist vielleicht das falsche Wort, aber ich denke immer an dich, wo kommen wir denn da hin, wenn vor lauter Geheimhalterei auch die unmittelbar Beteiligten das Geheimnis vergessen, nicht zu vergessen Ado Paea Silvester, der Totenkopf, der Wolfmilchschwärmer. Deinen Sopran gib mir heute, ich hab' deine Telephonnummer ausschließlich im Kopf, ich hab' ausschließlich deine Telephonnummer im Kopf, und da klingelt das Telephon und der Oleanderschwärmer und der Zipfelfalter und der Postillon flattern wie wild im Oberbauch, und ich hebe ab, und es ist aber der Schauspieler, und der Schauspieler sagt, während ich lande und strande, er hat ein halbes Jahr lang nicht gewußt, was er will, und da kann einem keiner helfen und kein Freund einen Rat geben. Jetzt hat er sich endlich entschlossen zu wissen, was er will, jetzt hat er die alte Frau verlassen und ist zur neuen Frau gegangen, hier die Scheidung, da die Einigung, jetzt hat er das alte Kind der alten Frau verlassen und die neue Frau hat auch schon ein neues Kind, das hat ihn alles sehr belastet, er ist keiner, den so etwas nicht belasten würde, immer ist das Privatleben ins Berufsleben hineingetorkelt und immer an den unpassendsten Stellen und in den unpassendsten Augenblicken. Jetzt wird er langsam, langsam wieder frei im Kopf für Rollen, und wie geht es dir, fragt der Schauspieler, mir geht es, sage ich, und dann sage ich auch noch: *gut*, Zuhause steht daneben, und einen schönen Gruß an die Deine, richtet der Schauspieler aus, und ich weiß sofort, wen er damit meint, und am Darmeingang stauen sich die Hopfenmotte, die Moderholzeule, der Graue Mönch, die Hausmutter.

Der Weg aus der Buschenschenke führt aus der Natur heraus mitten durch die Innenstadt, und mit einem Mal steht da am Rand der Milchstraße von damals ein gelber Golf, und plötzlich paßt jede einzelne Ziffer exakt mit dem Vorbild im Kopf überein, aber am autoeigenen Beifahrersitz sitzt müde das Zuhause, und ich verziehe keine Miene und ich lasse den Astronauten in der Quarantänekuppel und keinen Tropfen Endorphin an die Oberfläche, aber zu Hause angekommen überkommt mich ein unbändiger Drang, noch einen kleinen Nachtspaziergang zu machen, und ich bitte um Verständnis. Daß ich einmal einer werde, dem die Bauernjause so im Magen liegt, daß er sich unbedingt noch die Beine vertreten muß vor dem Schlafengehen, daß ich einmal einer werde, für den ich nie Verständnis gehabt habe, ein Mittlerer Weinschwärmer, ein großes Abendpfauenauge, ein Eulenfalter (Noctudiae). Der Wagen steht noch da, la voiture fatale, der Mond, der um den Planeten kreist, und alle Lokale der Innenstadt sind noch da und ein Lokal ist wie das andere und in jedem Lokal sind die zusammengepferchten Sommer anderer Leute. In alle Lokale hinein und in keinem Lokal ein langes, schwarzes Haar, natürlich könnte der Kuß in allen Lokalen gerade am Abort sein oder zwischen den Lokalen oder sonstwo oder sonstwas, natürlich könnte man etwas zwischen Windschutzscheibe und Scheibenwischer stecken, natürlich könnte man auch mit dem kleinen gelben Golf persönlich plaudern als kleine Ersatzhandlung im Mondlichtschimmer, Flugzeug und Pilot sind eins, aber wäre das nicht melodramatisch, wäre das nicht tragisch, ja das wäre tragisch. Ich wollte nie ein Melodrama haben und nie einen Detektiv auf der Besetzungsliste meines Egoensembles. Abschiednehmen vom kleinen Golf, nicht umdrehen, es geht nach Hause und es geht abwärts mit den ausgeronnenen Gehirnen, *Those were the days, my friend*, singen die Leningrad Cowboys, die Leningrad Cowboys spielen mit Schmetterlingen Tischtennis, ich müßte ganz dringend wieder zwanzig Jahre älter werden, ich müßte ganz dringend ganz tief in den Keller hinunter, die fürchterliche Geschichte in die Tasten trommeln, wie sich ein junger Lyriker in seinem Kummer vor den *Ingeborg Bachmann* wirft oder vor den *Georg Trakl*. Und die Tage werden kürzer, und es wird Zeit für den Kastanienbohrer (Zeuzera pyrina), und es wird Zeit, Johanniskrautextrakt zu löffeln, der Sommer war nicht sehr groß, und schon bin ich im Keller, daheim ist daheim. Im großen, bunten Schmetterlingsbuch, das das Kind von der Mutter bekommen hat, steht im Schlußkapitel unter dem Titel *Der Schmetterlingsfang:*

Fliegende Schmetterlinge fängt man am besten durch einen raschen, seitlichen Schlag mit dem Netz. Es wird dann durch eine schnelle Handbewegung so gedreht, daß der Falter nicht entkommen kann. Man erfaßt ihn vorsichtig mit der Hand, größere Tagfalter kann man durch leichten Fingerdruck gegen die beiden Brustseiten betäuben. Bewegungen des Falters im Netz müssen verhindert werden, sonst verliert er Flügelschuppen oder wird sonst wie beschädigt. Man nimmt den Schmetterling aus dem Netz und bringt ihn in das Tötungsglas. Dieses Glas wird mit einem Kork verschlossen; es muß eine hinreichend weite Öffnung haben und Watte enthalten, auf die man vor dem Fang Äther gießt. Der ins Glas gebrachte Falter wird dadurch sofort getötet. Zweckmäßig ist die Mitnahme mehrerer Tötungsgläser, damit sich die Schmetterlinge nicht gegenseitig beschädigen. Und damit zurück zur Tagesordnung.

Hiob
Oder: Stilleben mit Handgranate

Ich bete. Das ist meine Reaktion. Eine andere kann man von mir nicht erwarten. Ich bete für die Opfer ebenso wie für die Täterin, die ja auch Opfer war, ihr eigenes Opfer nämlich. Sie hat sich geopfert, auch wenn im Dunkeln bleibt, warum, wofür, für wen. Verlangt hat dieses Opfer niemand von ihr, es sei denn, was aber schwer zu glauben ist, Gott selbst hat es verlangt. Die Wege des Herrn sind unergründlich, und sie sind krumm, das werden auch die Medien wohl oder übel zur Kenntnis nehmen müssen. Der Herr gibt keine Interviews. Der Herr läßt sich nicht den Gesetzen menschlicher Logik unterwerfen.

Beten ist logisch, christlich logisch jedenfalls, und es bringt ebensoviel wie alle kriminologischen Ermittlungen und sonstigen profanen bedingten Reflexe, die das Ungeheuerliche geheuerlich machen sollen im nachhinein. Ich bete für das Seelenheil der Opfer und der Täterin. Es ist nicht zu erwarten, daß eine durch und durch kranke Seele durch den Tod ihres Körpers schlagartig gesund wird und völlig genesen zu ewiger Herrlichkeit wiederaufersteht. Es ist vielmehr davon auszugehen, daß ihre Seele auch im Jenseits vorderhand krank, beladen, belastet und ihr Geisteszustand auch im Angesicht des Ewigen zerrüttet ist, sodaß die Verzweifelte – denn darüber besteht kein Zweifel, daß sie verzweifelt gewesen sein muß – gerade in der anderen Welt unserer Gebete für ihre Seele dringend bedarf.

Nein, aufgefallen ist mir nichts. Während man eine Mette

zelebriert, ist man total konzentriert und hat keine Zeit, die einzelnen Gläubigen zu beobachten und zu registrieren, wann sie kommen, ob sie einen Mantel oder eine Windjacke tragen und in welche Tücher sie gehüllt sind, auch in einer kleinen Kirche nicht. Ich muß das Wort Gottes verkünden, das erfordert alle meine Sinne. Man darf ja auch nicht vergessen, daß ich, wie man sagt, ein junger Kaplan bin und das meine erste Christmette war. Erst wenige Tage zuvor hat mir der Dompfarrer zu meiner großen Überraschung und zu meiner großen Freude die große Aufgabe übertragen, die heurige Christmette zu zelebrieren. Ich war natürlich dementsprechend nervös. Die allererste Christmette ist für einen jungen Kaplan so etwas wie die allererste Operation für einen jungen Chirurgen oder die allererste amtliche Kundmachung für einen jungen Magistratsbeamten. Die Christmette ist keine normale Messe, das ist ein Hochamt, das Höchstamt wahrscheinlich. Ich wollte mich des Vertrauens des Dompfarrers würdig erweisen. Dann ist auch noch dieser unerklärliche Würgereiz gekommen: Zwei Tage vor Heiligabend fängt es plötzlich in der Kehle zu würgen an wie von unsichtbarer Hand. Das Würgen hört und hört nicht mehr auf, und als ich in den Spiegel schaue und den Mund öffne, ist meine Zunge ein kohlrabenschwarzer Pelz. Was heißt *Omen*? Ich bin nicht abergläubisch. Wenn ich zum Arzt gegangen wäre, hätte er mir womöglich die Christmette verboten, das wollte ich nicht riskieren. Ein wenig besorgt bin ich schon: Es würgt mich noch immer, die Zunge ist noch immer kohlrabenschwarz. Und wenn das eine böse Krankheit ist. Ich werde zum Doktor gehen, sobald er wieder ordiniert. Jetzt herrscht ja überall Weihnachtsfrieden. Gewissermaßen.

Es hat meinen Kehlkopf auch während des Evangeliums, der Fürbitten, der Eucharistiefeier gewürgt, und das

Schlucken hat mir Schmerzen verursacht, aber ich habe die Schmerzen nicht wirklich wahrgenommen. Man nimmt nichts wirklich wahr, die ganze Welt versinkt während der heiligen Handlungen. Ich habe das Lukasevangelium genommen, weil es das ergiebigste Weihnachtsevangelium ist. *In jenen Tagen*, heißt es so schön bei Lukas 2, 1-20, *erließ Kaiser Augustus den Befehl, alle Bewohner des Reiches in Steuerlisten einzutragen. Da ging jeder in seine Stadt, um sich eintragen zu lassen. So zog auch Josef von der Stadt Nazareth in Galiläa hinauf nach Judäa in die Stadt Davids, die Bethlehem heißt: Denn er war aus dem Haus und Geschlecht Davids. Er wollte sich eintragen lassen mit Maria, seiner Verlobten, die ein Kind erwartete.* Es ist im Grund jedes Jahr dasselbe, aber für unsereins doch jedes Jahr auf's neue verblüffend und immer wieder schön und rührend und Anlaß zur Hoffnung. Jedes Jahr ein Wunder. Immer das gleiche Wunder, aber immer ein Wunder. Das Weihnachtsfest ist – mit Stifter gesprochen – dasjenige der kirchlichen Feste, das am meisten zum Herzen dringt.

Als sie dort waren, kam für Maria die Zeit ihrer Niederkunft, habe ich also den Gläubigen vorgelesen, *und sie gebar ihren Sohn, den Erstgeborenen. Sie wickelte ihn in Windeln und legte ihn in eine Krippe, weil in der Herberge kein Platz für sie war. In jener Gegend lagerten Hirten auf freiem Feld und hielten Nachtwache bei ihrer Herde. Da trat der Engel des Herrn zu ihnen, und der Glanz des Herrn umstrahlte sie. Sie fürchteten sich sehr, der Engel aber sagte zu ihnen: Fürchtet euch nicht, denn ich verkünde euch eine große Freude, die dem ganzen Volk zuteil werden soll. Heute ist euch in der Stadt Davids der Retter geboren; es ist der Messias, der Herr.* Und genau in diesem Augenblick der unvorstellbare, ohrenbetäubende Knall, in dem das Wort Gottes unterging, die Explosion, der schreckliche Druck, der Qualm der Hölle, das Inferno. Beschreiben kann ich dieses Grauen des bluttriefenden Durcheinanders nicht, und wer nicht selbst dabeigewesen ist, kann das Furchtbare unmöglich nachempfinden. Sofort ist Panik und Entsetzen unter den Christmettebesuchern ausgebrochen, alle schrien und heulten und drängten, sofern sie noch dazu imstande waren, dem Ausgangsportal zu. Mein erster Gedanke vor dem Volksaltar war eigenartigerweise, *Fürchtet euch nicht*! in die Menge zu rufen, aber das wäre unpassend und wohl auch wenig zweckdienlich gewesen. Außerdem habe ich mich selbst gefürchtet.

Zunächst wußte ja niemand und auch ich nicht, was da eigentlich passiert war. Man hat, als sich Qualm und Rauch lüfteten, nur Blut und zerfetzte Leichen und zerborstene Bänke gesehen und die unsäglichen Schreie der Schwerverletzten gehört. Eltern haben ihren Kindern die Hände vor die Augen gehalten und sie schützend umschlungen, aber es ist ihnen nicht möglich gewesen, ihnen das Greuel zu verbergen. Wer die Polizei, die Rettung und die Medien verständigt hat, kann ich nicht sagen. Ich habe die Diözese verständigt und gebetet. Gebetet, gebetet, gebetet. *Gebenedeit bist du unter den Weibern und gebenedeit ist die Frucht deines Leibes. Gebenedeit, gebenedeit, gebenedeit!* Mein Eindruck war, daß die Medien noch vor der Polizei am Schauplatz eingetroffen sind. Noch war der Explosionsqualm nicht ganz verflogen, waren schon überall Kameras und Photoapparate.

Daß sich da eine Frau mit zwei Handgranaten ermordet und regelrecht in die Luft gesprengt hat, wurde erst relativ spät bekannt; ebenso ihre Identität, daß sie psychisch krank gewesen und getrennt von ihrer Familie gelebt haben soll. Auch bei Matthäus X, 34–37 sagt bekanntlich der Herr: *Denn ich bin gekommen, den Menschen zu erregen wider seinen Vater und die Tochter wider ihre Mutter und die Schnur wider ihre Schwieger. Und des Menschen Feinde werden seine eigenen Hausgenossen sein.* Aber das ist doch noch kein Grund, sich mit einer Handgranate in die Luft zu jagen, als ob es keine Seelsorge und – falls die nicht besetzt sein sollte – keine Telephonseelsorge gäbe, und wenn schon, dann nicht ausgerechnet an Heiligabend, am allerbedeutendsten Tag der Christenheit, und wenn schon ausgerechnet an Heiligabend, dann nicht ausgerechnet in der Kirche, nicht mitten im Haus Gottes und nicht genau an der Stelle des Evangeliums, an der der Erlöser der Menschheit geboren wird. Es ist nicht leicht, so jemanden zu gebenedeien. Als Gläubiger und Christ und Verkünder des Wortes Gottes muß man da einfach durch und sich hinter Litaneien und Gebeten verschanzen, bis der erste Schock und die mediale Erektion und Übererregung wieder abgeklungen sind. Das ist schon beim nächsten Bombenanschlag, beim nächsten Geiseldrama, bei der nächsten Giftgaskatastrophe, beim nächsten Flugzeugabsturz irgendwo auf der Welt garantiert der Fall. Als Gläubiger und Christ steht es mir nicht zu, die unergründbaren Wege des Herrn ergründen zu wollen und seinen Heilsplan zu kritisieren, denn das wäre eine Anmaßung dem Allmächtigen gegenüber, die bleibende Gottesferne zur Folge hätte, und damit geriete meine Existenz, unser aller Existenz sinnlos und leer. Es gibt überhaupt keinen denkbaren Grund, nicht an Gott zu glauben. Offiziell eschatologisch und fundamentalontologisch kann ich als Gläubiger und Christ und Verkünder von Gottes Wort angesichts solcher Vorkommnisse und angesichts einer Frau, die sich an Heiligabend während der Christmette mitten in der Kirche inmitten einer Schar weihnachtstrunkener Gläubiger in die Luft sprengt, nur mit der Kleinheit meines Privatgehirns argumentieren und beten.

Als Mensch muß ich sagen, daß es sich hier um den größtmöglichen religiösen Skandal handelt. Als Mensch muß ich sagen, daß Trauer, Bestürzung und Fassungslosigkeit in mir herrschen. Als Mensch muß ich sagen, daß ich nicht glauben kann, daß ein solches Vorkommnis dem Willen Gottes entspricht. Es ist keine Prüfung Gottes, wenn ein Sadist einen Masochisten überprüft. Als Mensch muß ich sagen: Zweifel keimen! Bevor ich mich mit dem Gegrübel quäle, wie Gottes Wille das wollen kann oder ob Gott willenlos phlegmatisch, ignorant oder ohnmächtig geworden ist, kommt plötzlich der Gedanke: *Und wenn es ihn gar nicht gibt! Wenn er bloß unsere Erfindung ist, ein frommer Wunsch?* Und dann fange ich sofort wieder zu beten an und wasche mein Herz und wasche mein Gehirn.
Die Frau hat nicht nur sich selbst, was schrecklich genug gewesen wäre, sondern zwei weitere Christmettenbesucher in die Luft gejagt und insgesamt dreizehn Personen zum Teil schwerst verletzt. Immerhin mußten zehn Gläubige aus der Kirche in Spitäler eingeliefert, drei ambulant versorgt werden. *Schlachtfeld Kirche!* Eine vierundvierzigjährige Frau schwebt, wie ich gehört habe, noch immer in Lebensgefahr. Der Zustand ihrer zwölfjährigen Tochter, der ursprünglich ebenfalls sehr kritisch war, hat sich Gott sei Dank mittlerweile stabilisiert. Vielleicht ist das das heurige Weihnachtswunder: In Anbetracht der Gesamtsituation ist es aber mager, und es besteht kein besonderer Anlaß, den Herrn deswegen zu preisen. Ich bete, es würgt mich weiter, die Zunge ist schwarz.
Besonders betroffen war ich, als ich – auch erst etwas später – erfahren mußte, daß eines der beiden in die Luft gesprengten Opfer mein Schulfreund Oswald, mein einstiger Banknachbar gewesen ist, und ich fühle mich schuldig oder wenigstens in verhängnisvoller Weise mitverantwortlich

und mitschuldig an seinem Tod. Ich wollte immer Priester werden, Oswald wollte immer Magistratsbeamter werden. Beide haben wir unsere Karriereträume in zäher Anstrengung verwirklicht. Ich bin Priester, er ist Magistratsbeamter geworden, ich bin geweiht, er ist pragmatisiert, und beinahe wäre es ein gutes, überaus erfolgreiches Jahr für uns geworden: Ich durfte meine erste Christmette hauptverantwortlich zelebrieren, er ist zum Abteilungsleiter aufgestiegen. Erst letzte Woche ist erstmals eine von ihm gezeichnete Kundmachung im Amtsblatt der Stadtzeitung erschienen, und ich war sehr stolz auf meinen Freund Oswald, als ich seine Kundmachung schwarz auf weiß gedruckt gelesen habe.
Das bevorstehende Weihnachtsfest gibt Anlaß, hat Oswald in seiner unverwechselbaren Art im Amtsblatt geschrieben, *auf die Bestimmungen des Bundesforstgesetzes hinsichtlich der Christbaumgewinnung und des Verkehrs mit Weihnachtsbäumen aufmerksam zu machen. Danach ist die Gewinnung von anderen Christbäumen als Tannenchristbäumen sowie Reisig, soweit dieses für festliche Zwecke verwendet werden soll, durch waldfremde Personen nur aufgrund einer Bescheinigung zulässig. Diese Bescheinigung ist vom Waldeigentümer auszustellen und hat genaue Angaben über die Person, die zur Gewinnung berechtigt ist, Zeit und Ort der Gewinnung sowie die bewilligte Menge und Art der Christbäume zu enthalten. Während der Gewinnung solcher Christbäume oder Reisig im Wald sowie bei der Inverkehrsetzung hat der jeweilige Inhaber solcher Christbäume oder des Reisigs die Bescheinigung mit sich zu führen. Wer diese christbaumgewinnungsgesetzlichen und reisiggewinnungsgesetzlichen Bestimmungen übertritt, wird mit einer Geldstrafe oder mit Arrest bis zu zwei Wochen bestraft.* Immer hat sich Oswald solcherart leiden-

schaftlich für die öffentliche Ordnung eingesetzt, jetzt ist er tot, und ich bin mitverantwortlich dafür, daß im nächsten Jahr ein anderer Abteilungsleiter an seiner statt darauf hinweisen müssen wird, daß *das Gewinnen und Inverkehrsetzen von Tannen oder von Tannenreisig für weihnachtliche Zwecke nur auf Grundflächen, die der Christbaumzucht oder Schmuckreisiggewinnung dienen oder über die energiewirtschaftliche Leistungen führen, zulässig ist, außerdem für den Eigengebrauch des Waldeigentümers.* Es ist im Grund jedes Jahr das gleiche, aber jedes Jahr aufs neue notwendig. *Solche gewonnenen Tannenchristbäume dürfen nur befördert oder feilgeboten werden, wenn sie durch Tannenchristbaumplomben gekennzeichnet sind. Die Tannenchristbaumplomben sind jeweils im obersten Teil der Christbäume am Stamm derart anzubringen, daß sie nicht ohne Beschädigung entfernt werden können. Die Tannenchristbaumplomben gelten jeweils für ein Jahr*, hat Oswald verlautbart, *und sie sind jeweils für ein Jahr bundeseinheitlich gleich gefärbt. In diesem Jahr erhalten die Tannenchristbaumplomben die Färbung orange. Anträge um Zuweisung von Tannenchristbaumplomben kann nur der Waldeigentümer einbringen. Diese Anträge müssen so rechtzeitig vorgelegt werden, daß ihre Bearbeitung noch zeitgerecht vor Weihnachten möglich erscheint. Aus Zweckmäßigkeitsgründen sind diese Anträge jeweils an den Amtstagen bei den Bezirksaufsichtsstationen einzubringen.* So hat also auch mein Schulfreund Oswald auf seine Art und Weise zum Gelingen des Weihnachtsfestes beigetragen oder beitragen wollen, auch wenn er natürlich nicht ahnen konnte, daß dieses Weihnachtsfest nicht gelingen wird und er mit seiner Christbaumundreisiggewinnungskundmachung gewissermaßen sein Testament geschrieben hat, und es ist rückwirkend betrachtet als sein Vermächtnis anzuse-

hen, daß die unbefugte Entnahme von Christbäumen und Reisig in diesem Jahr tatsächlich zurückgegangen ist. Ich habe Oswald, als ich ihn vor drei Tagen auf der Straße getroffen habe, zu seiner Christbaumundreisiggewinnungskundmachung, mit der er sich seinen Jugendtraum erfüllt hat, ganz herzlich gratuliert und mich ehrlich für ihn gefreut, so wie er sich für mich gefreut hat, als ich ihm dann erzählt habe, daß mir heuer erstmals die ehrenhafte Aufgabe, die Christmette zu zelebrieren, übertragen worden ist, und er hat mir von sich aus sofort versprochen, daß er diese Christmette selbstverständlich gerne samt seiner Familie besuchen wird. Das war also sein Todesurteil. Wäre ich nicht Priester geworden oder hätte die Christmette nicht zelebriert oder wäre in der Stadt Davids der Retter, der Messias, der Herr nicht geboren worden, sodaß überhaupt keine Christmette und Weihnachten nicht als christliches und kirchliches, sondern bestenfalls als häusliches Fest zu feiern gewesen wäre, muß ich jetzt ständig denken, dann wäre Oswald auch nicht zur Christmette gegangen, wäre nicht in der Kirche vor den Augen seiner zu Gott betenden Frau und seiner zu Gott betenden Kinder selber betend mit gefalteten Händen in die Luft gesprengt worden, würde heute noch leben als ebenso junger Mann wie ich und würde nächstes Jahr ein gewichtiges Wörtchen bei der Entscheidung bezüglich der Färbung der nächstjährigen Tannenchristbaumplomben mitzureden haben.
Als Gläubiger, Christ und Verkünder des Wortes Gottes muß ich sagen: Der Herr gibt es, der Herr nimmt es, wir haben uns seinem Ratschluß zu beugen. Als Mensch muß ich sagen: Ich bin enttäuscht! Maßlos enttäuscht! Meine erste Christmette, und ich bin christmettentraumatisiert für immer. Weihnachten wird mir immer eine Katastrophenerinnerung sein, der Jahrestag eines Blutbads. Ich werde

mein Leben lang keine Christmette zelebrieren können, ohne daß mir die unbeschreiblichen Schreckensbilder der Christmettenexplosion kommen. Ich werde mein Leben lang nicht mehr das Weihnachtsevangelium des Lukas lesen können, ohne daß es mich würgt. Und bei der Stelle, wo Christus geboren wird, werde ich unwillkürlich immer zusammenzucken müssen. Als Priester steht man ja besonders blöd da, wenn die Kirche explodiert. Transzendentale Gerechtigkeit läßt sich leider nicht mit bundesstaatlichen Tannenchristbaumplomben regeln, auch wenn für unsereins Argumentationsnotstand biblisch nicht vorgesehen ist. Das Volk Gottes hatte immer viel Not und Elend zu leiden und unsägliche, unlogische Opfer zu bringen, aber es ist katastrophenroutiniert und durch seinen unerschütterlichen Glauben für das Leid gestählt. Selbst der Retter, der Messias, der Herr ist gekreuzigt worden. Aber eben nicht zu Weihnachten. Und er hat sich zumindest nicht eigenhändig ans Kreuz genagelt, und die zwei Mitgekreuzigten neben sich auch nicht. Nicht zu Hause, nicht in den eigenen vier Wänden bei der Geburtstagsfeier. Noch weiß ich nicht, wann und wo Oswald beerdigt wird und wer seinen Sarg einsegnet. Ich hoffe, daß man nicht auf mich kommt. Ich würde ganz sicher ersticken beim ersten Versuch, offene Worte an seinem offenen Grab zu sprechen. Ich könnte seiner Frau nicht in die Augen schauen, nicht seinen Kindern. Ich bete anstatt dessen. Ich bete ganz allein, das habe ich gelernt, das ist mein Beruf. Es ist mein Beruf, aus dem Beten gar nicht mehr herauszukommen. Ich bete, ich weiß nicht genau, zu wem.

Eigentlich war vorgesehen, daß wir, der Herr Dompfarrer und ich, im Anschluß an die heilige Christmette zusammen mit dem Mesner und der Köchin im Pfarrhaus gemütlich eine Flasche Wein trinken und ein paar Kekse essen. Das

Weintrinken und Kekseessen hat der Dompfarrer natürlich sofort abgesagt, wie ja auch die Christmette selbst ohne Kommunion und Schlußgebet und Friedensgruß und ohne *Großer Gott, wir loben dich!* abgebrochen worden ist. Nur die Weihnachtsglocken haben trotzdem geläutet, die Elektronik läßt sich durch Katastrophen nicht aus dem Konzept bringen. Als mir der Dompfarrer anstelle des gemütlichen Zusammenseins die Aufgabe übertragen hat, gleich am darauffolgenden Morgen eine Trauerfeier und einen Gedenkgottesdienst für die verstorbenen Opfer der Christmette der letzten Nacht zu halten, ist mir sehr schlecht geworden. Hätte man gestern nicht gebetet, müßte man heute nicht beten für die, die gestern gebetet haben und daher heute nicht mehr beten können. Der Trauergottesdienst wird die Christmette auch nicht mehr rückgängig und ungeschehen machen können. Die Christmettentoten bleiben tot. Die Hinterbliebenen bleiben Hinterbliebene. Nur den Medien und der Öffentlichkeit wird langweilig. Und wenn wieder etwas passiert? Wer kann das ausschließen? Wenn wir beten und beten und so lange nicht mehr aus dem Beten herauskommen, bis keiner mehr da ist, der für die beten kann, die nicht mehr beten können? Wie könnte ich es jemandem verdenken, wenn er nicht in die Kirche kommt und sich statt dessen im Fernsehen die Papstmesse aus dem Petersdom samt Segen ansieht! Explodieren kann natürlich auch ein Fernsehgerät, aber das wäre etwas grundlegend anderes. Seine Heiligkeit hat unser Blutbad bei seiner Weihnachtsansprache nicht mit einem Wort erwähnt, er hat einfach wie üblich *l'espressione tedesca: Frolicke Weihnackten* gesagt. Es ist im Grund jedes Jahr das gleiche.

Die morgendliche Trauerfeier in der Kirche, am Tatort, mußte dann ohnehin auf Mittag verschoben werden, weil weder die Ermittlungen der Kriminalpolizei, noch die Aufräumungsarbeiten der Putzkommandos abgeschlossen waren und vor allem das eingetrocknete Blut der Opfer weder aus dem Holz der Bänke noch von den Kruzifixen mit dem Leichnam Christi zu bringen war. Tatsächlich ist dann beim Trauergottesdienst, obwohl sehr viele Leute gekommen sind, keine Tragödie, sondern nur Trauer passiert mit Kerzen, Kränzen und einem Blumenmeer, und es ist alles programmgemäß verlaufen, was immerhin als erster Schritt zur Normalisierung anzusehen und Gott zu danken ist. Der Dompfarrer hat aber wohl bemerkt, daß mir bereits bei der Vorstellung, diesen Trauergottesdienst zelebrieren zu müssen, übel geworden ist. Er hat mich in der Sakristei beiseite genommen und gesagt: Ich weiß, wie dir zumute ist, mein Bruder, aber du sollst nicht zweifeln an Gott, deinem Herrn. Er liebt dich, wie er alle Menschen liebt. Und er ist gnädig und gütig. Fürchte dich nicht, der Herr ist mit dir. Du bist sein Werkzeug. Du bist berufen, sein Wort zu verkünden. Ich weiß, habe ich gesagt. Du wirst Trost finden in den Worten und im Geist der Heiligen Schrift, hat der Dompfarrer gesagt. Ich habe genickt, und ich habe dem Dompfarrer gesagt, daß es mich würgt, sodaß ich kaum sprechen kann, und ich habe ihm meine Zunge herausgestreckt, wie ich es auch tue, wenn ich von ihm die heilige Kommunion empfange und er mir den Leib Christi auf die Zunge legt, und die Zunge war noch immer ein kohlrabenschwarzer Pelz. Da hat sich der Herr Dompfarrer sehr erschreckt. Er hat mich sofort vom Gottesdienst dispensiert und gesagt, daß ich schleunigst zum Arzt gehen soll. Aber der Arzt war der zweite, den die Handgranate in die Luft gesprengt hat. Und es gibt in der ganzen Stadt sonst keinen Arzt, der jetzt ordiniert. Überall herrscht absoluter Weihnachtsfriede.

Stilleben
Oder: Winterzeit am Wörthersee

1. September
Plötzlich in Italien! Plötzlich in der Ebene! Plötzlich planlos am Meer! Plötzlich ein Licht, wie nach einer Ohnmacht. Das Meer sehen. Hören. Riechen. Schmecken. Das Meer spüren. Die ausgeborgte Meeresseele einnehmen. Die kindliche Freude, wenn man sich, was oft Monate nicht passiert und nicht gelingt, einmal selbst übertölpelt hat zum eigenen Gunsten. Wie sich die Welt entfernt am Strand.

2. September
Die zwei südlicheren Tage: Eine Formulierung, die man natürlich erst im nachhinein künstlich macht. Und immer unvermeidlicher das Wort *noch*. Lassen wir uns aber ausgelassen sein für eine kurze Frist: Zunächst einmal die Palmen. Schon das Wort *Palme* ist ein schönes Wort, die Palme ist noch schöner als das Wort Palme. Zuhause sind Palmen in Töpfen untergebracht, Töpfe unter der Botanik sind Armutszeichen. Außerdem die Zedern. Die Zypressen. Die Pinien. Bei uns überhaupt nur als Worte erhältlich. Bei *Pinien* fällt mir immer *Plinius* ein. Ich bin kindisch. Kurzurlaub im Land von Plinius, zweitausend Jahre nach Plinius und etwas weiter nördlich.

3. September
Erholungswert hat mit Geschichtslosigkeit zu tun, auch mit Geschichtenlosigkeit. Geschichten wären etwas für Da-

heimgebliebene. Hier genügt es, daß es schön ist. Blau. Schon im Udineser Euromercato statt Kleiderkaufrausch der Gedanke, daß Ästhetik und Wohlbehagen eins sind. Umgangssprachlich bedeutet das Adjektiv lieb – *liab* ausgesprochen – nicht nur lieb, gut, brav, sondern vor allem *schön*. Ein liabes Mädchen ist ein schönes Mädchen. Es ist ausgeschlossen, daß ein liabes Mädchen *schiach* ist. In dem Fall wäre es höchstens *nett*. *Schiach* umgekehrt bedeutet immer mehr als bloß häßlich, auch unangenehm, widrig, bösartig, grauenhaft und furchterregend. Ein Essen kann zum Beispiel schiach schmecken, man kann sich schiach irren, schiach krank sein. Bei uns daheim ist es das halbe Jahr lang schiach. Monstrum in fronte, monstrum in animo. Im Süden hat man das immer schon gewußt. Völlig erholt wäre ich erst, wenn das Wort *Erholungswert* nicht mehr vorkäme, hier direkt am Pool unter dem Strohsonnenschirm.

4. September
Abends spielt ein Film mit Michael Douglas im Kino, Le avventure di un uomo comune in guerra con la realtà quotidiana – una storia di realtà urbana. *La guerra con la realtà* ist mir nicht neu, und ich brauche kein Kino dafür. Schon kommt ein Bursche in den Pizzeriagastgarten und legt jedem Gast einen Schlüsselanhänger mit durchsichtigem Plastikfisch und einen Zettel auf den Tisch.
Ich bin taubstumm. Mit dem Kauf eines klein Gegenstands helfen Sie mit. Preis nach Gutdünken. Danke. Je suis sourd, sono sordo, I am dumb and deaf, die Holländer werden als Zielpublikum unverständlicherweise vernachlässigt. Früher einmal hätte ich mit dem Plastikfisch made in Thailand kokettiert, heute bin ich un uomo comune, ich gehe mit meinen Defiziten auch nicht bei Touristen hausieren. Das Knie,

die Nase, das Ohr, die Kiefer, die Galle, die Leber, der Oberbauch, der Kopf, die Ohnmacht. Die Ohnmacht vor allem. Schiach. Ich warte nur, wie und wann sich der Taubstumme beim Plastikfischabsammeln verrät. Schiach.

5. September
Auf dem Boulevard ein Automatenhoroskop, aber niemand beherrscht das Schicksalsschlagsitalienisch, außerdem weiß man ja, was auf einen zukommt im großen und ganzen. Hundert Meter weiter der Bücherbazar im Zelt, da schau her: *Leopardi, Opere*, schiach, aber hier bin ich unzuständig, und dann *Elfriede Jelinek, La Pianista*. Gegrüßet seist du, Elfriede. Und weg.

6. September
Zum Abschied bittet die Hotelrezeptionistin um unsere Adressen. Sie wird uns zu Weihnachten eine Weihnachtskarte schicken, *Buon Natale e Felice anno nuovo*, auf der Vorderseite eine Buntstiftzeichnung *Wolkenbruch über dem Meeresstrand*, weit hinten verschwommen der Leuchtturm. Am Heiligen Abend werde ich in der Dämmerung fröstelnd durch den Schnee stapfen und Worte wie *Il Gazzetino* und *Alimentari* vor mich hersagen, *Hotel Halifax, Croce di Malta, Charlton, Caravelle, Penelope, Santiago, Havanna*, wenn ich in Kälte und Kalender, Finsternis und Aussichtslosigkeit eingesperrt bin.

15. September
Wohin mit der Meeresseele im Hinterlandkörper?

1. Oktober
Die schwarzen Wellen spülen die letzten Reste von Ausgelassenheit weg, und es ist wie eine Kapitulation, wenn man

den Uhrzeiger um eine Stunde zurückdreht. Es geht hinunter im Jahr, und das, was Seele heißt, geht unaufhaltsam mit. Das ganze Winterhalbjahr lang werde ich nun täglich zum See gehen, vom Café *Lidolino* die Ostbucht des Sees entlang zum Café *Loretto* und vom Café Loretto wieder zurück zum Café Lidolino gehen, auf Parkbänken sitzen, zwei, drei Zigaretten rauchen und versuchen, die Natur in größtmöglicher Müdigkeit zu betrachten und eine Art gnostischen Pantheismus in mir anzufachen.

15. Oktober
Langsame Sätze am See. Der See ist malerisch, nicht dichterisch, aber die Situation ist doch eine dichterische. Einmal etwas *Unschönes* über den See und die ihn abbildenden Maler geschrieben. Der See ist mir nicht böse, das wäre auch lächerlich menschlich. Auf einmal die Idee, der See könnte mit mir sprechen wie der Liebe Gott mit Don Camillo, sodaß nur ich und niemand sonst seine Stimme hören kann. Aber ich höre nichts. Er schweigt. Wahrscheinlich fällt ihm nichts Passendes ein. Er wälzt alles auf mich ab. Dumb and deaf, die Fische sind echt. Weit hinten die Bergkette der Karawanken, am schönsten sind sie noch, wenn sich frischer Schnee in ihren Zacken verfängt, die Tränen des Planeten. Das sagt alles über sie.

16. Oktober
Enten schlafen auf dem Holzsteg. Kann man das sagen: Sie *sonnen* sich. Sich sonnen: Eigentümlich anmaßende Formulierung. Aus der Natur ein reflexives Verb machen, als ob das lebensweltlich ernsthaft gelingen könnte. Wir sind nicht geschaffen, uns zu naturen.
Die Werft hierher zu bauen, war eine Geschmacklosigkeit und eine Gemeinheit. Ich käme ganz ohne Werft aus, weil

ich ganz ohne Dampfer und ganz ohne Schiffe auskomme. Plötzlich fliegen Schwäne paarweise auf, ihr Flügelschlag klatscht noch ins Wasser. Es wäre seelenintern eine kleine literarische Sensation, entstünde ausgerechnet aus mir noch ein Lyriker. Dem Wasser wäre es wurst wahrscheinlich, dem Land, den Menschen darin. Landschaft ist mir jetzt schon bedeutender als Menschheit. Ein Text ohne Menschen und ohne Menschennamen wäre einmal schön. Ein poetischer Wetterbericht, ein Weltgedicht über das Sonnenlicht, ein großer Roman über einen Kieselstein. Was vorbeispaziert, ist alt und grau und aus der Sicht der Machenden unverwendbar geworden. Tatsächlich Oktobermenschen. Skurril und traurig zugleich.

17. Oktober
Loretto gegenüber liegt schnell im Schatten, schon zu Mittag. Manchmal kann der Oktober noch schöne Tage bringen und eine wohl nicht südliche, aber doch angenehme Sonne. Man kann mittags in Hemdsärmeln vor dem Lidolino unmittelbar am Wasser sitzen und so tun, als könnte man das Panorama tanken, die letzten Jahresspenden von Luft und Wärme und Helligkeit. Aber es ist schon beängstigend, wenn der Mittag einmal der beste Teil des Tages ist. Das Einwintern lauert hinter dem Sichtbaren. Die Eintotung. Das Wissen, was kommt, macht die Herrlichkeit morsch. Neidhard von Reuenthal, das ist ein Menschenname, hat sein gesamtes Schaffen ausschließlich in *Sommerlieder* und *Winterlieder* einteilen können, und tausend Jahre später sind wir eigentlich immer noch nicht weiter.

18. Oktober
Die Grundvoraussetzung einer kontemplativen Existenz wäre erstens die Unabhängigkeit von jeglichem Erwerbsle-

ben, egal welchem, denn wer immer sein Erwerbsleben wo auch immer spazierenführt und auslüftet und unweigerlich mitschleppt, tut es ohne Gewinn und ohne Genuß. Es gibt kein Erwerbsleben, bloß ein Erwerbsvegetieren, eine Erwerbsschmach. Das zweite Ingredienzium einer beschaulichen Existenz wäre eine Garçonnière in Lissabon mit Westbalkon, wenigstens von November bis April. Denn Portugal sagt mehr als Italien, Lissabon ist weiter als Genua. Und drittens: In Lissabon deutschsprechende Mediziner. Aber man soll seine Träume nicht berühren, sonst sterben sie. Und überhaupt ist eine *beschauliche Existenz* schon ein existentialistischer Kompromiß.
Man sieht, ich bin bei Pessoa. Ein Buch hängt immer auch davon ab, *wo* es gelesen wird. Es müssen nicht immer die Originalschauplätze sein, aber ich habe mit Pessoa aus einem geschäftlichen Zufall am Hauptplatz von Vöcklabruck angefangen, das war ungünstig. Hier am Wasser wirkt er wunderbar. Die Sonne ist noch da und die glitzernden Lichtpunkte am Wasser, die es nur im Herbst und im Vorfrühling gibt, wenn der Einfallswinkel der Sonnenstrahlen niedrig ist. Daneben hebt sich schon Dunst aus dem See.
Das ganze Geheimnis, in ein Buch einzudringen, besteht darin, es genauso langsam zu lesen, wie es geschrieben worden ist.

19. Oktober
Sich wolken ist eine Bestätigung, bei der man auf sich alleingestellt ist. Nicht einmal die Pensionisten wolken sich. Einen entrilkesierenden Platz auf der Welt finden, das wäre vielleicht das wichtigste Kunststück. Aber da käme man ja gleich wieder auf Politik. Womöglich arbeiten die Menschen in der Stadt und verschanzen und verbarrikadieren sich in ihren Geldverdiengefängnissen, weil sie nichts zu

versäumen haben, weil das beschäftigungslose Nichtsversäumen schwer zu ertragen ist. Vielleicht verlieben, lieben, hintergehen, hassen sie sich, weil das einfacher als Nichtstun ist, weil ihnen die Banalemotionen die Phantasie eines Aufgehobenseins im All ersetzen. Weil man trübsinnig werden muß, wenn man ausgelassen ist. Außerdem kühlen die Oberschenkel aus. Jeder Tag des Winterhalbjahrs, der vergangen ist, und jeder, der noch kommt, spielt in jeden einzelnen Tag des Winterhalbjahrs hinein. Umso grauer der Herbst wird, desto weniger stört die Werft.

25. Oktober
Es ist der erste Sonnentag nach einer Ewigkeit, aber die Sonne kommt nicht mehr so richtig auf den Himmel hinauf. Die Flugtiere unterhalten sich selbst, und alles riecht nach Allerheiligen. Wie viele es in diesem Winter erwischen wird, vor allem unvorhergesehene! Ich kann jetzt gar nicht mehr sagen, wann die Gastgärten weggeräumt worden sind: Es ist kleinweise geschehen. Zuerst haben die Tischdecken gefehlt, dann ein Teil der Stühle, dann alles. Die Terrasse hat jetzt keine Aufgabe. Pessoa ist düster, aber er klingt und wirkt nicht düster. Der nihilistischste Nihilismus hat etwas Angenehmes, wenn er vom Meer kommt. Um halb sechs ist es jetzt schon dunkel, und gestern hätte ich in der Buchhandlung beinahe einen Portugalbildband um 159,90 gekauft, den ersten selbstgekauften Bildband meines Lebens. Beim Durchblättern haben mir dann aber die Temperatur, die Gerüche und die Symphonie gefehlt.
Auch die niedrigen Uferberge, die mit der Schattseite aufs Wasser schauen, strahlen zunächst Kühle, dann Kälte aus. Im Schloß Loretto wird eingeheizt. Der Rauch ist eine lang vorbereitete Resignationsgeste. Wahrscheinlich einer der letzten Tage ohne Schal und Schwindligkeit. Unter den

Holzbrücken und in deren Nähe ist das Wasser auch tagsüber schwarz. Ob ich Dinge sehe, die andere Menschen nicht sehen?

26. Oktober
In Triest ist der Herbst ein bißchen zurückgeblieben, aber noch immer ein Herbst. An fremden oder wenigstens nicht durchlebten und durchwohnten Orten nimmt man zunächst die Landschaft wahr, nicht die Menschen. Und die Menschen sind Requisiten, keine Schicksale. Davon kommt eine gewisse Heiterkeit, und daher kommt man, was absurd ist, nicht ständig auf den Gedanken, daß hier gestorben wird. Nur darf man sich eben nicht einlassen. Calamari zählen im Grund nicht zu den bleibenden Eindrücken. Hier ist man schneller am Meer als anderswo. Aber man muß auch andauernd Abschied nehmen. Ein Ensemble von letzten Blicken.

31. Oktober
Ein Redakteur von RAI Bozen hat mir vormittags im Kaffeehaus erzählt, die Winter in Südtirol seien milder und angenehmer als hier: Niemals Nebel, oft blauer Himmel. Südtiroler, die einen ganzen Winter hier zubringen müssen, werden leicht trübsinnig. Ich kann mich erinnern, die Mutter hat um diese Jahreszeit oft von *trostlosem* Wetter gesprochen.
Jetzt spaziert gerade eine Gruppe Italiener entenfütternd das Ufer entlang, selber schnatternd. Die Bahn der Sonne zu studieren ist müßig, aber ich kenne sie auch durch interesselose Betrachtung, und ich kann von meiner Uferposition vor dem *Lidolino* mittlerweile ganz exakt prognostizieren, zu welcher Jahreszeit sie wann über welchem Gipfel untergehen wird. Ich bin ein betroffener Meteorologe. Der

Unterschied zwischen mir und einem Pensionisten ist, daß ich keine Pension bekomme.

5. November
Gehört das Ufer den Joggern oder den Hunden? Die Jogger joggen das ganze Jahr, die Hunde auch, und sie fühlen sich von den Joggern automatisch provoziert oder zum Tollen eingeladen. Sie bellen, knurren, fletschen die Zähne, wetzen den Läufern nach und springen an ihnen hoch. Am ärgsten sind die Dackel, im Grund vierbeinige Hoppelgebisse. Umso älter der Herr, desto aggressiver sein Hund. Umso aggressiver sein Hund, desto uneinsichtiger sein Herr. Die Natur ist grausam. Eine politische Lösung ist nicht in Sicht.

15. November
Das Strandbad ist weggesperrt und eingewintert, die Planken der drei großen in den See ragenden Holzbrücken abmontiert und für lange Zeit in die Trakte mit den Umkleidekabinen verfrachtet, die jetzt noch deutlicher als im Sommer aussehen wie die Hochsicherheitstrakte einer Strafanstalt. Nur die große Uhr am Eingangsgebäude zeigt nach wie vor die Sommerzeit an. Hier wird nicht umgestellt. Aus der Kieselpromenade ist Morast geworden, und aus den heimtückisch bunten Wäldern schließlich schwarzes Geäst. Wenigstens ist die dunkle Ahnung weg und die Traurigkeit des baldigen Verlusts. Aus dem Himmel ist ein horizontales Gebirg geworden. Stein. Der Kessel ist zu.
Vorgestern Bilder aus Lissabon, die kurzen Ärmel im November. Wenn man bloß in Bildern aufgehen könnte. Mitleid mit dem armen Fußballer Oceano, der gegen die Österreicher einen Elfmeter verschossen hat. Aber Portugal hat auch so gewonnen. *Oceano* ist der schönste Fußballername, überhaupt der schönste Name, den ich je gehört habe. Wer

sein ganzes Leben lang Oceano heißt, hat sicher einen Seelenvorteil. Nur ist der Name wahrscheinlich nicht echt. Für Portugal war Portugal gegen Österreich ein Länder*spiel*, für Österreich ein Länder*kampf*. Die Südländer, heißt es, sind Artisten, aber sie vergessen immer auf den *Endzweck*. Vielleicht ist ihnen der Endzweck einfach zu lächerlich. Das Ende kommt auch so, auch zwecklos. In der Pause von Portugal gegen Österreich habe ich die Pessoalektüre zu Ende gebracht. Die schönste und wichtigste und traurigste Literatur heuer. Jetzt monatelang kein Spiel mehr.

23. November
Ein Freund hat im Fernsehen in einem sogenannten Hintergrundbericht gesehen, daß die Nachrichtensprecherin Gertrude Aubauer – ein Mensch – bei sich zu Hause eine Herbstwaldtapete an der Wand hat, und jetzt redet er den ganzen Tag lang von nichts anderem als von der Aubauerschen Herbstwaldtapete und fragt sich immer wieder, wie man das ganze Jahr hindurch eine so niederschmetternde Herbstwaldtapete im Schlafzimmer kleben haben kann und was das für ein Gemüt sein muß, das dabei keine Herbstwaldtapetenschwermut überkommt. Zu Bett gehen, in die Herbstwaldtapete hineinsehen, die Augen schließen. Die Augen öffnen, als erstes wieder in die Herbstwaldtapete hineinsehen, tagtäglich, das ganze Jahr. Und außerdem: Die schlafzimmerspezifische Sexualität und Laszivität und Libido, die dem Ganzjahresherbstwaldwahnsinn zum Opfer fallen. Warum nicht gleich eine Nebeltapete.

1. Dezember
Tagtäglich schiebt sich die Finsternis weiter in den Tag hinein. Jetzt werden die Düsternis und Abgestorbenheit so groß und schlimm, daß man wieder damit anfängt, über Ge-

bühr Feste in den Kalender zu rammeln. Jeder Tag hundert Jahre Dunkelheit, jeder Augenblick tausend Jahre Frost. Oder sagen wir: Durchblutungsstörung. Dabei ist noch nicht einmal Schnee gefallen. Dabei sind wir noch nicht einmal ganz unten im Loch.

18. Dezember
Die dunkle Jahreszeit muß mit dem Nützlichen, mit Investitionen verscheucht werden. So arge Worte bürdet uns das Klima auf. Lassen wir uns operieren. Die Vorweihnachtswoche ist vollnarkosenideal. Ein künstlicher Winterschlaf, traumlos, absolut. Aber kurz. Ich habe die Anästhesie immer bewundert, die chemische Kunst, das Bewußtsein eines Menschen von einem Augenblick auf den anderen völlig friedlich in Nichts aufzulösen. Im Grund müßte man tagein, tagaus immer seinen persönlichen Anästhesisten mit sich in der Hosentasche führen, für alle Fälle – und für den Fall des Sterbens. Beim Aufwachen die Idee, eine Geschichte zu schreiben, wie der *Gesellschaft zur Rettung der Vollnarkose* der behördliche Nichtuntersagungsbescheid vorenthalten wird.

24. Dezember
Der erste Schnee kommt pünktlich – und üppig. Das Nachbarkind singt beim Schneemannbauen völlig falsch *Leise rieselt der Schnee*, was außerdem ein Pleonasmus ist, weil noch kein Schnee jemals laut gefallen ist. Er rieselt auch gar nicht, er fällt einfach. Laut ist nur das Motorschneeräumgerät des Nachbarn in der Dämmerung. *Niederschlag* ist ein entlarvendes Wort und gehört eigentlich in die Psychologie. Wie ich aus Gallengründen seit Jahren zu Allerheiligen nicht mehr auf den Friedhof gehe, gehe ich auch am Heiligen Abend seit Jahren nicht mehr auf den Friedhof: Das

Romantische, das aus uns werden wird. *Erdig.* Die kleinen Einpersonenchristbäume ohne Geschenke.
Pünktlich kommt auch die Buntstiftzeichnung *Wolkenbruch über dem Meeresstrand* und *Buon Natale* in den zugeschneiten Postkasten mit dem zugefrorenen Schloß, eine Preisliste für das Anno Nuovo liegt bei. Teurer geworden. Die Karte überrascht mich aber nicht. Ich habe den ganzen Herbst lang jeden Tag einmal meine adriatische Wirtin in Gedanken gehabt, den Vollnarkosetag vielleicht ausgenommen. Wie mit mir selbst vereinbart, sage ich die Worte *Halifax, Croce di Malta, Charlton, Caravelle* vor mich her und zünde eine Kerze zwischen den kubistischen Schneemännern an. Dann kehrt auch beim Nachbarn nach der Schneeräumung ein Weihnachtsfrieden ein.
Ich spanne den *Wolkenbruch über dem Meeresstrand* in einen Holzrahmen und nagle ihn an die Wand zwischen Henri Matisse's *Femme à l'ombrelle* und Picassos *Gauklerfamilie*. Dabei fällt mir die Geschichte der rumänischen Zigeuner ein, die mir ein Freund erzählt hat. Das Regime hat die Zigeuner ohne viel Federlesens in graue Wohnbetonkästen gepfercht. In ihrer Sehnsucht nach dem freien Himmel haben die Zigeuner im Stiegenhaus das Himmelszelt mit unzähligen kleinen Sternchen auf den Stiegenhausplafond gemalt und auf den Stiegenhaustreppen ein Lagerfeuer gemacht und gesungen und getanzt. Das ist ein sehr weihnachtlicher Weihnachtsgedanke, und draußen ist es schon wieder stockfinster. Der Schneefall hält an, zu überprüfen an der Straßenlaterne. Genau an einem Christtag vor ein paar Jahren ist der rumänische Conduktator, ein Tyrann, der nicht nur volksferne Orangen gegessen und nicht nur Wetterberichte fälschen lassen hat, dann auch tatsächlich von Putschisten exekutiert worden. Sogar der Pontifex Maximus hat verhalten gratuliert zwischen urbi et orbi, und am

Stephanitag ist wieder ein anderer Conduktator dagewesen und hat Wahrheiten gelogen.

25. Dezember
Weihnachtsspaziergang. Ein Schnappschuß des Strandbads bei Schneegestöber in der Abenddämmerung. Seit drei Monaten sind die Eingangstüren verriegelt, noch fünf Monate werden sie verriegelt sein.
Zahlt sich das aus? Das Bild ist unterbelichtet, das Negativ grau.

28. Dezember
Kinder verprügeln Erwachsene auf offener Straße mit dürren Zweigen und kassieren Trinkgeld. Mich gehen die Kinder nicht an, vielleicht, weil ich so tue, als wäre ich noch gar nicht erwachsen. Wie ich das mache, weiß ich nicht.
Das Jahr geht zu Ende, aber das sogenannte neue nimmt ja alle, auch die klimatischen Altlasten mit. Das Jahr geht zu Ende, aber es ist noch nicht aus, und es ist eine Unsitte, daß das Fernsehen seine Jahresrückblicke mit der Rubrik *Tote des Jahres* immer schon am 27. oder 28. Dezember ausstrahlt, als ob am 29. oder am 30. oder 31. Dezember nichts mehr passieren könnte. Gewöhnlich passiert immer noch etwas, und wer am 29. oder 30. oder 31. stirbt, fällt durch und ist für alle Jahresrückblicke verloren.

31. Dezember
Ein Fußballnationalspieler diesmal – *aus heiterem Himmel.* Mit allen Ingredienzien der Unsterblichkeit ausgerüstet: Ein Vorbild an Einsatz, ein Vorbild an Übersicht, hervorragende Schnellkraft, die allerbesten Laktatwerte, Nichtraucher, Nichttrinker, wissenschaftliche Ernäherung, wissenschaftliche Freizeitgestaltung, unpolitisch, unphiloso-

phisch, unlyrisch, keine fünfunddreißig Jahre und dann – baff – weg. Nicht wegzutrinken. Daß man justament alles erfahren muß!

Neujahr
Halbzeit. Winterhalbzeit. Aber ich weiß freilich schon während ich mich täusche, daß ich mich täusche.

2. Jänner
Es ist Winter. Immerhin: Der Herbst ist weg. Nichts, das jetzt außerhalb meiner selbst noch weiter verfallen könnte, von Menschen abgesehen. Die auf jeden Fall. Aber ich habe ja geschrieben: Ich sehe von Menschen ab. Ein altes Paar: Sie füttert die Enten mit Semmelbrösel aus einem Plastiksack von *Libro*, er photographiert sie dabei. Wenn der Film verschossen und das Bild entwickelt sein wird, wird es noch immer Winter sein. Die Möwen wollen nichts. Dann wird es dunkel.

3. Jänner
Heute sieht der See beinahe wie ein kleines Meer aus, und es scheint eine frostige Mittagssonne. An der Werft steht ein Christbaum mit elektrischen Kerzen, daneben wünscht die Wörtherseeschiffahrt *Frohe Weihnachten und ein gesundes neues Jahr*, aber ohne Preisliste.

4. Jänner
Das Begräbnis des Fußballers – aber ich gehe nicht auf den Friedhof, auch nicht im Fernsehen. Letzten Jahreswechsel ist ein Dichter gestorben, der ist sogar ohne Radio begraben worden. Aber was soll's.

5. Jänner
Starr ruht der See und hat Schluckauf, gestern abend sind zwei Mittelschüler darin ertrunken, heute sind sie das Exklusivgesprächsthema an den Wirtshaustischen rund um das Ufer, morgen werden sie begraben, übermorgen vergessen sein. Ich habe über den See immer schon die Wahrheit gesagt.

13. Jänner
Männer in schäbig gewordenen braunen Adidasjacken kratzen Rinnen in den gefrorenen Schotter der Uferpromenade. Sonst ist im Jänner nichts zu tun.

24. Jänner
Noch immer Jänner.

25. Jänner
Noch immer Jänner.

26. Jänner
Noch immer Jänner. Sonntagnachmittag. Völkerwanderung der Vermummten. Nichts für mich. Neben dem Bootshaus sitzt ein Krüppel im Schnee und spielt auf seiner Mundharmonika *Freude, schöner Götterfunke*. Schwer zu sagen, wie er das meint. Statt der Fische. Für die Fisch'.

31. Jänner
Notiz im Ohrenarztwartezimmer: Man kommt zu keinen brauchbaren Resultaten, wenn man darüber nachdenkt, ob der November oder der Jänner der schlimmste Monat des Jahres ist. November: Der Pensionsschock der Natur. Jänner: Ein Grab. Ein zäher Countdown, ein mühseliges Tageherunterzählen, ein Tagewegzählen, ein Tagestreichen, ein

Tagetotschlagen, das in ein mageres Ergebnis mündet: 1. Feber. Und das Murmeltier aus Übersee stellt zu Maria Lichtmeß düstere Prognosen. Maria Lichtmeß: Auch schon was! Aber wir wären in der Seele verloren, würden wir nicht mogeln.

8. Feber
Immer nur an den niederschlagsfreien Sonntagnachmittagen steht an der Promenade vor der Schiffsanlegestelle eine einzelne Jahrmarktsbude. Die Lebkuchen stecken phlegmatisch in ihren Plastikfolien. Sie haben ihren Infarkt lange hinter sich. Daneben geröstete Maroni. Die Sonne steckt wie ein Milchpfropfen am Himmel.

9. Feber
Zwei Wassertiere zerbeißen einander die Hälse vor dem *Lidolino*. Eine alte Frau versucht, sie mit ihrem Spazierstock zu trennen. Sie fällt beinahe ins Eiswasser hinein und schimpft noch lauter als die Tiere schreien, aber die Frau ist ja schon für den sie äußerlnden, mitreißenden Hund zu schwach. Man kann nicht eingreifen.

12. Feber
Jeden Tag suche ich Zeichen, und nie finde ich welche. Es schneit.

13. Feber
Und wenn überhaupt nie ein Frühling käme? Wenn der Winter auf die Idee käme, sich nicht, wie es heißt, *zurückzuziehen*, sondern ganz einfach zu stagnieren?

21. Feber
Mit dem Wort *Schneeschmelze* kann man keine Schnee-

schmelze herbeiführen. Und es hilft auch nichts, daß im Fernsehen nun eine schöne junge Frau das Wetter ansagt.

5. März
Jetzt im März kommt das Eis auf den See, jetzt wo die Toten bereits herausgefischt sind. Das und der kalte Wind sind hier die Zeichen, daß bald der Frühling kommen müßte, und daß der Frühling nichts heißen wird. Der März ist ein Wintermonat, das muß man sich immer wieder vorsagen. Der März ist farblos und alt. Leute vom Stadtgartenamt stutzen auf der Strandbadwiese die Bäume. Aber ungläubig.

6. März
Frühling und Winter machen gemeinsame Sache. Der Frühling ist nur ein müder Winter. Der Winter wird mich nicht loslassen, bis mich das Meer in Empfang nimmt. Noch zweieinhalb Monate, vielleicht drei.

8. März
Ab März fühlt man sich von Minusgraden ungerecht behandelt. Und wenn man den Winter überstanden hat: Was hat man gewonnen? Was hat man erreicht? Ist man weitergekommen? Klüger geworden? Stärker? Erfahrener? Reicher? Ausgeruht? Regeneriert? Motiviert? Erwartungsfroh? Was hat man gewonnen? Gar nichts. Härter ist man geworden. Abgezehrt.

15. März
Ich kenne jede Phase des Verfallsstadiums des Laubs auf den Bäumen, und ich könnte sie beinahe auf den Tag genau zuordnen, aber dieses Wissen ist ein seelentorpedierendes Wissen, nichts weiter, nicht zu verwerten. Und nach dem

Verfall kommt ja keine Blüte, sondern ein unendliches Aus. Und wie soll man ernstlich mit einem Hoffen anfangen, wenn man tagtäglich von diesem Aus zermürbt und weiterzerfressen wird. Eine Gertrude Aubauer müßte man sein.
Für Monate ragen die Bäume wie ausgebrannte, verkohlte Skelette aus dem Boden. Genauso ist die Kopfhaut der Berge auf Monate hinaus winterverwüstet, und Loretto habe ich seit dem Beginn meiner Beobachtung überhaupt noch nie unüberschattet gesehen. Loretto heizt verzweifelt weiter. Was gemeinhin *romantisch* genannt wird, ist Gemütsgift.

23. März
Ich habe kalendarische Alpträume. Heute habe ich geträumt, ich erwache, und es ist der 17. November.

24. März
Heute ist der Tag, an dem ich den Satz schreibe: *Von Anfang Oktober an gehe ich nun das ganze Winterhalbjahr lang jeden einzelnen Tag vom Café Lidolino bis zum Café Loretto und vom Café Loretto wieder zurück zum Café Lidolino die Ostbucht des Sees entlang und versuche, die Natur in größtmöglicher Müdigkeit zu betrachten und eine Art gnostischen Pantheismus in mir anzufachen.* Den Anfang immer am Schluß.
Aber nicht immer gelingt die Müdigkeit, wie sie sein soll, und es ist unmöglich, alle Wortfetzen, die zwischen dem Café Loretto und dem Café Lidolino vorbeigetragen werden, zu überhören. Immer bleibt etwas hängen, immer bewegen sie sich irgendwo zwischen Kopftumor und Speiseröhrenlähmung und Hodenkrebs. So sind die Leute. Die Menschen kommen an den See und schauen in den See hinaus und erzählen einander von nichts anderem als von

Krankheit und Tod und Begräbnissen. Niemand macht dabei auch nur ein Anzeichen von Unwohlsein.

25. März
Jetzt, wo die Bahn der Sonne allmählich wieder interessant würde, hat sich die Sonne überhaupt verabschiedet. Nur Wind und Grau. Ich habe schon Monate von Grau in mir gespeichert. Grauer Schnee, graues Land, graue Luft, graues Wasser, grauer Frost. Graue Sprache. Kein Ventil.
Noch treibt keine Knospe. Noch sind die Ohrenarztwartezimmer voll. Noch sind die Gastgärten im Loretto wie im Lidolino nicht wiederauferstanden. Noch schaukeln die Schiffe wintertot in der Werft. Noch sind die Badestege ohne Planken. Der Frühling besteht hauptsächlich aus Rückschlägen.
Morgen werden die Uhren umgestellt. Morgen beginnt die sogenannte *Sommerzeit*. Ab morgen geht die große Strandbaduhr wieder richtig. Aber für morgen sind neue Schneefälle angesagt. *Ergiebige Niederschläge*, sagt die schöne Frau, *ein Adriatief.* Immer gibt man der Adria die Schuld, und immer weniger glauben es. Noch eineinhalb Monate, vielleicht zwei: Le avventure di un uomo comune in guerra con la realtà quotidiana, *schiach*, und immer so weiter, immer so weiter.